DANS LE Cœur DE CHARLIE

Hamber Zaz

Les éditions caméléon
8 place Pierre et Marie Curie
60530 Neuilly en thelle

Dépôt légal : Juillet 2023
Impression : Libri Plureos GmbH, Friedensallee 273,
22763 Hamburg (Allemagne)
www.leseditionscameleon.com

DÉDICACE

PROLOGUE

Charlie

Je me souviens exactement de cette nuit-là, comme un film repassant en boucle dans mon esprit. Encore et encore.

Une lumière si éblouissante qu'elle en devient presque irréelle.

Les cris.

Le choc.

Le noir. Mes yeux se plissent et mon cerveau tente d'assimiler ce qu'il vient d'arriver. Le chaos résonne autour de moi. Il me dévore. En voulant tourner la tête vers le conducteur, une douleur fulgurante explose dans mon crâne me coupant la respiration et m'empêchant de faire un autre geste.

—Lo-gan ?

Ma voix, saccadée et peu perceptible, retentit dans le vide. Je suis, telle une poupée de chiffon, désarticulée. Le mal s'est insinué partout, dans chaque parcelle de mon être.

—Lo-gan ? murmuré-je, à bout de souffle. Réponds-moi, je t'en supplie !

Rien. Mon corps me semble très lourd, mes paupières aussi. Je lutte tant bien que mal pour ne pas m'endormir, mais je suis si épuisée.

Le froid, la nuit et le silence m'engloutissent peu à peu…

Tout est blanc. Horriblement, blanc. Les murs, les draps, le plâtre qui recouvre entièrement ma jambe. Même le paysage que j'aperçois depuis mon lit. Tout est figé, sans vie. Comme lui. Depuis des jours, je suis cloîtrée dans cette chambre froide, à souffrir le martyre. Ma seule et unique sortie a été pour lui dire adieu. Et depuis, je suis ici.

J'aimerais être libérée de cette douleur constante qui ne me laisse aucun répit. Avec le choc, j'ai plusieurs côtes cassées. Mes poumons me brûlent à chaque inspiration, si bien que j'ai du mal à respirer correctement. Chaque geste est un calvaire.

Une larme solitaire roule sur ma joue. Le visage tourné vers la vitre, j'observe la neige fondre petit à petit, effaçant les traces de son passage. Mais elle ne supprime pas la tristesse qui m'habite ni ce cauchemar qui m'a enlevé l'amour de ma vie.

Les jours défilent et se ressemblent. Toujours le même balai quotidien qui franchit le pas de ma chambre. Médecins, infirmières, famille. La plupart du temps, je ne m'en rends pas compte à cause des antidouleurs qui me shootent. C'est la seule bénédiction de mes journées. Dormir pour oublier. Oublier ma souffrance physique et psychologique. Et oublier le fait de ne plus voir son visage, sentir son corps contre le mien et respirer son odeur.

Reposer ma chair meurtrie qui réveille la souffrance au moindre geste. Il n'y a qu'à cet instant que je suis réellement consciente de mon malheur. Sinon, mon esprit est ailleurs, je ne sais où. Avec lui, sans doute.

Fermant les yeux encore un peu, j'espère en secret le retrouver. Une seule issue : me laisser mourir.

Je me réveille en hurlant. La main sur la poitrine, la douleur me comprime dans un étau. L'air me manque, je suffoque. Cette violente sensation me broie un peu plus chaque fois. J'ai beau inspirer, je ne parviens pas à respirer. Logan est mort, emportant avec lui un morceau de moi.

Depuis mon retour de l'hôpital, il y a un mois, des cauchemars envahissent mes nuits. L'accident, la voiture, son cadavre caché d'un drap blanc, puis j'entends mes hurlements. Mon désespoir m'emplit totalement et je sombre. Encore et encore. Un trou béant a remplacé mon cœur et une rage m'habite sans relâche. Selon la psy, il s'agit des étapes du deuil. Seulement, je m'en fous de tout ça, l'unique chose qui m'importe désormais est de le rejoindre.

Au début, mon cerveau était comme anesthésié, j'étais présente sans l'être. Aujourd'hui, de retour chez nous, les souvenirs sont partout autour de moi. Le printemps est déjà là. Les oiseaux chantent et les fleurs renaissent, la nature fait peau neuve, pourtant, lui ne reviendra jamais. Je devrais l'accepter. Malgré la fermeture des volets, le soleil parvient à s'engouffrer dans leurs interstices me rappelant que moi, je suis encore là. J'entends la ville s'animer et moi, je reste prostrée dans le noir. Mes émotions jouent les montagnes russes. Incapable de les maîtriser, mon cerveau tourne à plein régime. Je pense à lui, à nous, et je suis en colère. Pourquoi m'a-t-il abandonnée ? Pourquoi suis-je en vie et pas lui ? Pourquoi moi ?

Je regarde la place vide qu'il a laissée à côté de moi. Son odeur sur les draps s'est volatilisée, comme lui. La chaleur de ses bras lorsqu'il me câlinait a disparu, elle aussi. De rage, je balance tout ce qui me vient sous la main à travers ma chambre. Pour terminer, j'attrape un oreiller, le frappe de toutes mes forces, hors de moi. Ma haine d'être en vie surgit, s'abat ; je ne la retiens pas. Je crie, je hurle, je grogne, pour finir en larmes, comme à chaque fois. Épuisée, je m'endors à nouveau, retournant dans les tréfonds de la noirceur qui m'habite.

C'est l'été. J'ai enfin terminé mes séances de kinésithérapie. Après des semaines à me remettre sur pied, je me déplace à peu près comme avant. Mais mes exercices doivent continuer à domicile, alors je vais entreprendre de marcher tous les matins. Le reste du temps, je dessine à la maison. Ma table de salon est envahie de croquis en tout genre. Je trace, j'efface, je recommence. J'ai toujours été passionnée par l'art, c'est d'ailleurs ce qui m'a poussée à faire des études dans ce domaine. J'agis au jour le jour, sans réfléchir, car je ne sais pas de quoi demain sera fait. Le présent compte plus que le futur. Et j'ai découvert à travers le dessin, un autre moyen d'extérioriser mon chagrin, mes démons, mes peurs.

Petit à petit, la colère s'est évaporée pour s'adoucir. Logan me manque chaque jour de mon existence, mais il est là, près de moi. Je lui parle tout le temps du réveil au coucher. Reprenant tranquillement le rythme de ma vie d'avant ce drame, comme s'il était encore là. Je descends à la boulangerie au pied de mon immeuble afin d'aller chercher le pain, comme je le faisais régulièrement pour lui préparer son petit-déjeuner. Je laisse toujours la lumière du couloir allumée, au cas où il rentrerait tard le soir. Même si je sais que c'est impossible, je le fais. Par peur de l'oublier, peur de passer à autre chose, ce qui signifierait que j'ai pris conscience qu'il n'est plus à mes côtés. Mais il sera avec moi jusqu'à la fin.

Confortablement installée dans un plaid, sur mon canapé, mon regard se perd à l'extérieur. Je contemple ce ballet de feuilles qui virevolte sous la brise automnale. Je vais mieux. Les séances chez le psychologue m'ont beaucoup aidée; j'apprends à accepter et à supporter l'absence de Logan. Je dessine toujours autant, cela me permet de ne pas penser. Je revois aussi mes amis, longtemps délaissés sans le vouloir. Le changement de saison me rend nostalgique de nos moments passés à deux. Mon esprit s'évade dans les souvenirs de l'année dernière à cette même période. Logan décorait la maison pour *Halloween* pendant que je préparais des cookies pour le goûter. Alors que chacun s'occupait, nous discutions de nos rêves. Je me remémore la liste des pays que nous aurions aimé visiter, les choses que nous voulions réaliser avant d'être trop vieux. Comme passer le permis moto, licence que j'ai validée, il y a un mois. L'examen en poche, j'ai fêté ça avec mes deux amies, chères à mon cœur. Aujourd'hui, un autre défi germe dans mon esprit. Je pense enfin à l'avenir. Je me projette dans le temps, sans lui. Un pari fou vers l'acceptation de sa mort et une nécessité pour ma reconstruction.

CHAPITRE 1

Charlie

Deux ans plus tard

Mes courtes et chaotiques nuits se ressemblent. Comme chaque fois, je me réveille en sueur. Toujours le même cauchemar qui hante mon esprit. Assise dans mon lit, je me frotte le visage des deux mains. Je repousse la couette qui m'oppresse, dégage mes cheveux mouillés collés à ma peau et me lève. Au radar, encore à moitié endormie, j'entre dans la salle de bain qui jouxte ma chambre. Une petite pièce, tout en longueur, aux couleurs sobres et naturelles : du beige et du taupe. Un mur de pierres où l'on peut découvrir une vasque en granit, suspendue au-dessus d'un meuble en bois wengé assez vaste pour contenir tout ce dont j'ai besoin. Sur le côté, une grande étagère me permet de ranger des serviettes moelleuses qui donnent envie de se pelotonner dedans à la sortie du bain.

D'ailleurs, derrière moi se trouve ma baignoire îlot aux pieds délicatement moulés en forme de pattes de lion. J'en suis tombée amoureuse à la minute où j'y suis entrée, combinant charme et élégance. Une touche de classique, à la fois intemporel et tendance. Je me suis vue, dans ce jardin de douceur, m'enfermer dans ma bulle, prendre soin de moi et me glisser dans l'eau comme à l'intérieur d'un cocon de bien-être.

L'ambiance des autres pièces reste épurée. Une cloison vitrée sépare la cuisine du salon où l'on aperçoit une grande bibliothèque, remplie de mes livres préférés.

Petite précision, je suis addict à la romance et ma carte bleue ne me remercie pas.

Des plantes se dispersent aux quatre coins du séjour. Un canapé d'angle gris, agrémenté de coussins colorés, donne un peu de *peps* au salon. Car, malheureusement, là où je vis, le soleil n'est visible que quelques heures par jour.

Je m'asperge le visage pour effacer les traces des mauvais rêves, puis vais boire dans la cuisine.

L'horloge murale me rappelle qu'il est bien trop tôt pour se lever. Mais c'est peine perdue, je ne retrouverai jamais le sommeil, comme souvent.

— Quand est-ce que tu vas me laisser dormir tranquille ? râlé-je.

Un verre d'eau à la main, je rejoins mon salon baigné d'une douce lueur orangée diffusée par le lampadaire extérieur, que les voilages gris habillant mes fenêtres filtrent. Je me situe au deuxième étage d'un petit immeuble de la ville de Stjørdal.

Stjør quoi ? Je vous vois déjà lever les yeux au ciel en vous demandant : mais où est-ce que vous avez bien pu tomber encore ? On y va pour un cours de géographie ? Avec une nana aussi sexy que moi comme professeur, c'est du gâteau ! Ne vous inquiétez pas, on reviendra sur ma présentation plus tard.

Stjørdal est une commune norvégienne d'un peu plus de vingt mille habitants, située dans le comté de Trøndelag dont les principales activités sont l'agriculture et le bois.

Oui, vous avez bien lu. La Norvège.

Abritée par les montagnes, le climat y est généralement sec. Les températures fluctuent au fil des mois, pouvant grimper jusqu'à vingt degrés en été, *je vous assure*, avec des paysages verdoyants, mais descendre à moins cinq en hiver. À cette période, la neige est omniprésente et des rafales glaciales peuvent s'infiltrer au creux de nos os. Pourtant, cette saison est ma préférée. Quand les sommets de notre vallée se recouvrent de blanc, donnant un soupçon de magie aux derniers mois de l'année. L'endroit le plus fabuleux à voir est la réserve naturelle Øvre Forra. Là où le lac Feren se jette dans la rivière Forra et où les oiseaux migrateurs ont une place privilégiée, car aucune technologie n'a de droits dans cet endroit protecteur de la faune et la flore.

C'est magnifique !

Quitter Paris il y a deux ans a été une décision tout à fait folle, mais vitale après ce qu'il s'est passé. Pourquoi ce pays en particulier ? Sans doute, parce qu'il s'agissait d'un rêve réciproque. Au décès de Logan, je suis devenue l'ombre de moi-même. J'ai cru mourir physiquement et moralement. Mon existence sans lui n'avait plus de sens. Plus de repères, plus d'envie. J'étais en colère contre lui, contre moi de vivre. J'ai laissé cette rage me consumer pendant plusieurs semaines. Les souvenirs de nous étaient partout et c'était insoutenable. Comment survivre sans lui ? Je pensais que c'était impossible. Chaque jour me semblait pire que le précédent. J'avais l'impression qu'on m'avait arraché le cœur. Je suffoquais littéralement de son manque. Pourtant, sans trop savoir pourquoi ni comment, je suis parvenue à dépasser mon angoisse de continuer sans lui. En venant habiter ici, j'ai la sensation qu'il est à l'abri dans mon cœur.

Zoé et Romie, d'un grand soutien dans cette épreuve, m'ont d'ailleurs suivie dans ma folle aventure. Sans elles, j'ignore où j'en serais aujourd'hui. Une nouvelle vie s'est offerte à moi. Une nouvelle page sans lui.

Au fait, bienvenue en Norvège !

Après vous avoir présenté mon nid douillet, c'est mon tour. Non ?

Je m'appelle Charlie et j'ai vingt-huit ans. Mes cheveux teintés d'un rouge rubis illuminent mon visage fin. Mon petit mètre cinquante-cinq est en accord avec ma silhouette. Juste des formes où il faut sauf la poitrine. Là où certaines se retrouvent avec un

90C, moi j'ai droit à un simple 85A ; ils vont de pair avec ma taille, mais ils font partie de moi. Alors si ça ne te plaît pas, rien à faire, passe ton chemin !

Ni parfaite ni refaite, mais très bien dans mes baskets ! C'est ma devise.

Mon petit plus ? Mes tatouages. Ils sont ma fierté. Imaginés et dessinés de mes mains, ils ont tous une signification particulière. Tatoueuse, dans l'univers du réalisme, j'ai été formée par Mika, mon mentor et ami. Travaillant à Oslo, je l'ai rencontré quand j'ai souhaité effectuer mon premier *tattoo*. Une pièce unique. Des ailes, qui partent de mes épaules, descendent le long de mon dos jusqu'au haut de mes cuisses, recouvrant certaines de mes cicatrices. Beaucoup d'heures de torture qui m'ont fait serrer les dents plus d'une fois. En résumé, j'ai douillé.

Quand il a pris connaissance de l'autrice, il a voulu en savoir un peu plus sur mes croquis. Et une chose en entraînant une autre, il a fini par me former au métier.

Aujourd'hui, j'ai ma propre boutique située en centre-ville. Le *Charlie's Tattoo* que je tiens avec Romie et Zoé, mes deux acolytes et meilleures amies. Romie est douce et une romantique née. C'est également une tatoueuse au talent indescriptible, utilisant la technique du *Dot Art*. Cet art, entièrement réalisé à partir de milliers de points, rend ses dessins fins et élégants. Quant à Zoé, au tempérament bien trempé, elle est perceuse. Les parties du corps humain n'ont aucun secret pour elle. Zoé embellit cet acte esthétique par de nombreux bijoux, aussi scintillants les uns que les autres. Elle-même en porte à des endroits que seules ses conquêtes peuvent voir.

Je serre les cuisses rien qu'à penser me faire perforer cet endroit. Mais, selon elle, le plaisir est accentué. Moi, je suis entre les deux, un mélange de romantisme et de caractère. En bref, je suis gentille, mais il ne faut pas me prendre pour une conne. *Ah oui, j'oubliais : j'ai un vocabulaire assez cru qui peut jaillir à tout moment de cette mignonne petite*

14

bouche et en surprendre plus d'un. Ma rencontre avec Zoé, au lycée, a été explosive. On ne pouvait pas se blairer dès le début. Puis, un jour, je lui ai cloué le bec et nous avons fini par ne plus nous quitter. Romie nous a rejointes lors de notre dernière année de classe. Je n'aurais pas pu rêver mieux qu'elles comme collègues de boulot. Nous avons des personnalités très différentes, mais nous nous complétons sur de nombreux points. Nous avons bossé dur afin d'avoir notre clientèle actuelle. Certains individus ne craignent pas de traverser le pays pour se faire tatouer dans notre boutique. À présent, nous sommes connues dans notre petit coin de paradis et au-delà des frontières.

CHAPITRE 2

Charlie

Après avoir gribouillé des ébauches de dessins pour passer le temps, j'avale quelques gorgées de caféine tout en consultant mon téléphone. Il est le bienfaiteur de mes réveils prématurés. Je parcours mes différents réseaux sociaux et rigole toute seule en voyant les photos complètement déjantées que Zoé a postées hier soir sur Instagram. Des *piercings* de pénis aux noms tout aussi loufoques les uns que les autres.

Huit heures trente. C'est le moment de me préparer pour le boulot. Après une bonne douche, j'opte pour un maquillage léger. Une touche de fond de teint, un trait de crayon noir qui souligne l'amande de mes yeux et du mascara qui rehausse le marron de mes prunelles. Seules mes lèvres arborent un joli rose fuchsia. Un coup de brosse suffit ce matin pour dompter ma chevelure emmêlée. Je saute dans des fringues assez chaudes au vu des températures encore glaciales d'avril. La neige laisse peu à peu place à la verdure, malgré le climat polaire.

Une demi-heure plus tard, la sonnerie de mon téléphone retentit. Je reconnais tout de suite celle de Zoé et décroche.

—Salut, ma limace, quoi de neuf ?

—Bien le bonjour, mon petit cafard. Je suis déjà au taf et je me retrouve toute seule. Romie n'est pas là et toi non plus. Qu'est-ce que vous foutez ?

Non, mais je rêve.

—Huuu. Il n'y a pas le feu au minou. Je prends mon dernier café.

—Non, pas encore, mais je me fais chier. En plus, l'ordinateur rame pour ne pas changer. Du coup, je ne peux pas mettre de musique, pleurniche Zoé.

Je lève les yeux au ciel.

—Il n'y a que toi pour te pointer une heure avant et râler après, m'exclamé-je, excédée.

—Oui ! Eh bien, je peux vérifier mon planning de la journée, préparer mon matériel, ranger mes bijoux et danser comme une tarée sans que personne me voie, rétorque mon amie.

—Ah, ouais. Mieux vaut que personne ne remarque comment tu te dandines tel un phoque sur une plage, gloussé-je.

Je l'entends souffler dans le combiné.

—Va te faire foutre, mon cafard ! Ramène ton petit cul ici et n'oublie pas mes *Kanelbullar[1]* en passant, grogne-t-elle.

Une spécialité norvégienne dont raffole Zoé, que je rapporte tous les matins.

—Oui, mon colonel général ! À vos ordres ! réagis-je avec un salut militaire imaginaire.

Clic ! Cette grognasse m'a raccroché au nez. Très courant chez nous, mais sans la moindre importance. Quand je lui donnerai sa gourmandise, elle se transformera en mignon chaton docile.

J'ai l'avantage d'habiter pas trop loin du boulot, ce qui me permet de prendre mon temps le matin. J'enfile ma veste, mon casque et mes gants, puis file retrouver mon bolide qui m'attend sagement. Une Virago 1 100 Bobber, très confortable pour mes

---

1 Kanelbullar : petite brioche sucrée roulée à la cannelle.

balades du week-end et m'emmener au travail. Je n'oublie surtout pas de passer par notre boulangerie fétiche pour récupérer ma commande et éviter une apocalypse planétaire Zoéniaque.

La clochette du magasin prévient aussitôt de mon arrivée. Romie se tient près de Zoé. La mine rageuse, cette dernière essaye de réparer ce fichu ordinateur. Elles lèvent la tête en même temps.

—Enfin, te voilà! On désespère. Rien ne va, bougonne Zoé.

—Bonjour, ma jolie, m'accueille Romie avec une moue de soulagement.

Zoé a dû lui mettre la misère. Je lui souris à mon tour et viens l'embrasser sur la joue.

—Bonjour, ma Rominette.

—Ouais. Bonjour à vous deux, on le sait. Vous pouvez faire marcher ce machin avant que je le pulvérise? rage-t-elle.

—Calmos, Godzilla! Tiens, mange avant de nous péter une durite. Ça va te calmer, dis-je en lui tendant une brioche sous le nez.

J'ai juste le temps d'enlever ma main avant qu'elle me morde. La bouche pleine, Zoé s'apaise et roucoule.

—Ouch, comme ch'est cro bon!

Je rigole en la voyant mâchonner son gâteau tout en roulant des yeux. Je crois qu'elle vient d'avoir un orgasme rien qu'en mangeant cette pâtisserie. Romie se sert à son tour et gémit tout en se léchant les doigts.

OK, on va finir dans un remake de film porno si ça continue...

Pendant que mes deux ogresses engloutissent leurs plaisirs sucrés, je m'occupe de réparer l'objet de discorde. Après quelques minutes d'efforts et d'insultes, la musique résonne à nouveau autour de nous.

Au boulot!

CHAPITRE 3

Charlie

La journée touche à sa fin. Je me lève pour déplier mes jambes engourdies après cette longue session de tatouage sur Éric, un habitué des lieux, pour le plaisir de Romie. Je viens d'achever le dessin sur son bras, sur lequel deux montres à gousset se dévoilent, entourées de roses et d'un crâne. Pendant qu'il se rhabille tranquillement, je me dirige vers l'accueil pour voir si mes copines ont terminé. J'aperçois Romie en train de faire les comptes. La trésorière du *shop*, c'est elle.

—Ça va, ma poulette ? la questionné-je, tout en lui massant les épaules.

—Oui. On a bien bossé aujourd'hui. Et toi ? Pas trop dur cette dernière séance ?

—Non. Il a été au top comme toujours, réponds-je avec un clin d'œil.

Éric sort de la cabine à ce moment-là. Après un échange de regards intenses entre les deux individus, Romie finit par détourner les yeux, rouge comme une pivoine, pour replonger dans ses comptes. Il est vrai qu'il est très agréable à contempler. Grand, baraqué, des cheveux châtains rasés de très près. C'est un ancien militaire avec le charisme qui va de pair, à faire tomber les petites culottes. Il nous salue de la main après avoir réglé sa facture, puis quitte le salon.

—Quand est-ce que tu vas lui demander d'aller boire un verre avec toi ? Bon sang ! m'emporté-je tout d'un coup.

—Euh… je… euh…, bégaie-t-elle, prise au dépourvu.

—Ma limace, tu es canon et c'est une bombe. Vous vous plaisez, ça se voit. Alors, saisis ta chance une fois pour toutes. Qu'est-ce que tu risques ? Au mieux, tu t'envoies en l'air avec un homme sexy. Vous tombez amoureux, emménagez ensemble et avez une vie heureuse pleine d'orgasmes. Au pire, ça ne marche pas, mais au moins tu auras tenté, déclaré-je d'une voix plus douce.

Elle me sourit tendrement. Sauf qu'avant qu'elle puisse me répondre, Zoé rapplique.

—Vous avez fini les greluches ? On va pouvoir passer aux choses sérieuses ?

Nous la regardons d'un air d'incompréhension.

—Notre soirée Mojito. Vous avez oublié, nous rappelle-t-elle en soupirant.

—Non ! s'écrie-t-on en chœur, Romie et moi.

On ferme le magasin après avoir tout rangé et nettoyé pour le lendemain. Chacune repart de son côté afin d'aller se préparer pour notre sortie à l'*Angel's Rock*, un bar que l'on a découvert par hasard et dans lequel on occupe tous nos mercredis soir.

Deux heures plus tard, je rejoins mes deux morues déjà attablées, un verre à la main.

—Sympathiques, les meufs. Même pas, vous m'attendez pour boire, maugréé-je, les bras croisés.

—On avait soif, ma poule, et puis tu as mis trois plombes à te pointer, se défend Zoé en sifflant son Mojito fraise.

Je réplique par un doigt d'honneur et m'assieds.

—Ton Mojito est commandé, ma puce, tente de m'apaiser Romie.

Je la remercie d'un sourire.

La soirée se déroule tranquillement. Les boissons se succèdent et l'alcool pénètre peu à peu dans mon organisme. Après deux verres, je me sens toute guillerette et prise d'une folle envie de danser.

Piouf ! Ils étaient bien corsés.

Sur la piste, j'aperçois une Zoé déchaînée qui se frotte littéralement à un mec aux pectoraux bien prononcés. Il y en a une qui ne va pas finir sa soirée seule.

Quant à Romie, elle reste sage à siroter son cocktail pendant que je m'élance à mon tour. La musique envahit mon corps. Les paupières closes, je me déhanche au rythme des basses. Les bras levés, je me balance de droite à gauche. Soudain, j'ai très chaud. Je suis en nage. Une goutte de sueur dévale ma colonne vertébrale. J'ouvre les yeux et tombe nez à nez avec deux iris perçants qui me scrutent du fond de la salle. J'ai du mal à apercevoir le reste de sa silhouette. Mais ces yeux, il me semble les reconnaître.

Nom d'une mémé en string ! Impossible, j'ai dû trop boire.

Mon sang pulse dans mes oreilles. Une bouffée de chaleur me monte au visage contrastant avec la chair de poule qui me traverse.

Ce n'est pas l'alcool, ça !

Quelqu'un me pousse légèrement et rompt tout contact avec ce regard de braise. En effet, cela doit bien faire cinq bonnes minutes que je suis comme une idiote en plein milieu du passage, la bave au coin de la bouche.

Complètement émoustillée et hébétée, je retrouve Romie qui ne perd pas une miette du spectacle et me scrute, un sourcil arqué.

—Qu'est-ce qui t'arrive ? On aurait dit un cornichon planté dans le sol qui aurait vu un fantôme. Et maintenant, tu marches comme si tu t'étais pissée dessus.

—Je ne sais pas si c'en était un, mais il m'a fait mouiller ma petite culotte tellement c'était chaud, réponds-je en avalant une gorgée de Mojito pour me calmer.

Elle hausse les épaules ne comprenant rien à ce que je viens de déblatérer. D'un rapide coup d'œil circulaire, mes yeux cherchent à le repérer à nouveau, en vain. Il s'est volatilisé. Sûrement mon imagination qui me joue des tours. Avec les cocktails ingérés et ma libido qui frôle le zéro depuis quelque temps, je dois être en manque. Quelques minutes plus tard et plusieurs roulages de galoches avec son partenaire de danse, Zoé revient. Elle me regarde et se tourne vers notre amie.

—Pourquoi Charlie est toute rouge? Elle a fumé un joint?

—Elle a besoin de sexe, je crois, lui explique Romie.

—Tu m'étonnes. Depuis le temps qu'elle est célibataire, ça doit être la forêt vierge là-dedans avec les toiles d'araignées en prime, comme le grenier de ma grand-mère.

—N'importe quoi! Je l'entretiens tous les mois mon minou, je te signale. Et j'ai Roger qui me soulage quand c'est nécessaire, lui rétorqué-je avec une grimace.

—Le vibro ne compte pas. Tu as besoin d'une langue et d'un pénis. Un vrai! Depuis Logan, tu n'as eu que des mecs rasoirs et nuls au pieu. Trois ans se sont écoulés, il faut te remettre en selle, Chérie.

Dès l'instant où Zoé prononce son prénom, un voile de tristesse couvre mon visage. Elle a raison. Après lui, je n'ai eu que trois aventures avec des hommes inintéressants. Un ne m'a jamais rappelé après nos ébats d'une nuit. L'autre égoïste et radin au possible n'a fait que de parler de lui pendant toute la soirée et m'a laissé payer l'addition du restaurant. Un vrai goujat!

Et le dernier en date s'est révélé être une catastrophe au lit. Il a cru que mon clito était une manette de jeux vidéo et au bout de trois minutes, c'était fini. Pensive, je termine mon verre. Ce regard qui me perturbe encore aura raison de moi et de ma culotte ce soir.

Une sonnerie stridente me tire du sommeil. *Arghhh!!!*

J'essaye d'atteindre mon téléphone pour éteindre mon réveil qui hurle. Merde, je vais être en retard. Je me lève et pars à la recherche d'un cachet de paracétamol pour faire taire le marteau piqueur dans mon crâne. Une fois avalé, je file me préparer pour le boulot. Arrivée au bureau, je retire mes lunettes de soleil qui cachent l'état de mes excès d'hier soir.

—Bonjour, bonjour, mon cafard adoré! me salue Zoé d'un air jovial.

Je plisse les yeux de douleur.

—Moins fort. J'ai la tête qui va exploser, geins-je.

—Houlà! Madame est de mauvais poil aujourd'hui. Roger ne t'a pas satisfaite correctement?

Putain, elle me cherche celle-là.

—Si, parfaitement! Mais il n'efface pas la gueule de bois, m'emporté-je.

—Tiens, ça va te faire du bien.

Romie me tend un café avant de récupérer un muffin au chocolat qu'elle est allée acheter, puis croque dedans en silence. Je vérifie mes rendez-vous du jour et constate que je suis blindée jusqu'à ce soir. Surtout ce matin, avec quasi que des pièces simples. C'est un peu chiant à mon goût. J'aime avoir des dessins complexes à réaliser. Une jeune femme arrive pour effectuer son premier tatouage. Son choix se porte sur son signe astrologique au niveau du poignet. Un fin motif pour débuter, c'est le mieux. Cela permet de vérifier aussi notre seuil de tolérance à la douleur.

Combien se sont désistés à la dernière minute par peur? C'est un acte à ne pas prendre à la légère. Il faut bien réfléchir avant de se lancer, sélectionner avec minutie le modèle qui conviendra et quelle partie de votre corps sera exposée à l'aiguille.

J'enchaîne les clients et les heures défilent. Je n'ai qu'une hâte, c'est clôturer cette journée pour retrouver mon canapé avec un bon bouquin et un thé.

Les filles parties plus tôt, c'est moi qui ferme la boutique. Je profite du calme pour travailler sur le croquis d'un phœnix dans les tons rouge, orangé et jaune en attendant mon dernier rendez-vous. Concentrée sur mon dessin, je ne prête pas attention au tintement du carillon annonciateur de l'arrivée de mon client. Un picotement à la base de ma nuque me fait relever la tête. Ma bouche forme un O de surprise quand je l'aperçois.

Will.

CHAPITRE 4

Charlie

Trois ans auparavant, le jour de l'enterrement

Mes muscles encore endoloris me rappellent sans cesse ce à quoi j'ai survécu et ce que j'ai perdu dans l'accident. Logan, mon pilier, mon meilleur ami et l'amour de ma vie depuis quatre ans, est mort. Mon cerveau shooté par les somnifères avalés la veille est comme débranché. Selon le médecin, ces cachets me sont nécessaires. Seulement, dormir me ramène continuellement dans cette voiture.

Le week-end dernier, nous avons passé deux jours chez mes parents à la campagne. Une tempête de froid s'est abattue sur la France depuis un mois. À cause de la chute des températures, des plaques de verglas se sont formées à certains endroits malgré le salage des routes. Sur le chemin du retour, j'ai somnolé quelques instants quand Logan a poussé un juron. Les pneus se sont mis à crisser et ma tête a été projetée contre la vitre. Il s'en est suivi un nombre incalculable de tonneaux. Je pense avoir perdu connaissance lorsque la voiture s'est encastrée dans un arbre, stoppant sa course.

Logan est mort sur le coup, éjecté de l'habitacle. La police l'a retrouvé à quelques mètres du véhicule. Quant à moi, je suis restée coincée dans la carcasse métallique de longues heures, le temps que l'on nous localise. Un traumatisme crânien et une double fracture ouverte du fémur me valent de belles cicatrices.

Sans parler de mes côtes brisées, des nombreuses ecchymoses sur mon visage et mon corps.

Mon esprit vagabonde pendant la cérémonie où chaque proche et membre de sa famille prononcent de tendres paroles à son égard. Puis, la voix de Will, son meilleur ami, me parvient, récitant un poème amérindien. Je relève la tête pour l'observer.

À ceux que j'aime et qui m'aiment
Quand je ne serai plus là, lâchez-moi !
Laissez-moi partir
Car j'ai tellement de choses à faire et à voir !
Ne pleurez pas en pensant à moi !

Soyez reconnaissants pour les belles années
Pendant lesquelles je vous ai donné mon amour !
Vous ne pouvez que deviner
Le bonheur que vous m'avez apporté !

Je vous remercie pour l'amour que chacun m'a démontré !
Maintenant, il est temps pour moi de voyager seul.
Pendant un court moment, vous pouvez avoir de la peine.
La confiance vous apportera réconfort et consolation.

Nous ne serons séparés que pour quelque temps !
Laissez les souvenirs apaiser votre douleur !
Je ne suis pas loin et la vie continue !
Si vous en avez besoin, appelez-moi et je viendrai !

Même si vous ne pouvez me voir ou me toucher, je serai là,
Et si vous écoutez votre cœur, vous sentirez clairement

La douceur de l'amour que j'apporterai !
Quand il sera temps pour vous de partir,
Je serai là pour vous accueillir,

Je suis les mille vents qui soufflent,
Je suis le scintillement des cristaux de neige,
Je suis la lumière qui traverse les champs de blé,
Je suis la douce pluie d'automne,
Je suis l'éveil des oiseaux dans le calme du matin,
Je suis l'étoile qui brille dans la nuit !

À la fin de sa tirade, les yeux rougis par la tristesse, il me contemple avec une expression indéchiffrable. Je me perds dans son regard profond sachant ce qu'il pense. Pourquoi lui et pas toi ?

Nous ne sommes pas très proches tous les deux. Dès que nous sommes à proximité l'un de l'autre, il ne peut pas s'empêcher de m'envoyer des piques. Depuis le début, j'ai été gentille avec lui, mais il n'a pas dû supporter que je me mette en couple avec Logan. Je suis devenue l'obstacle placé en travers de leur amitié. Pourtant, je leur ai donné du temps entre eux pour que Logan ne le délaisse pas. Mais rien n'a changé, il s'est transformé en vrai connard avec moi. Du coup, je ne me suis plus laissé faire et, chaque fois que nous nous sommes vus, ça a été explosif.

CHAPITRE 5

Charlie

De nos jours.

Le revoir au bout de trois ans ravive la douleur dans ma poitrine.

Qu'est-ce que Will fabrique ici ? En Norvège. Je rêve, ce n'est pas possible. Est-il venu me cracher sa peine, sa haine, en pleine face parce qu'il n'a pas eu le temps de le faire il y a trois ans ? Je n'ai pas besoin de ça. Il ne sait pas par quoi je suis passée. Les longs mois où les souffrances physiques et psychiques ne m'ont laissé aucun répit. Le nombre de fois où j'ai voulu mourir tellement le chagrin me consumait. Je ne serai plus jamais en paix. La culpabilité d'être en vie à sa place reste présente malgré un gros travail pour l'accepter.

—Bonjour, Charlie.

L'entendre prononcer mon prénom m'électrise. Je serre mes poings si fort que mes ongles s'enfoncent dans mes paumes.

—Qu'est-ce que tu fais ici ? Tu t'es perdu ? le questionné-je sèchement.

Il sourit.

Il n'a pas changé. Putain, pourquoi ce sourire est-il aussi attirant ? L'était-il déjà avant, ou bien la présence hypnotique de Logan m'empêchait de m'en rendre compte ?

Will est un sacré beau mâle, on peut le dire. Des cheveux ébène encadrent son visage fin, accentué par une barbe de trois jours qui le rend diablement sexy. Ses yeux bleu turquoise lui donnent un regard profond et envoûtant dans lequel on pourrait se perdre. Sa ressemblance avec Damon de *Vampires Diaries*[2] est frappante. *Vous voyez le genre ?* Il n'a aucun mal à séduire les filles qu'il rencontre. À l'époque, il repartait de soirée avec une différente à chaque fois.

—Non, je suis là pour le travail. J'ai su que tu avais quitté la France pour venir ici, alors, j'en profite pour te rendre visite. Cela fait très longtemps que l'on ne s'est pas vu, n'est-ce pas ?

—Trois ans, soufflé-je en baissant les yeux.

La culpabilité que j'ai eu tant de mal à enfouir remonte à la surface, ainsi que de nombreux souvenirs auxquels je ne veux pas penser.

Non ! Je ne lui permettrai pas d'anéantir mes efforts pour aller mieux. Je suis en vie et heureuse de l'être. Je ne dois plus me sentir fautive. Logan aimerait me voir avancer et croquer la vie à pleine dent.

Ravalant mes larmes, je relève la tête et soutiens son regard.

—C'est donc toi mon dernier rendez-vous ? Pourquoi ne pas avoir donné ton vrai nom ? Tu as eu peur que je ne veuille pas te recevoir ?

—En partie, oui. Et vu ta réaction, j'ai bien fait.

—Évidemment ! Tu te pointes, comme ça, après toutes ces années. Pourquoi au juste ? Hein ? Tu peux m'expliquer ? Pour me balancer toute ta haine à la gueule, comme au bon vieux temps. Non merci ! J'ai assez donné. Je n'ai pas besoin que tu en remettes une couche. J'ai avancé. Du moins, j'essaye, à mon rythme, et il est hors de question que tu viennes tout foutre en l'air. Alors je te remercie d'être passé, mais je vais fermer. Je te souhaite une agréable soirée et une bonne continuation, déblatéré-je à toute vitesse en le poussant vers la sortie.

---

2 Série télévisée américaine développée par Kévin Williamson et Julie Plec (2009-2017)

La tête penchée sur le côté, il me scrute, incrédule. Je ne lui laisse pas l'opportunité de s'expliquer et claque la porte rapidement. La main sur la poitrine, je tente de calmer les battements de mon cœur, qui veut se faire la malle. Le cerveau en ébullition, impossible de retourner chez moi ruminer, alors je file direct à l'appartement de Romie en prévenant Zoé de nous y retrouver de toute urgence.

—Tu l'as viré sans écouter ses justifications ? répète Zoé, les yeux grands ouverts. Mais tu es complètement barrée, ma pauvre.

—Tu déconnes ! Tu es de son côté ou quoi ? m'emporté-je.

—Non. Mais tu ne lui as pas laissé le temps de s'expliquer. Tu l'as dégagé direct. Tu ne sais même pas pourquoi il est venu te voir.

Je cherche du soutien dans les prunelles de Romie, mais elle me fixe en pinçant les lèvres.

—Ma puce, sur ce coup-là, Zoé a raison.

—Alléluia ! s'écrit la traîtresse en levant les bras au-dessus de sa tête.

Je la fusille du regard. Elle s'approche de moi et prend ma main dans la sienne.

—Je comprends absolument que sa venue te perturbe et que les sentiments que tu as enfouis au plus profond de toi resurgissent, mais c'est le meilleur ami de Logan. Ne penses-tu pas que tu as réagi de façon excessive ?

Elle a peut-être raison. J'y suis allée un peu trop fort. Mais je ne sais pas pourquoi il est ici ? Il ne m'a jamais appréciée. Juste après l'enterrement, il ne m'a pas contactée pour prendre de mes nouvelles et je ne l'ai plus revu. Nous nous sommes côtoyés juste par amour pour Logan.

Je décide de clore le sujet pour le moment. Mais ses iris turquoise hantent toujours mon esprit.

Mes journées sont interminables. Les projets se succèdent, ce qui m'empêche de ruminer. Et le soir, je suis tellement crevée que je m'endors comme une souche. Les jours ont défilé si vite que je ne me suis pas aperçue que nous étions déjà samedi. Pas de repos pour les braves : j'accumule les rendez-vous. Lorsque mon ultime client de la matinée quitte la boutique, je souffle un peu en rangeant mon matériel, avant d'aller déjeuner. En grande conversation avec je ne sais qui, Zoé s'esclaffe si fort que je perçois sa voix aigüe depuis ma cabine. Cela ne m'étonnerait pas qu'elle fasse encore du gringue à un mec. Curieuse de voir quel Apollon elle a alpagué dans ses filets, je sors, criant pour que tout le monde m'entende.

—Oh, la dinde ! Tu n'as pas un *piercing* au clito à poser au lieu de glousser ?

—Salut, ma belle.

Ce surnom que je reconnais atteint mes oreilles. *La traîtresse ! Tu crois qu'elle m'aurait prévenue de sa présence ?*

—Bon, on vous laisse. À tout à l'heure, ma biche ! À bientôt, Will ! le salue Romie en tirant Zoé par le bras pour sortir.

Le silence qui s'ensuit devient gênant.

—Je suis désolée de t'avoir mis dehors. Je n'aurais pas dû réagir ainsi, marmonné-je sans détourner le regard.

Pas de réponse.

—J'ai été un peu excessive.

Toujours rien. Irritée par son mutisme, je fronce les sourcils. Un sourire s'invite au coin de ses lèvres, me provoquant des sueurs. Il est terriblement séduisant, mais son comportement m'exaspère.

—Tu te fous de ma gueule, en fait ? C'est ça ? Tu es vraiment un crétin, m'agacé-je en croisant mes bras tatoués sur ma poitrine.

—Tu es toujours aussi chiante, lâche-t-il soudainement.

Mes yeux s'écarquillent comme des soucoupes. *Moi? Chiante?* Et j'explose. Encore…

—Va te faire foutre! Je m'excuse et… et toi… tu restes planté là, sans rien dire. Et c'est moi qui suis chiante? Tu es obligé d'être constamment désagréable?

—Moi? Désagréable? Non, mais je rêve. Tu n'as pas changé depuis toutes ces années, s'énerve-t-il.

Je sursaute de surprise face à sa colère.

—Chaque fois que je viens pour essayer de te parler, tu m'envoies paître. Merde, je ne suis pas ici pour ça, continue-t-il sur sa lancée, passant une main dans ses cheveux.

Ses muscles saillants moulés par sa chemise le rendent tout à fait fascinant.

Je n'arrive plus à réfléchir correctement. *Pourquoi, je ressens ces émotions? Je suis vraiment en manque, ce n'est pas possible.*

Je me masse les tempes pour essayer de rassembler mes esprits, mais sa présence me chamboule trop. Mes réactions face à lui sont incompréhensibles. La panique m'envahit.

—Tu veux un rendez-vous pour un *piercing?* lui demandé-je de but en blanc.

Surpris par ma question sortie de nulle part, il me regarde les yeux grands ouverts avant de se mettre à rire à gorge déployée.

—Tu es vraiment en train de me proposer un truc pareil? Là? Maintenant?

Je hausse les épaules et perds le contrôle de la situation, faisant la seule chose qui me paraît la plus adaptée: fuir.

Bon d'accord, ce n'est pas très adulte, mais c'est ce qui me semble approprié sur le moment.

—Il faut que je parte. Les filles m'attendent. Si tu as besoin d'un rendez-vous, n'hésite pas à repasser, lâché-je.

J'attrape mon manteau, l'enfile à la va-vite et me barre sans demander mon reste, mais Will me suit jusque sur le trottoir.

Malgré le soleil, le froid glacial s'insinue à travers les couches de coton, me déclenchant un frisson. Ou est-ce le poids de son regard dans mon dos ?

Il va me faire péter tous mes neurones !

Sur le chemin du retour, je replonge dans les souvenirs de cette époque où je ne le supportais pas.

— *Vous ne pouvez pas vous entendre, tous les deux ? fulmine Logan, furax. Je n'ai pas envie de jouer l'arbitre entre vous deux dès que l'on doit se voir.*

Les bras croisés, je boude, sur le canapé. Chaque fois, c'est la même chose : Will m'envoie des piques dans la tronche sitôt que Logan a le dos tourné.

— *Oui. Eh bien, moi j'en ai marre de ses réflexions débiles. Alors, n'attends pas de moi que je ferme ma gueule, rétorqué-je, excédée.*

— *Oh ! J'ai froissé la petite princesse, me tacle-t-il à nouveau.*

— *Will ! Ça suffit, toi aussi, s'agace Logan.*

— *C'est bon. Ce n'est pas de ma faute si ta copine n'a aucun humour.*

Je le fusille du regard et lui tends mon majeur bien en face.

— *Si t'allais te trouver une nouvelle pouliche pour la soirée, ça nous ferait des vacances, lui proposé-je pour qu'il dégage.*

— *C'est exactement ce que j'allais faire, ma belle, me répond-il tout en jetant un coup d'œil circulaire et en se frottant les mains.*

Je déteste qu'il m'appelle ainsi et il le sait très bien.

Soudain, Will plisse les yeux, un petit sourire au coin de ses lèvres fines. Il vient de trouver son gibier du soir. Je secoue la tête quand il se déplace tel un lion en chasse. Logan s'assied près de moi et m'embrasse tendrement la joue.

— *Will peut être un gros con parfois…*

— *Parfois ?*

Il presse un doigt sur ma bouche pour m'intimer de me taire.

— *Mais je vous aime tous les deux. Je souhaiterais que chacun y mette du sien quand on se retrouve tous les trois. Je lui dirais aussi. Tu penses y arriver de ton côté ? me demande-t-il avec sa moue angélique.*

Je ne peux pas lui résister. Je souffle et opine de la tête, abandonnant la partie pour cette fois.

— Tu es la meilleure, Charlie, et je t'aime comme un dingue, me chuchote-t-il au creux de l'oreille.

Mon cœur se gonfle d'amour lorsque j'entends ces mots. Logan et moi sommes ensemble depuis plus de trois ans. C'est mon premier amour, mon roc, ma moitié sur qui je peux compter. Nous vivons un vrai conte de fées jusqu'à ce que le dragon, alias Will, intervienne dans notre vie de couple.

Il vient de revenir en ville après avoir terminé ses études d'architecte. Will est au courant de mon existence depuis le début, mais il n'y a que quelques semaines que nous nous sommes réellement rencontrés. Et autant vous dire que notre première entrevue ne s'est pas déroulée comme escomptée. Après un premier contact assez bizarre, Will est devenu froid, distant et désagréable. Il n'a pas essayé de me connaître davantage, avant de se forger une quelconque opinion me concernant. Depuis ce temps-là, il consacre son énergie à me tacler dès que l'on se voit.

J'ai pourtant tenté de me rapprocher de lui, de rester sympa malgré tout, mais cela n'a rien changé. J'ai arrêté de vouloir m'en faire un ami. Alors au fil des jours, j'ai appris à l'envoyer balader comme il se doit. J'ai essayé d'être gentille, mais lui a préféré jouer au con sans savoir à qui il avait affaire. Maintenant, c'est plutôt un ennemi qui me cherche dès qu'il le peut. Et puis, il a ce fameux regard étrange sur moi ; ce n'est ni de la colère ni de l'agacement, c'est autre chose de plus profond.

Logan me serre dans ses bras. Paupières closes, je profite de sa chaleur. En les rouvrant, deux billes bleues ombrageuses me percutent du fond de la pièce.

37

CHAPITRE 6

Will

—*Détourne les yeux, elle va encore te repérer ! pensé-je.*

Trop tard. Ne pouvant détacher mon regard de son visage attirant, je fais la seule chose logique pour cacher mon trouble en sa présence. Je fronce les sourcils, lui montrant mon mécontentement. Mais si elle savait que c'est tout le contraire que je ressens depuis notre première rencontre.

Je m'en souviens comme si c'était hier. Un slim noir moulait à la perfection ses jambes et son pull près du corps dévoilait la finesse de sa taille. J'ai craqué instantanément sur ce petit bout de femme, accrochée au bras de mon meilleur ami. Ses lèvres sur ma joue quand elle m'a embrassé pour me saluer m'ont fait disjoncter. Mon épiderme réagissait au sien alors que c'était interdit. C'était la copine de Logan. Mon pote, mon frère de cœur. J'ai répliqué de l'unique façon plausible : en abruti. Et depuis, je m'évertue à agir de la sorte dès qu'elle se trouve près de moi.

De retour à l'instant présent, je fulmine face au constat qui s'impose à moi : elle me fuit encore, me délaissant comme un con sur le trottoir. Elle va me faire péter une durite. Je retourne dans ma chambre d'hôtel, perdu dans mes songes d'une époque bien lointaine. Je ne suis plus le même homme qu'elle a connu. Par la force des événements, j'ai changé.

À la mort de Logan, je suis devenu une ombre. J'ai passé mon temps à sortir, boire et coucher avec tout ce qui avait une poitrine et de longues jambes. Je me suis fait arrêter plusieurs fois en état d'ivresse. Un soir, après une fête entre amis bien arrosée, je me suis retrouvé une nuit de plus en cellule, de nouveau pour conduite sous l'empire de l'alcool. Le lendemain, mon père a payé ma caution et m'a évité la prison en graissant la patte à la justice. Je m'en suis sorti avec des travaux d'intérêt général. En revanche, la sentence paternelle a été sans appel. Rejoindre sa société et bosser pour lui, afin de suivre ses pas. Je n'ai plus eu le choix : la taule ou accepter son deal.

Je suis issu d'une famille aisée, dans laquelle je ne me suis jamais senti à ma place. Femme au foyer, ma mère vise sans cesse l'excellence. On peut toujours faire mieux. Elle est loin d'être la maman modèle, aimante et câline. Quant à mon daron, c'est le parfait exemple de l'absentéisme parental. Il dirige l'entreprise familiale, vieille de trois générations.

Mes géniteurs n'ont jamais été d'un immense soutien puisque je n'ai suivi aucun de leurs conseils et ce qui les a agacés. Je n'ai pas effectué de hautes études de commerce, comme mon père, pour reprendre son flambeau, à son plus grand regret. Leur estime pour moi s'est effilochée quand ils ont compris qu'ils ne pouvaient pas me contrôler. Car à l'époque, je n'avais pas envisagé d'un iota de rester enfermé dans un bureau ni de gérer une horde de personnes, non merci. Dessiner, créer me passionne, j'ai suivi des cours d'architecture, malgré leur désapprobation. J'ai obtenu mon diplôme avec mention avant la disparition de Logan.

Je n'ai pas été un fils parfait à leurs yeux. Sauf que la réputation de la famille est primordiale et il est hors de question que les déboires de leur rejeton viennent l'entacher. Par conséquent, quand j'ai merdé, il a fallu rectifier le tir. Je suis donc devenu un homme d'affaires intraitable et un bon parti. Il y a peu, mon père m'a annoncé qu'une fusion avec une autre entreprise serait bénéfique pour nous. Je n'ai compris que trop tard ce que cela impliquait réellement.

Il y a quelques jours, quand j'ai su ce que mes parents avaient projeté pour mon avenir, je n'ai plus eu aucune échappatoire. J'ai bu plus que raison ce soir-là et j'ai explosé. Toute ma douleur et ma colère se sont déversées sans contrôle. Je me suis réveillé sur le parquet de mon appartement, une bouteille de *Whisky* près de moi. Un champ de bataille avait remplacé mon salon. Ma main a rencontré le seul objet intact après ma crise. Une photo de Logan, moi et *elle*.

J'ai caressé le cadre du bout des doigts. Sans être maître de moi-même, je me suis mis en marche. Je devais partir. J'ai empilé quelques vêtements dans un sac avant de foncer à l'aéroport. Sans rien comprendre, je me suis retrouvé dans un avion, direction la Norvège. Deux ans après la mort de Logan, j'ai appris qu'elle avait refait sa vie là-bas.

Ce soir-là, dans le seul bar de la ville, le hasard a voulu que je la revoie pour la première fois depuis l'accident. Je suis resté en retrait pour l'observer. Happé par l'image sensuelle de son corps se mouvant au rythme de la musique, mon pantalon ne cachait plus le désir qui m'animait à cet instant. Puis tout à coup, nos regards se sont croisés. J'ai cru qu'elle m'avait reconnu. Pris de panique, j'ai détalé comme un lapin. Le lendemain, armé de courage, je suis allé la voir à sa boutique, dont l'adresse m'avait été transmise par le gérant de mon hôtel. Plongée dans son dessin, elle ne m'a pas entendu arriver. Quand elle a relevé le nez de sa feuille, que nos prunelles se sont percutées, j'ai été projeté des années en arrière, envoûté à nouveau, aspiré dans ce tourbillon de sentiments qui m'assaillaient.

Elle n'a pas changé, hormis la teinte de ses cheveux rassemblés dans un chignon désordonné. Ses yeux noisette sont comme dans mes souvenirs. Ses lèvres bien dessinées et rehaussées d'une nuance framboise appellent à la tentation.

41

Ma bouche se fend en un sourire machiavélique quand je repense à ce qu'il s'est passé par la suite.

Elle veut jouer, alors on va jouer !

CHAPITRE 7

Charlie

Quelques minutes plus tard, mon portable vibre dans ma poche, annonçant l'arrivée d'un nouveau message ; le numéro m'est étranger.

> Inconnu : Je reste perplexe quant à ta proposition de me faire percer.

Nom d'une mémé en string ! Comment a-t-il eu mes coordonnées ?

Je me frappe le front me rappelant qu'elles sont affichées sur la porte de la boutique. Après avoir enregistré le sien, je tape ma réponse.

> Moi : C'est parce que tu n'es jamais passé entre les mains de Zoé.

> Will : Je ne suis pas sûr d'en avoir envie. Je n'ose même pas imaginer sur quelle partie de mon corps elle voudrait faire un trou.

Moi : Si tu savais…
Elle peut être très persuasive
et tu peux vite te laisser
tenter.

Will : Qui te dit que je
ne le suis pas déjà ?

Je manque de rater le trottoir en relisant son message. *Il est quoi ?*
Tenté ? Percé ?

Des images d'un *piercing* bien placé me donnent soudainement
des vapeurs. Je retrouve mes deux traîtresses dans notre restaurant
italien favori. Je n'ai pas le temps de m'asseoir qu'elles m'assaillent
de questions. Zoé, la plus rapide, les enchaîne.

— Alors, comment ça s'est passé ? Tu lui as parlé ? Tu l'as encore
viré ou vous vous êtes envoyés en l'air sur le bureau ?

Romie lui caresse l'épaule et lui tend son verre de vin blanc.

— Respire, ma belette. Tu vas nous faire une syncope. Bois un
coup et laisse Charlie nous raconter.

À bout de souffle, Zoé finit son apéritif d'une traite et me
scrute, dans l'attente. Malheureusement pour elle, Angelo, notre
serveur habituel, nous interrompt.

— *Bongiorno, Signorina* Charlie et Romie. Zoé *come stai*[3] ?

Celle-ci cille à plusieurs reprises et gigote sur sa chaise quand il
lui adresse un sourire charmeur.

— *Bene Angelo e tu*[4] ?

Ma bouche m'en tombe. Où a-t-elle appris l'italien cette morue ?

— *Molto bene ora che sei qui*[5], lui répond-il avec un accent à faire
mouiller toutes les petites culottes alentour.

3 Bonjour Mesdemoiselles Charlie et Romie. Zoé, comment vas-tu ?
4 Bien Angelo et toi ?
5 Très bien maintenant que tu es là.

Que lui a-t-il raconté pour que Zoé devienne rouge comme une pivoine ?

— Vous avez commandé, mesdemoiselles ?

Chacune choisit tour à tour. Une fois seules, je me tourne vers Zoé qui reprend un verre, comme si de rien n'était.

— Tu parles italien, toi, maintenant ? la questionné-je.

— Quelques mots par-ci, par-là.

On se regarde avec Romie, abasourdies.

— Mais depuis quand ? Pourquoi tu ne nous l'as pas dit ?

— Trois mois et je n'y ai pas pensé. Ce n'est pas vraiment important.

Je réfléchis quelques instants ; soudain, je percute. C'est pile au moment où l'on a commencé à fréquenter ce restaurant.

— Oh, la vache ! C'est pour lui que tu apprends la langue. Parce qu'il te plaît ! m'exclamé-je, l'index tendu dans sa direction.

— Chuuuttt ! Pas si fort !

Ses doigts me bâillonnent. Je grogne et lui mords la paume pour qu'elle me libère.

— Mais tu es tarée, ma pauvre ! couine-t-elle en frottant l'intérieur de sa main.

— Les filles ! Tout le monde nous regarde.

Romie ne sait plus où se mettre, se cachant derrière son verre. Zoé et son assurance légendaire rétorquent :

— On s'en tape le coquillard, mon bichon. Ce sont des curieux. Et on n'a pas encore parlé de la baise phénoménale qu'a eue notre chère Charlie.

Je m'étrangle, recrachant toute l'eau de ma bouche. C'est d'un glamour.

— On n'a rien fait, espèce de perverse du ciboulot ! Un homme et une femme peuvent communiquer autrement qu'à l'horizontale, je te signale, rétorqué-je en m'essuyant.

—Ou à la verticale, glisse Romie si bas qu'on peine à l'entendre tandis qu'elle feint de regarder ailleurs.

Je la fixe, éberluée. Elle se dévergonde, cette petite.

—Enfin, bref! On a eu une discussion courte et intense, poursuis-je.

—Intense, se moque Zoé.

—Je me suis excusée de mon comportement. Ce qui m'a valu un long silence de mort, puis je l'ai engueulé, encore. Il a dit que j'étais chiante. On s'est pris la tête et il m'a déstabilisée avec ses… ses… pfff… Bref, il est complètement taré, ce mec. Du coup, je lui ai proposé de se faire percer. Et voilà!

—Quoi? Tu as fait quoi? s'écrie Zoé, les yeux exorbités.

À ce moment précis, nos assiettes arrivent. J'en salive d'avance. Zoé aussi, mais pas uniquement sur son plat. J'en profite pour lui balancer:

—Zouzoute! Tu baves.

Elle me fusille du regard, mais essuie discrètement le coin de sa bouche et renchérit:

—On n'en a pas fini. Le *piercing*?

—Oui, eh bien, vous m'avez abandonnée avec lui. J'ai paniqué. C'est le seul truc qui m'est venu pour calmer le jeu, tenté-je pour me défendre.

Elles lèvent les yeux au ciel; je suis une cause perdue.

—Ça a marché, car il m'a envoyé un message tout à l'heure et il a laissé entendre qu'il est peut-être déjà percé, rajouté-je, feignant l'indifférence.

—Quoi? hurlent-elles en même temps.

L'index sur les lèvres, la professionnelle en elle s'interroge.

—Il t'a dit où ? Quel type? Imagine, c'est un *Dydoe*[6] ou un *Ampallang*[7] ou encore mieux un Prince Albert[8].

Je secoue la tête. Non! Hors de question de l'imaginer. *Je vais être obligée de changer de sous-vêtement si cela continue.* Puis, elle s'exclame en se frottant les mains.

—Tu vas grimper aux rideaux, mon cafard.

La discussion se poursuit sur ce sujet à mon plus grand désarroi. Des images fusent dans mon esprit. Mon vagin, lui, danse la rumba et mon tanga est bon pour être remplacé. C'est la faute aux deux nanas qui me servent d'amies. Heureusement, je suis de repos jusqu'à mardi et bien décidée à me relaxer.

Une fois chez moi, je m'affale sur le canapé avec un verre de vin et mon livre. Une romance entre une mère célibataire et un tueur à gages. J'adore cette autrice et ne me lasse pas de rire à chaque page. Je suis captivée par ma lecture. Une scène épicée entre les personnages défile sous mes yeux et mon esprit s'évade. Je repense à Will. Les traits de son visage sont toujours les mêmes, mais quelque chose d'indéchiffrable a changé dans son regard. Il a l'air plus dur. Je ne sais pas ce qu'il s'est passé dans sa vie depuis la mort de Logan, mais il a été drôlement marqué. Être face à lui me perturbe, embrouille mes souvenirs et me déstabilise. C'est le meilleur ami de Logan. Je n'ai pas le droit. Ce ne serait pas correct. Logan restera à jamais dans mon cœur et personne ne pourra le remplacer. Je l'aime et l'aimerai toujours. Je dois à tout prix faire attention et me tenir le plus loin possible de Will. Car, avec le manque de sexe et la présence de sa belle gueule, je crains de commettre une bêtise regrettable.

Le week-end se place sous le signe de la détente. Dimanche, je décide de faire une petite balade, tranquille, juste moi, et ma bécane. Je roule jusqu'à la vallée de Stjørdalen. Le vert de la nature

6 Dydoe : piercing qui passe à travers le bord strié du gland.

7Ampallang : piercing qui pénètre horizontalement et à travers tout le gland.

8 Prince Albert : ce piercing est inséré dans l'urètre et ressort au niveau du frein.

contraste avec le blanc des sommets encore enneigés. La rivière qui longe la route se faufile à travers les montagnes. Je m'émerveille de ce paysage à couper le souffle qui défile. La visière ouverte, le vent fouette mon visage et mes cheveux virevoltent sous mon casque. Ce sentiment de liberté et d'apaisement que tout motard peut ressentir m'envahit. Après cela, j'effectue un crochet par notre boulangerie préférée pour un petit goûter improvisé. Tranquillement installée à une table sur la terrasse, la chaleur du soleil caresse ma peau. À cette période de l'année, les habitants profitent du peu de rayons qu'il peut nous offrir en se promenant en ville.

Je déguste un cookie au chocolat accompagné d'un thé quand une ombre s'immobilise devant moi, bloquant la lumière. Des frissons me traversent.

—Bonjour, et bon appétit !

Cette voix, reconnaissable entre mille, s'infiltre dans tous les pores de ma peau. Je lève la tête et plisse les yeux dans sa direction. Il est habillé d'un jean et d'une veste en cuir noir entrouverte qui laisse découvrir son torse moulé à la perfection par un tee-shirt blanc. Ma température corporelle augmente tout d'un coup. Je déglutis, puis reprends contenance avec difficulté.

—Bonjour. Merci, mais tu me caches le soleil.

—Oh ! Pardon, mademoiselle ! Je ne voudrais pas que tu perdes ton bronzage, se moque-t-il en se décalant.

—Merci bien.

—Je peux m'installer à côté de toi ?

—Euh…

Sans attendre la réponse, il prend place. Je souffle face à tant de culot. La serveuse arrive rapidement. Will inspecte vite la carte avec une moue interrogative et se tourne vers moi.

—Quelle pâtisserie me conseilles-tu ? C'est la première fois que je viens ici et à part le petit-déjeuner de l'hôtel, je n'ai pas encore goûté à une spécialité du coin.

—Le *Kanelbullar*.

—Je prendrai ce qu'elle vient de dire avec un café, s'il vous plaît, demande-t-il à la jeune femme qui roucoule presque devant lui.

Je bois une gorgée de mon thé et roule des yeux.

—Je ne sais pas ce que c'est, mais j'espère que c'est bon.

—Je suppose que je dois être honnête. C'est une tuerie, ne t'inquiète pas.

—Bien. Je te fais confiance.

La serveuse revient avec sa commande. Mon choix est validé quand il grogne de plaisir en dégustant la brioche. L'entendre gémir me procure presque un orgasme. L'atmosphère devient plus légère et je me détends. Enfin, j'essaye, car c'est dur de se concentrer face à un vibromasseur ambulant.

—Tu m'as dit être là pour raisons professionnelles. Que fais-tu dans la vie ?

Il s'arrête de mâcher, avale sa bouchée et paraît réfléchir à sa réponse.

—Je travaille dans l'entreprise de mon père et je suis ici pour le boulot. C'est assez compliqué à expliquer et pas très intéressant à vrai dire.

—Un homme d'affaires ? Je ne te vois pas du tout dans les bureaux. Surtout qu'à l'époque, tu sortais d'une école d'architecture, il me semble.

—Je suis plein de surprises. Moi non plus, ce n'était pas ce dont je rêvais, mais parfois on ne fait pas ce que l'on veut.

Sceptique, je penche la tête sur le côté, songeant à ces mots lâchés. On a toujours le choix. J'ouvre la bouche pour lui exprimer le fond de ma pensée quand il me coupe.

—Et toi alors ? Comment tu es arrivée à te planquer ici ?

—À la mort de Logan, j'ai eu besoin de me libérer, de prendre du recul et de partir. J'ai saisi ma nouvelle chance pour recommencer sur des bases saines. Les filles m'ont suivie dans mon

49

déménagement. Mes parents ont eu du mal à accepter, mais ils ont compris que c'était indispensable. Ils me manquent tous les jours ; je leur téléphone souvent. Toutefois, lorsque je regarde cet endroit, je me dis que j'ai fait le bon choix. Ma place est ici et je me sens bien. En m'installant, j'ai rencontré Mika. Il a réalisé mon premier tatouage et a eu assez confiance en moi pour me former dans ce domaine. C'est grâce à lui que j'ai pu ouvrir mon salon. Aujourd'hui, je suis connue au-delà de la Norvège et je lui en serais éternellement reconnaissante, me confessé-je.

—Je comprends. Et du coup, ce Mika ? C'est ton petit ami ?

Je me mets à rire franchement. *Où il a pu pêcher une idée aussi saugrenue ?*

—Ah non ! Pas du tout. C'est un copain, rien de plus.

Il opine de la tête et nos yeux s'accrochent. Mon cœur s'accélère sous le poids de ses prunelles hypnotiques qui me happent. J'ai l'impression qu'il peut lire jusqu'au plus profond de mon âme. Le temps semble s'arrêter. Je ne sais pas combien de minutes s'écoulent jusqu'à ce que je me détourne pour revenir à la réalité. Will me questionne sur la vie norvégienne, très différente de la France. Nous discutons ainsi de tout et de rien. En observant le soleil se coucher, je constate qu'il est déjà tard. Will me raccompagne jusqu'à ma moto.

—Merci de m'avoir fait découvrir cette petite merveille de brioche. Je pense que je vais passer mes après-midis là-bas. Mais je vais prendre dix kilos et pour ça, je ne te remercie pas, conclut-il avec un clin d'œil.

—C'est avec plaisir. Pour les kilos, je ne me sens absolument pas coupable.

Avant de comprendre ce qui arrive, il m'offre une brève accolade. Un million de sensations se faufilent entre nos corps. Des picotements parcourent mon ventre pour éclater comme des petites bulles. Il se redresse et se racle la gorge. Mes bras se couvrent de chair de poule. Pourtant, je suis bien emmitouflée.

J'enfourche ma bécane et démarre après une dernière œillade dans mon rétroviseur, le laissant sur le trottoir, encore une fois. Cela devient une habitude chez moi.

CHAPITRE 8

Will

De retour à l'hôtel, je m'allonge sur le lit et repense au déroulement de cet après-midi, quand je suis tombé sur Charlie par hasard au cours de ma visite de la ville. Assise à la terrasse, devant une pâtisserie, elle ne m'a pas remarqué tout de suite. Bien que ma présence l'ait surprise, j'en ai profité pour engager la conversation. Je suis heureux d'avoir pu discuter avec elle, sans qu'on se prenne la tête, même si je n'ai pas pu lui avouer ce que cache ma venue. Le motif professionnel semble la convaincre, mais mon mensonge est comme une grenade prête à exploser.

Quand elle a enfourché sa moto, mon érection s'est éveillée sous des visions d'elle me chevauchant. Il m'a fallu penser à quelque chose d'improbable pour que la pression retombe. Les émotions que je ressens à nouveau me donnent envie de la revoir, de la toucher et de la tester. C'est comme si je me réveillais d'un sommeil long de plusieurs années.

Mes réflexions sont interrompues par le vibreur de mon portable. Un seul coup d'œil à l'écran et mon rythme cardiaque s'accélère. Je respire profondément pour me donner du courage, puis décroche.

—Bonjour, papa.

—Ah! Enfin, tu réponds à ce maudit téléphone! J'essaye de te joindre depuis plusieurs jours, sans succès.

—Désolé. Je suis en voyage, et je suis pas mal occupé.

—En voyage? Mais où? Quand reviens-tu? Je ne me souviens pas qu'un déplacement professionnel était prévu.

—En Norvège. J'ignore encore quand je…

—Par-don? Mais qu'est-ce que tu fiches là-bas? Alors que nous sommes en pleine fusion et en pleins préparatifs! Tu as des responsabilités ici, je te rappelle!

—Je sais très bien, Papa. Je n'ai rien oblitéré de l'affaire familiale. J'ai juste besoin de quelques jours pour revenir d'attaque pour tout ça. Sur ce, je dois te laisser. On se contacte plus tard.

—Will, je n'ai pas fi…

Sans lui permettre de terminer sa phrase, je raccroche. Les poings serrés, j'inspire et expire bruyamment. L'envie de boire pour oublier se fait sentir. Je tourne en rond en tirant sur mes cheveux. J'ai besoin de me défouler, mais ici, impossible, alors j'appelle la seule personne capable de me calmer. Il me répond à la première sonnerie.

—Salut, mon pote!

—Salut.

—Oh, toi, ça n'a pas l'air d'aller.

—Je viens d'avoir mon père au téléphone, l'informé-je.

—Et je suppose qu'il a mal pris la nouvelle de ta petite escapade?

—En effet.

—Tu dois leur dire Will.

—J'en ai conscience, mais je n'y arrive pas, Elliot. Il m'a évité la taule, je lui suis redevable. Qui sait ce qu'il peut tenter si je lui tourne le dos? Je n'ai pas le choix, lui confessé-je.

—Tu as toujours le choix, Will. Ta décision sera la bonne, si tu le fais pour des raisons qui te paraissent justes. Celles guidées par ton cœur. Toi seul as le pouvoir sur le cours de ta vie. Mais il

54

va falloir que tu détermines ce que tu veux vraiment. Soit, tu les laisses te dicter ta conduite et ton avenir ; soit, tu stoppes tout et tu te reprends en main.

Elliot a toujours les mots sages pour me rappeler à l'ordre. Je l'ai connu à la salle de boxe qu'il tient en ville. Après mon arrestation, il était nécessaire pour moi de trouver un autre défouloir que l'alcool, alors je me suis inscrit à des cours. Nous avons sympathisé dès le début ; c'est devenu un excellent ami à l'oreille attentive. Il sait tout de mon passé et de mon avenir. Il est aussi de très bons conseils quand je daigne l'écouter, mais il respecte mes choix sans me juger. C'est la première personne que je contacte dès que le besoin s'en fait sentir, comme ce soir. Il a raison. La décision m'appartient, mais je ne suis pas prêt. Je ne suis qu'un lâche.

—Tu *l'as* revue ? me demande-t-il, coupant le fil de mes pensées.

—Oui. À vrai dire, ça ne s'est pas très bien passé les deux premières fois.

Il se marre quand je lui raconte notre engueulade et nos SMS sur un prétendu *piercing*.

Je lui avoue mon mensonge, mes doutes et mes émotions face à elle. Attentif, il ne m'interrompt pas. Quand je finis mon récit, le silence au bout du fil en dit long. Puis, après une attente interminable, sa voix vibre dans le combiné.

—Écoute, tu devrais lui dévoiler la vraie raison de ta venue. Et fais gaffe à toi, mec ! Ne t'aventure pas sur une voie qui risque de vous blesser, tous les deux. Ne joue pas à ça avec elle. Cela va se retourner contre toi.

—Je ne joue à rien avec elle, on a juste discuté. OK, elle me fait toujours de l'effet, mais c'est une belle femme, c'est normal. Ça s'arrête là, tenté-je de lui expliquer.

—Si tu le dis, Will. En tout cas, je suis content que tu m'aies donné des nouvelles. Il va falloir que j'y aille. Fais attention à toi, mec.

Il raccroche, me laissant perplexe. Il ne semble pas convaincu de mes intentions envers Charlie. Je décide d'aller courir pour évacuer cette tension accumulée.

Eye of the Tiger[9] résonne dans mes oreilles. L'air froid de la nuit frappe mon visage, mes poumons me brûlent à chaque foulée. La transpiration me colle à la peau, mais je suis dans un état de bien-être total. Je ne pense plus à rien, seulement au rythme de ma respiration. En rentrant, je m'octroie une douche chaude qui détend mes muscles endoloris et soulage les raideurs. Après un dîner léger servi directement dans ma chambre, la télévision en fond sonore, je surfe sur mon téléphone. La notification d'un nouveau message apparaît en haut de l'écran; je reconnais illico le numéro et souris.

```
Charlie: Bonsoir, Si tu as le temps et
si tu es intéressé, je serai ravie de te
guider dans les plus beaux coins de notre
région. Bonne soirée.
```

Sourcils haussés, je relis plusieurs fois. *Je rêve. Mais non, c'est bien réel.* Il me faut plusieurs minutes avant de lui répondre.

```
Moi: Bonsoir,j'en serais ravi aussi.
D'ailleurs, demain, je suis libre si
jamais tu es disponible. Sinon, dis-moi
ton jour. Je me libérerai pour toi
```

```
Charlie: Demain, c'est parfait. Je ne bosse
pas le lundi. On se donne rendez-vous à 10
h devant la petite boulangerie du péché?
```

```
Moi: Nickel. À demain alors.
Bonne soirée, Charlie.
```

---

9 Survivor - 1982 - Album : Eye of the tiger

Une journée à me balader avec Charlie. Je vais sûrement trouver un moment pour lui dire la vérité. *Enfin, je l'espère.*

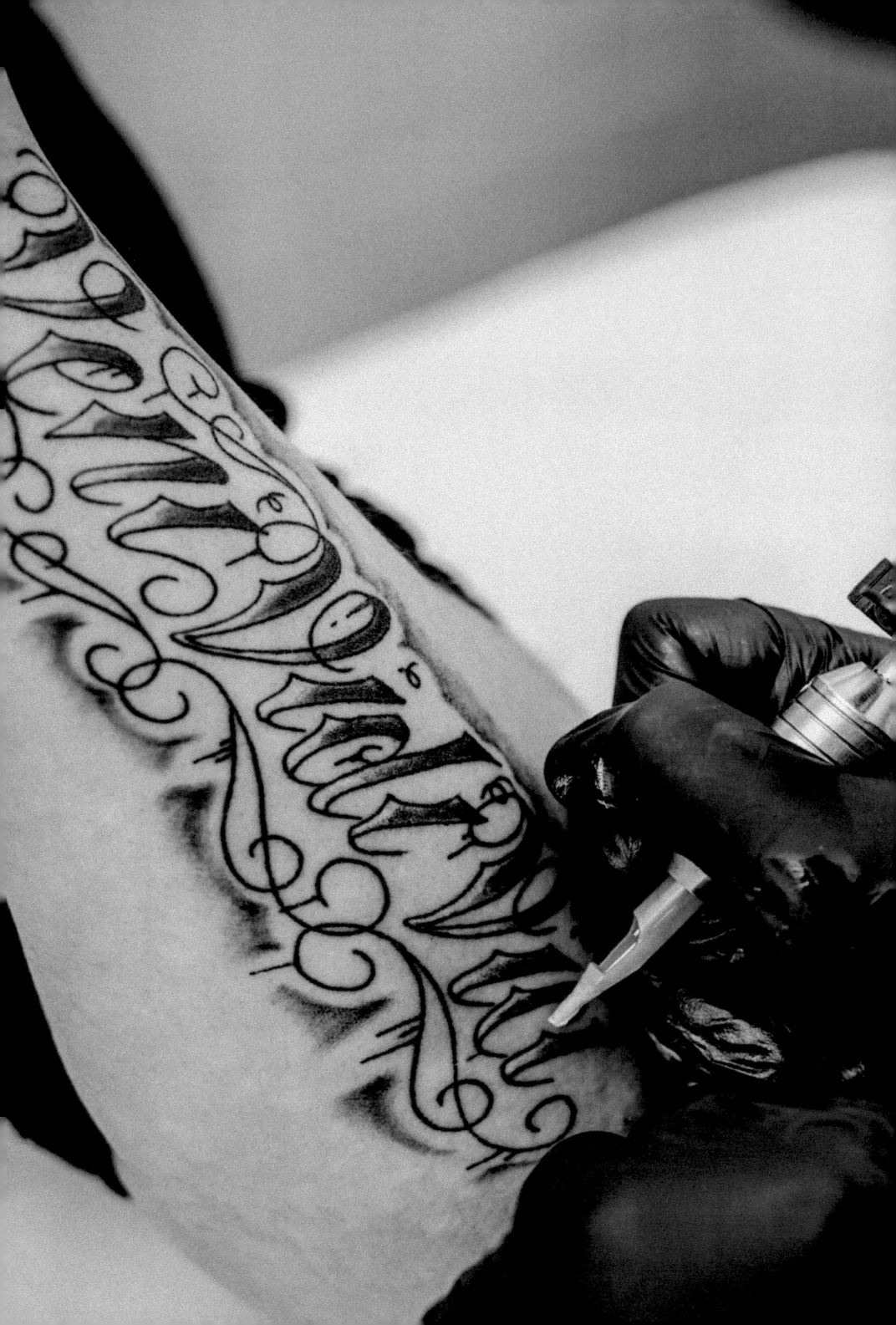

CHAPITRE 9

Charlie

En avance, je l'attends patiemment, un thé dans une main. Mon téléphone de l'autre, je lis les nombreux textos de mes deux amies sur notre groupe *WhatsApp*. Après leur avoir confié ce matin mon plan d'emmener Will admirer certains sites touristiques à ne pas rater, elles m'inondent de messages.

Romie : C'est une excellente idée, ma chérie!!!

Zoé : Youhou! Charlinette va passer à la casserole aujourd'hui!

Romie : N'importe quoi, Zoé! Charlie va lui faire visiter notre belle région…

Zoé : Ouais. Ouais. Elle ne va pas lui faire visiter que ça, à mon avis 😊 Charlie, tu as nettoyé ta grotte avant qu'il puisse l'explorer?

Romie :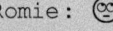

Je me marre. Elles sont complètement déjantées. Mais je décide tout de même de leur répondre avant que, n'ayant aucune nouvelle de moi, elles provoquent l'explosion de mon portable avec des milliers de textos.

Moi : Charlie sera indisponible une partie de sa journée. Merci de la contacter un peu plus tard dans la limite des textos autorisés. Bonne journée !
PS Je vous aime mes greluches ♡

Romie : Amuse-toi bien, ma puce, et profitez ! Bisous.

Zoé : Éclatez-vous ! Nous aussi on t'aime et on veut un rapport DÉ-TAI-LLÉ ce soir si tu n'es pas trop occupée…

Concentrée sur mon écran, je ne vois pas arriver Will.

—J'espère que tu souris en pensant à la journée qu'on va passer ensemble.

Je sursaute et bafouille.

—Non… euh… Oui… enfin, non…

Les mots me manquent devant le spectacle qu'il m'offre vêtu d'un anorak noir sur un pantalon kaki, type cargo, aux multiples poches. La perfection à l'état pur.

Bordel ! Même ce genre d'habit lui va à ravir. Pourquoi il me fait de l'effet maintenant, alors que je n'ai jamais pu le supporter ?

Une main s'agite devant mes yeux.

—Charlie ? Tu es toujours avec moi ?

La tête penchée sur le côté, il m'examine en souriant.

—Oui, pardon. Pour commencer, je vais t'emmener au fort d'Hegra. Ensuite, nous irons visiter le château de Steinvikholm. Je préfère te prévenir, nous allons beaucoup marcher.

—Pas de soucis, je suis très endurant, me répond-il avec un clin d'œil.

Mon cœur rate un battement et je sens le rouge me monter aux joues. *Charlie ! Ressaisis-toi !*

—Cool ! C'est ce qu'il faut. On y va ?

Il acquiesce et me suit jusqu'à notre moyen de locomotion.

—C'est encore meilleur à moto. J'espère que tu n'as pas peur de ces engins ?

—Pas du tout. J'ai déjà conduit un deux roues. En plus, je peux m'accrocher à toi de toutes mes forces si besoin, me rétorque-t-il, mutin.

Je secoue la tête et lui tends le deuxième casque emprunté pour l'occasion.

—Il y a des poignées sur les côtés, si jamais tu as besoin. Cela évitera que tu m'étouffes en me serrant trop fort et qu'on finisse à l'hôpital, déclaré-je en montant sur ma bécane.

Quelques minutes plus tard, je me gare sur le parking des visiteurs, nous débarrasse de nos affaires dans les sacoches, puis nous commençons notre ascension pour accéder directement au site.

Installé sur une petite colline boisée, le fort surplombe la rivière. Le soleil est au rendez-vous. Les températures grimpent vite, surtout en marchant.

—Le village se trouve à trois kilomètres. On pourra y faire un tour après, si tu veux, pour se rafraîchir.

—Je te suis, c'est toi le guide.

Une fois parvenus au sommet, nous nous stoppons et je pivote vers lui.

—Messieurs, mesdames, le fort d'Hegra est une petite forteresse, construite dans les années 1900, contre les invasions suédoises. Elles se composent de nombreux tunnels, tranchées et couloirs. Elle a servi de base militaire et a été attaquée en 1940 par les envahisseurs allemands. Aujourd'hui, c'est devenu un musée d'expositions, déclamé-je.

—Mais d'où tu sais tout ça ? me demande Will, fasciné.

—Google est mon ami, avoué-je en levant mon smartphone.

Un rire franc et chaud résonne dans la vallée.

—Tu es incroyable ! déclare-t-il.

Je fais une révérence, puis m'éloigne en direction de la vue panoramique. Il se rapproche dans mon dos, si près que je peux sentir son souffle sur mes cheveux. Des frissons parcourent mon corps et mes poils se dressent. Je n'ose pas bouger.

—Si tu observes par-là, le terrain descend dans la vallée de Stjørdalen. C'est l'endroit où je suis allée me promener hier. On est au plus haut de ce côté. Et si tu regardes dans l'autre sens, les collines bloquent la vue, car elles sont plus élevées que le fort. Tu as deux points de vue qui s'opposent complètement, continué-je en me retournant pour les lui montrer.

Mais Will ne bouge pas en même temps que moi et je me retrouve face à lui. Ma petite taille contraste avec sa haute stature. Il doit mesurer un bon mètre quatre-vingt. Le nez collé à son torse, je hume son odeur boisée à travers les couches de vêtements. En relevant la tête, mes pupilles accrochent les siennes, dilatées, et les mouvements erratiques de sa cage thoracique m'indiquent que sa respiration s'accélère. Mon bas-ventre tiraille alors que le visage de Will se rapproche du mien. Une montée de chaleur m'envahit, je bloque mon souffle en attendant la suite.

Soudain, une vibration venant de sa poche nous interrompt. Il se redresse, rompant le charme, pour consulter l'écran. Les sourcils froncés, ses traits se crispent et ses lèvres se pincent. Il semble contrarié quand il replace son téléphone à l'arrière de son pantalon puis se retourne pour admirer le paysage. Le soufflé retombe. Une vague de colère me traverse, mes nerfs font le yo-yo et je fulmine. J'exhale discrètement dans ma paume pour respirer mon haleine.

Non, ce n'est pas ça. Je n'ai pas non plus un gros bouton sur le front, je me suis regardée au moins cent fois dans le miroir ce matin.

Les vieilles habitudes reviennent. Mais c'est quoi son problème ?

Il se racle la gorge.

—C'est magnifique !

—Il va falloir qu'on redescende si nous voulons finir à temps notre programme, réponds-je un peu trop sèchement.

—OK.

Nous repartons sans un mot. Nous pouvons entendre les oiseaux siffler au-dessus de nous et au loin le clapotis de la rivière en contrebas. Arrivés à la moto, je lui tends son casque, grimpe et attends qu'il fasse de même. Mon ventre commence à crier famine.

Au village, nous trouvons un banc pour nous poser et déguster nos sandwichs. Concentrée sur l'église face à nous, j'observe ses murs blancs et son clocher si pointu qu'il pourrait traverser le ciel. Une fois l'estomac plein, je me calme.

—Je n'en reviens pas, tout est si beau ici, et si paisible. Cela fait longtemps que je ne me suis pas senti aussi bien, me confie-t-il, en se tournant vers moi.

Je le regarde et souris, sans répondre. Nous finissons de manger en silence, puis reprenons la route pour la suite de la visite. Un peu plus de trente minutes nous séparent du château de Steinviksholm. C'est la plus grande fondation, construite au Moyen-Âge norvégien, que l'on peut découvrir. Le paysage est reposant. Nous roulons à travers la forêt où il n'y a personne. J'en profite et accélère. Un coup de gaz et ses bras se resserrent autour de ma taille. Un rictus aux lèvres, je ralentis au bout de quelques minutes tandis que sa poigne ne se desserre pas.

Ses doigts touchent un morceau de ma peau à découvert. J'ai l'impression qu'il me caresse. C'est si léger et subtil que je ne sais pas si c'est réel, ou si mon esprit me joue des tours. Heureusement, le panneau indiquant la fin de notre route se profile sous ma visière. Je me range près d'un ponton en bois. J'expulse un soupir de soulagement quand il se détache de moi et descend.

—Nous allons sur cette île ? demande-t-il en regardant le bout de terre en face de lui, tout en cachant ses yeux du soleil.

—Tout à fait ! Nous allons traverser par le pont que tu vois. C'est solide, ne t'inquiète pas ! Sauf si tu as trop mangé de petites brioches, le taquiné-je.

Je lui décoche un clin d'œil avant de le devancer. Au bout de ce pont, les vestiges historiques sont super bien conservés. La nature reprend ses droits et enrobe chaque ruine d'herbes fraîches. Nous entrons dans une galerie souterraine tout en pierre pour y découvrir une étroite salle. Un canon se trouve près d'un minuscule trou qui devait être une ancienne fenêtre. En ressortant, il fait tellement beau que les vallées se reflètent sur l'eau comme dans un miroir. Le vent souffle sur mon visage. À mes côtés, Will admire le paysage et semble tout aussi fasciné que moi par le spectacle.

Tout d'un coup, il entrelace nos doigts et les porte à ses lèvres pour y déposer un baiser. Médusée, je l'observe faire sans un mot. Il dessine des petits cercles avec son pouce sur le dos de ma main. Je ne réfléchis plus, me rapproche de lui et appuie ma tête sur son bras.

Nous nous attardons là quelques minutes, émerveillés par la vue, profitant du calme que nous procure cet instant avant de reprendre la route. Peu à peu, la nuit s'empare du ciel. Il est bientôt dix-sept heures quand nous arrivons en bas de mon immeuble. Pour une fois, je n'ai pas envie d'être seule ce soir. J'aimerais que la journée se prolonge pour rester encore un peu avec Will. C'est étonnant, sachant qu'on ne pouvait pas se supporter plus de cinq minutes en étant dans la même pièce. Est-ce qu'un moment hors du temps tel que celui-ci suffit réellement à tout effacer ? Ou est-ce parce qu'il me renvoie à une période de ma vie où j'étais heureuse ?

Quand je le regarde, je revois Logan. Leur complicité, leurs fous rires. Quand bien même, entre nous, ça n'a pas démarré sur de bonnes bases, leur relation a toujours été fraternelle.

—Je te remercie pour cette journée, Charlie, déclare-t-il en me rendant mon casque.

—Avec plaisir, Will. J'ai vraiment passé un agréable après-midi. C'est d'ailleurs assez bizarre, sachant comment on a pu se bouffer le bec, lui avoué-je.

—Il faut croire qu'on a grandi, réplique-t-il en se frottant la nuque, embarrassé.

—Effectivement.

—On change tous, Charlie. Les épreuves de la vie nous transforment, rétorque-t-il plus sérieusement. Mais certains sentiments ne changent pas, bien au contraire.

—Que veux-tu dire ?

Will ne répond pas et se contente d'avancer vers moi. Je relève les yeux pour plonger dans les siens, éclairés par la seule lumière des lampadaires de la rue. Ses traits sont doux. Quant à moi, mon cœur désire sortir de ma poitrine. Mes paumes deviennent moites. Le temps se suspend. Une mèche de mes cheveux danse devant moi portée par la brise fraîche. Will lève la main et me surprend en la replaçant derrière mon oreille. Ses doigts frôlent ma peau au passage. Soudain, son visage s'approche du mien, son souffle caresse mon épiderme.

J'appréhende son prochain mouvement. Il n'oserait pas ? Il m'a toujours détestée.

Je ferme les yeux, pétrifiée par la suite. Mais il dépose juste un léger baiser sur ma joue.

—Bonne nuit, ma belle.

Soulagée, j'expulse tout l'air resté bloqué dans ma poitrine, ressentant tout de même une pointe de déception. Je suis contrariée. Mais de quoi?

—Bonne nuit, Will.

Il tourne rapidement les talons. Je le regarde s'éloigner, me demandant comment j'aurais réagi s'il y avait eu autre chose.

Chapitre 10

Charlie

Le lendemain a un goût particulier. Les cauchemars m'ont laissée en paix. Ce n'est jamais arrivé depuis l'accident. En revanche, de drôles de rêves les ont remplacés. Des yeux turquoise ont envahi mes songes. Alors soit, je suis vraiment en manque de sexe, soit, je suis attirée par Will. Je chasse très vite la seconde option en grimaçant. C'est inenvisageable pour moi. Il reste le meilleur ami de Logan et en plus, il m'a toujours détestée, même s'il agit bizarrement avec moi depuis qu'il est ici. Pourquoi ça changerait aujourd'hui ?

C'est carrément le manque, tenté-je de me convaincre.

Sa présence me perturbe. Les souvenirs de mon amour pour Logan sont omniprésents depuis que Will est revenu. Malgré nos désaccords d'il y a quelques années, c'est différent cette fois. Je dois faire un transfert de sentiments, ce n'est pas possible autrement. *Rassurez-moi ! Des psys dans mes lecteurs ?*

En avance à la boutique, je m'attèle à mes croquis afin de m'évader et de me vider la tête. Tout en sirotant mon café, je m'applique sur les contours d'une *Santa Muerte*, plus connue sous le nom de Katrina. D'origine mexicaine, c'est une représentation de la fête des Morts. C'est pourquoi le plus souvent, on retrouve dans cette esquisse une femme à la mine squelettique. Celle que je dessine reste sensuelle. Ses deux mains entourent son menton, une rose décore le bas du tatouage. Le tout s'harmonise dans un jeu d'ombres et de lumières.

La porte d'entrée s'ouvre soudainement sur mes deux amies qui caquètent comme des poules, coupant mon élan de créativité. Heureusement, je termine juste quand elles me saluent en m'embrassant.

—Toi, je te retiens d'avoir éteint ton téléphone hier soir, me gronde Zoé en me frappant l'épaule.

—Je ne voulais pas être harcelée.

—Hum. Alors, tu as conclu ?

Je secoue la tête d'exaspération.

—Pourquoi veux-tu absolument que je couche avec lui ? Tu te rappelles que c'est le meilleur ami de Logan ? m'agacé-je.

—Mais parce qu'il est canon, pardi !

—Ce n'est pas parce qu'il est sexy que je vais me jeter dans ses bras. On n'a jamais pu se piffrer.

—Entre l'amour et la haine, il n'y a qu'un pas, ajoute-t-elle avec un clin d'œil.

Je lève les miens au ciel. Elle me fatigue.

—Tous les deux, vous avez mûri, Charlie, intervient Romie.

—Certes. Mais ça reste l'ami de Logan. Si tu le veux, vas-y toi ! dis-je à Zoé en lui faisant un signe du menton.

—Ha, ha, ha ! Non. Ce n'est pas moi qui l'intéresse.

—Mais n'importe quoi ! Comment tu peux le savoir d'ailleurs ? demandé-je en rangeant mes dessins.

—Parce qu'on est déjà sorti ensemble, répond Zoé.

Je fais volte-face.

—Pardon ? s'écrie-t-on avec Romie.

Cette dernière fait mine de fouiller dans son sac, puis relève la tête et nous examine tour à tour.

—Quoi ? C'était il y a longtemps.

J'agite mes mains devant moi, les yeux écarquillés pour l'inciter à développer. Elle souffle en le reposant.

—Vous vous rappelez la soirée d'Halloween que vous aviez organisée chez toi ?

Oui, je m'en souviens maintenant. On s'etait bien pris le bec avec Will ce soir-là. Déguisée en Harley Quinn sexy, il m'avait balancé un commentaire désobligeant sur ma tenue, selon lui, trop provocante. Il était furieux.

—Eh bien, je me suis retrouvée dans la cuisine avec lui. On a commencé à discuter tranquillement, mais j'ai remarqué son regard rivé sur toi. Il transpirait la colère. Quand j'ai vu ce qui l'avait mis dans cet état, j'ai compris. Il était prêt à exploser tous les mecs qui te mataient, Charlie. Du coup, je lui ai proposé d'aller ailleurs. On s'est retrouvés dans un bar, on a dansé, on s'est embrassés, mais il ne s'est jamais rien passé de plus entre nous. Et je ne lui ai jamais parlé de ce que j'avais découvert, nous raconte Zoé.

—C'est pour ça que tu as disparu d'un coup ? l'interrogé-je.

Elle opine de la tête alors que j'assimile ce qu'elle vient de dire.

—Il s'est pris pour mon père ce soir-là. Je l'ai envoyé bouler. Logan lui a même fait la remarque. Il aurait dû se mêler de ses affaires. Je sais que Logan s'est expliqué avec lui au téléphone et c'est la dernière fois qu'on l'a vu. Je n'ai plus eu aucune nouvelle de lui jusqu'à l'enterrement, précisé-je.

—Charlie. Will craque pour toi. Voilà pourquoi il s'est comporté de la sorte avec toi. C'etait le seul moyen pour lui de cacher ce qu'il ressentait.

J'ai du mal à croire ses propos. Je tente de remettre les choses en place dans ma tête. C'est pour cela qu'il a joué au con dès qu'il m'a vue ? Les réflexions, les regards noirs en coin, sa froideur à mon égard. Depuis le début, je lui plais. Il a une sacrée manière de me le montrer. Mon esprit s'éloigne vers cette fameuse soirée.

Halloween, trois ans auparavant.

J'accueille nos premiers invités pour notre soirée d'Halloween. Chacun a joué le jeu en se déguisant comme demandé. Je suis trop excitée. J'ai tout préparé dans les moindres détails. La décoration, le menu, jusqu'à nos tenues. Logan en Joker et moi en Harley Quinn. C'est pourquoi, je me retrouve en mini short ras les fesses, bas résille et Converse. Mon haut est à moitié déchiré, laissant entrevoir des morceaux de peau. Mes cheveux sont relevés par deux couettes dont chacune est teintée en rose et bleu comme le personnage. Je dois dire que je me trouve très sexy dans ces vêtements. Ils se moulent parfaitement à ma silhouette. Logan m'en a d'ailleurs fait le compliment tout à l'heure. Il m'a embrassée avec une telle passion que mes jambes ont flageolé pendant quelques secondes. Lui-même est à tomber. Habillé d'un costume violet avec une cravate assortie et une chemise blanche. J'ai teint ses cheveux en vert et l'ai maquillé comme le Joker. Nos déguisements sont d'enfer.

Je discute avec Zoé en sirotant un Cosmo maison, tandis que Logan va ouvrir au reste des invités. Romie n'a pas pu venir, prétextant un rhume. Mais je sens que c'est faux. Elle est bizarre depuis quelque temps. D'ailleurs, je décide d'en toucher un mot à Zoé quand celle-ci me lâche pour un Batman carrément sexy. Ses muscles sont parfaitement mis en valeur dans son haut près du corps. Son masque cache à moitié son visage, ses iris bleus lui donnent un air ténébreux. Il me semble reconnaître ce regard. Je plisse les paupières pour me concentrer, mais mon attention est détournée par la musique qui retentit dans les haut-parleurs. Prise d'une soudaine envie de danser, je m'élance au milieu du salon transformé en piste improvisée.

Zoé me rejoint peu de temps après. Je me trémousse en fermant les yeux, mais une sensation pesante sur mon corps me dérange. C'est inexplicable. Les bras au-dessus de ma tête, je balance mes hanches sensuellement. Brusquement, quelqu'un m'attrape par le coude et me tire à sa suite. Batman m'entraîne dans le couloir, ses doigts enfoncés dans ma peau.

70

—Mais lâchez-moi! Vous me faites mal, m'écrié-je en tentant de me dégager de sa poigne qui se resserre.

Il se stoppe net et se retourne. Mon nez vient heurter son torse dur.

—Non, mais tu es dingue de te trémousser à moitié à poil devant tout le monde, grogne un timbre grave.

Je le fixe, suspicieuse. Cette voix. Ce regard. Je percute d'un seul coup. Bordel!

—Will? Mais je rêve! Tu te prends pour qui? hurlé-je à mon tour.

Le bruit de la musique couvre nos cris. Il arrache son masque dans un élan de colère et s'approche de moi. Trop près. Je suis acculée contre le mur. Son visage n'est qu'à quelques millimètres du mien. Son haleine mentholée me chatouille les narines. Sa mâchoire se crispe. Ses prunelles ont viré au bleu orageux.

—Pour quelqu'un qui veut éviter qu'un connard te mette la main au cul. Ton déguisement est tellement court et provocant que tous les gars louchent et bavent sur toi.

—Tu n'es ni mon père ni mon mec pour me faire une crise pareille, rétorqué-je, furieuse.

—Si j'étais ton mec, je te...

—Qu'est-ce qui se passe ici? intervient soudainement Logan.

Will fait un bond en arrière se détachant de moi.

—Rien, fais-je le cœur battant.

—Ce n'est pas rien. On vous entend gueuler depuis la cuisine. Will? le questionne-t-il.

—Ta nana s'exhibe devant tout le monde dans cette tenue et cela ne te dérange pas? lui lance sèchement son ami.

Logan se crispe et fronce les sourcils.

—Déjà, c'est une soirée costumée. Charlie a le droit de se déguiser comme elle le veut. Alors, je te prie de te mêler de tes affaires. Ensuite, Charlie est MA copine, lui rappelle durement Logan.

Ils se toisent mutuellement. J'ai l'impression de me retrouver au milieu d'un combat de coqs. Mais Will n'a pas à réagir de cette façon. Qu'est-ce qu'il lui prend ? Il est un peu macho sur les bords, je crois.

—Tu sais quoi ? Tu as raison. Ce ne sont pas mes affaires, se résout Will, tournant les talons pour rejoindre la cuisine.

Je respire à nouveau. Logan m'observe. Il se radoucit automatiquement quand je lui souris.

—Je suis désolée, m'excusé-je sans trop comprendre de quoi.

—Ce n'est rien ma chérie, dit-il en secouant la tête.

Je m'approche de lui. Il ouvre ses bras et je m'y blottis directement. Mes yeux levés vers sa figure plongent dans les siens. Puis, Logan m'embrasse tendrement sur le front.

—Allez ! Retournons nous amuser, lui dis-je, décidée à oublier ce qu'il vient de se passer.

Une main s'agite devant moi. Le visage de Zoé près du mien, ses lèvres remuent, mais aucun son ne me parvient. Mon cerveau reconnecte tous mes neurones, entendant un murmure.

—Allô la Terre ? Zoé appelle Charlie.

—Oui. Désolée, ésolée.

—Mais où étais-tu ?

—Je suis là. C'est bon. Respire, m'agacé-je.

—Ohlala ! Tu as tes règles, ou quoi ? s'énerve-t-elle, susceptible.

—Je m'excuse, Zoé, mais je suis un peu retournée par tes révélations.

Je passe mes mains dans mes cheveux en soufflant. *Comment je dois réagir face à tout cela ? Qu'en penserait Logan ?*

—Hello, les filles, nous salue une voix grave.

Je relève la tête et rencontre des yeux bleu lagon qui me paraissent tout d'un coup différents. Je rougis sous son regard.

—J'ai apporté le petit-déjeuner, nous annonce Will armé d'un sachet qu'il soulève.

Zoé sautille sur place en poussant des cris, tandis que Romie se lèche les lèvres. Les filles se jettent sur lui pour le lui arracher.

—Salut, ma belle, me glisse-t-il, soudain très proche.

—Salut, réponds-je, timidement.

Comment je dois me comporter en sachant ce secret ?

—Si tu pouvais venir tous les jours avec ça, ce serait le pied ! s'exclame Zoé, la bouche pleine.

—Avec plaisir.

Mon regard sur lui change maintenant que je connais l'histoire. J'observe plus attentivement les traits de son visage pendant qu'il discute avec les filles. Ses lèvres fines laissent apparaître des dents blanches quand il rigole. Sa posture dégage assurance et prestance. L'archétype de l'homme d'affaires sûr de lui. Une vague de chaleur me monte aux joues.

—J'ai mon matériel à préparer, les préviens-je en rangeant mes croquis.

Je quitte la pièce rapidement, avant que quelqu'un ne remarque mon état, m'enferme dans mon espace et souffle longuement. Je serais tranquille ici. Je chasse toutes ces pensées qui forment un brouhaha incessant. Je dois arrêter de me triturer l'esprit et laisser venir les choses.

—Qu'est-ce que je vais faire ? me demandé-je à voix basse.

Un coup frappé à la porte rompt le fil de mes songes. Romie entre.

—Tout va bien ?

Je secoue la tête en m'asseyant sur mon tabouret.

—Je peux comprendre que tu sois chamboulée.

—Est-ce que tu penses que c'est vrai? la questionné-je pour avoir son avis.

Romie s'approche de moi et pose sa main sur mon épaule. Elle est toujours de bon conseil, et d'un réconfort hors pair. C'est la plus sage et la plus réfléchie de nous trois.

—Cela se tient, Charlie. Mais tu sais qu'à cette époque, je n'étais pas vraiment moi-même. Cependant sa réaction envers toi, ce soir-là, prouve bien qu'il craquait sur toi plus qu'il ne le devait. Cela explique son comportement quand vous étiez ensemble, à cause de Logan.

—Mais tu l'as observé, Romie? Il transpire la sexattitude et… et… purée, je n'arrive pas à raisonner quand il me regarde. Pourquoi, je ressens ça aujourd'hui?

—Parce qu'avant, il n'y avait que Logan. Tu étais accro et ne voyais que par lui. Ce qui est tout à fait normal dans un couple sain. On ne réfléchit plus aux choses qui se passent autour de nous. L'amour rend aveugle. Tu connais le dicton! me répond-elle dans un demi-sourire.

—Ouais. Mais ça ne m'aide pas à savoir quoi faire.

—Je ne peux pas le dire à ta place. Tu dois faire ce qui te semble le mieux pour toi. Écoute ton cœur, Charlie. Logan restera une partie de toi à jamais. Mais n'oublie pas aussi que tu dois apprendre à aimer à nouveau.

Je la regarde, les yeux mouillés. *Aimer à nouveau? Est-ce que je me sens prête pour ça?* Avec le recul, je pense aux quelques hommes qui ont été de passage depuis Logan et j'ai conscience de mon refus d'avoir mal une fois de plus. Laisser entrer l'amour dans mon cœur serait un risque de tout perdre, encore. J'ai survécu une fois, je ne suis pas persuadée d'être assez forte pour le subir encore. Mais si les filles disent vrai, si Will ressent réellement ces sentiments pour moi, suis-je prête à céder? J'ai envie d'y croire, pourtant, j'ai la sensation qu'en me jetant dans ce genre de relation, je vais souffrir, peut-être même davantage que la précédente.

74

Romie est partie et je suis seule avec mes larmes et mes tergiversations. Je chasse d'un revers de main l'eau couvrant mes joues et me remets au travail, verrouillant mon esprit pour le reste de la journée.

Je rentre chez moi sur les rotules, mais je ne vais pas me poser de suite, car les filles viennent dîner. Elles apportent le repas. Ce soir, c'est sushis. À peine ai-je le temps de faire un brin de rangement que la sonnette retentit déjà. Je vais ouvrir en salivant d'avance sur les makis au saumon que je vais avaler, mais reste stupéfaite lorsque trois visages apparaissent sur mon palier.

—Salut, grognasse! J'ai invité Will. Ça ne te gêne pas? me dit Zoé en passant le pas de la porte.

—Je… Euh…, bredouillé-je.

Les mots me manquent. J'hallucine. Ma tête fait des va-et-vient entre mon salon où Zoé pose son manteau et mon couloir.

—Je suis désolé. Je ne voulais pas déranger. Je vais vous laisser, m'annonce Will en tournant les talons.

—Non! Reste. Tu es le bienvenu, le rattrapé-je par le bras.

Après quelques secondes de réflexion, il me suit finalement à l'intérieur. Les filles déballent déjà les plateaux quand je choppe Zoé pour l'emmener dans la cuisine.

—Mais qu'est-ce qui t'a pris, bon sang? demandé-je, irritée.

—Il passe ses soirées seul à son hôtel et c'est pour le remercier de nous avoir offert le petit-déjeuner ce matin. C'est la moindre des choses, non?

—Oui, mais cela ne te viendrait pas à l'esprit de me prévenir? renchéris-je.

—C'est la surprise. C'est réussi, hein? termine-t-elle en m'embrassant sur la joue avant de rejoindre les autres.

Je ferme et ouvre la bouche plusieurs fois comme une carpe. Je respire un grand coup en me pinçant l'arête du nez. De toute façon, que voulez-vous que je vous dise? C'est Zoé.

CHAPITRE 11

Will

Je suis attablé quand Charlie daigne se joindre à nous. Je ne suis pas sûr qu'elle soit vraiment ravie de ma présence. Vu sa tête, je suis convaincu que Zoé ne l'a pas prévenue de mon arrivée. Ce matin, lorsque Charlie et Romie se sont enfermées dans la cabine, Zoé m'a gentiment demandé de venir manger avec elles pour me remercier. À vrai dire, je n'ai pas mis longtemps à accepter sa proposition.

Un léger coup d'œil à son appartement me montre une décoration très naturelle, agrémentée de quelques touches de couleur par-ci, par-là, qui me rappellent le petit grain de folie que je retrouve en elle.

Pendant le repas, je m'autorise à l'observer plus minutieusement, en douce. Parfois, une lueur de tristesse passe dans ses prunelles marron, qu'elle fait vite disparaître avec un sourire de façade.

—Alors Will, si je me souviens bien, à l'époque, quand nous discutions pendant la soirée d'Halloween, tu sortais d'une école d'architecture. Es-tu devenu un brillant architecte? m'interroge Zoé.

Pris de court par sa question, j'avale mon maki avant de lui répondre.

—Malheureusement, non. Je suis le futur dirigeant de la société familiale.

—Oh. Comment ça se fait ? insiste-t-elle.

—Mon père avait besoin de moi. Ma vie était compliquée, le changement était nécessaire. Et toi, pourquoi les *piercings* ? demandé-je pour dévier la conversation.

—J'aime faire mal, avoue Zoé calmement.

Je m'étrangle avec un morceau de saumon. Assise à côté de moi, Charlie vient tapoter doucement mon dos. Son contact m'électrise.

—Ça va ? s'inquiète-t-elle.

—Oui. Oui, dis-je en me raclant la gorge.

—Zoé, la gronde Romie.

—Vous n'avez aucun humour, s'exclame Zoé en se marrant. Je ne pourrais pas te dire. J'aime mettre en valeur les corps avec ce genre de bijou. Un *piercing* bien placé peut embellir une partie de toi. C'est comme un tableau qui scintille.

Je hoche la tête comprenant ce qu'elle veut dire. Jetant des œillades à Charlie, je remarque que son regard sur moi est différent. Pour quelles raisons ? Aucune idée, mais il s'est adouci. A-t-elle réalisé que je ne suis pas là pour lui nuire ? Ni pour jouer au petit con, comme autrefois. Je l'observe et certaines de ses mimiques n'ont pas changé. Elle replace une mèche de ses cheveux et mordille la peau de son pouce quand elle est stressée. La revoir me fait penser à *lui* et à tous les bons moments passés avec mon ami.

Son absence me comprime la poitrine, chose qui n'est pas arrivée depuis quelque temps, ayant tout refoulé au fond de moi, mais le joli sourire de Charlie efface ce sentiment. Mon cœur se gonfle d'une chaleur improbable, remplaçant la tristesse qui m'envahit. Elle n'est pas au courant de ce que je ressens quand elle est près de moi. J'ai envie de la toucher, de la taquiner comme au bon vieux temps juste pour la faire sortir de ses gonds. J'ai bien senti lors de notre balade qu'elle n'était pas hermétique à ma proximité. Sans savoir de quoi demain sera fait, je suis certain d'une chose, c'est qu'elle m'a manqué toutes ces années.

Une fois le malaise lié à ma présence dissipé, la soirée se déroule agréablement. Cela fait une éternité que je n'ai pas eu un moment aussi sympathique. Nous discutons de tout et de rien, comme des amis qui se retrouvent alors que je les connais à peine. Évidemment, il y a eu cette fameuse soirée d'Halloween où je voulais séquestrer Charlie, mais j'ai terminé bien torché avec Zoé. Il y a eu quelques baisers, rien de plus. Je pensais trop à la copine de mon pote.

Pour parfaire l'ambiance japonaise, Zoé a rapporté du saké. Les shots s'accumulent. Charlie est bien guillerette au bout de deux verres. Ses joues ont pris une légère teinte rosée. Elle rigole pour un rien et ose même quelques regards qui font monter la pression dans le bas de mon corps. Ses yeux sont aguicheurs, mais je mets ça sur le compte de l'alcool. Mon bras sur le dossier de sa chaise, mes doigts fourmillent du désir de toucher la peau nue de son épaule sauf que je résiste à la tentation. Zoé a une bonne descente et se retrouve dans un état similaire à celui de sa copine, voire pire. Romie, quant à elle, reste sage et, surtout, sobre, car elle ramène cette dernière chez elle.

CHAPITRE 12

Charlie

L'alcool me rend plus légère. L'ambiance est détendue. La main de Will frôle mon épaule quand je repose mon dos sur la chaise. J'avoue en profiter un peu pour tester ses réactions. Je n'ai pas envie de réfléchir ce soir. De temps en temps, je m'attarde sur lui. Lorsqu'il s'en rend compte, ses yeux turquoise plongent dans les miens et me happent. J'ai l'impression d'être aspirée par ses iris limpides. Le temps se suspend quelques secondes. Il me sourit d'un air mystérieux avant de pencher la tête, me demandant en silence ce que j'ai. Je secoue négativement ma trombine pour détourner le regard, intimidée, revenant sur lui quelques instants plus tard. Notre jeu dure un long moment. On se cherche, comme des adolescents.

—Bon, je crois que je vais aller en coucher une, nous prévient Romie en aidant Zoé à se lever.

—Mais euh… je suis pas fatiguée, râle cette dernière comme une enfant.

—Moi, si !

—Pfff !

Une fois mes amies raccompagnées à la porte, je me retrouve seule avec Will. L'alcool, un peu trop présent dans mes veines, ne m'empêche pas de paniquer légèrement. Je m'excuse auprès de lui et file à la salle de bain me rafraîchir. Appuyées sur le rebord du lavabo, mes mains se crispent si fort que mes phalanges blanchissent.

Bordel, mais pourquoi le voir chez moi me perturbe à ce point ?

Une gifle mentale plus tard, je souffle un bon coup, puis ressors de la pièce, confiante. Posté devant ma bibliothèque, Will est en train de contempler deux de mes livres, pris au hasard. Les couvertures qu'il regarde ont l'air de bien lui plaire.

—Tu trouves quelque chose qui pourrait t'intéresser ?

Il sursaute au son de ma voix.

—J'hésite entre «*Initie-moi*[10]» et «*My sexy romance*[11]», répond-il en arquant un sourcil.

—Hum… Le premier est l'histoire entre une psy et un riche PDG qui va lui faire découvrir des plaisirs qu'elle n'aurait jamais imaginés. Le deuxième raconte les vacances d'une jeune fille qui rencontre un chef cuisinier aux multiples talents. Deux couples différents, deux univers différents.

—Je choisis le premier. Il m'a l'air passionnant, s'explique-t-il, examinant ce dernier.

Je rigole face à tant de curiosité de la part d'un homme qui, je pense, n'a jamais lu de romance érotique. Pendant qu'il le feuillète, je prépare du café, sors deux muffins rescapés de ma fournée d'hier, puis lui en sers une tasse avant de m'asseoir à ses côtés tandis qu'il se perd dans sa lecture.

—Je me laisse aller. Cette domination n'est pas humiliante. Alors que cette position m'a toujours semblé dégradante auparavant, lit-il d'une voix rauque.

Je perds pied. Pourtant ce passage n'a rien de sexuel, mais il a réussi à y mettre tant de sensualité que j'en suis tout émoustillée. Mon cœur s'accélère subitement, une bouffée de chaleur me monte aux joues et je serre les cuisses pour essayer de soulager

---

10 Romance de Liv Stone, parue en juillet 2018 aux Éditions Addictives
11 Romance de Lou Simone, parue en janvier 2018 en Autoédition

mon entrejambe qui fourmille. Will tourne la tête vers moi. Le regard assombri de désir par le paragraphe qu'il vient de lire, il me scrute, semblable à un lion fixant sa proie. L'air devient lourd et se charge d'une tension sexuelle palpable. Il ne dit rien, mais se lèche les lèvres comme s'il se préparait à je ne sais quoi. Ma respiration se saccade, mes oreilles bourdonnent. Will se penche vers moi, une main sur mon genou. Des frissons me traversent à ce contact, durcissant mes seins dans mon soutien-gorge. J'ai trop chaud.

—C'est la première fois que je bande en lisant un livre.

Je cligne des yeux à plusieurs reprises, troublée par les mots prononcés. Mon regard se pose sans le vouloir sur sa braguette pour vérifier. Le renflement perceptible confirme ses dires. J'ai une soudaine envie qu'il m'embrasse. Non, j'ai besoin qu'il m'embrasse pour éteindre le feu qui me consume.

—Et toi, tu me fais complètement craquer !

Oh merde, j'ai parlé tout haut ! Je perds la tête. Au secours !

—C'est toi ou l'alcool qui parle ?

Je reste muette, laissant mes pensées partir dans tous les sens. Nos visages sont proches, nos lèvres à quelques millimètres l'une de l'autre. Il me suffirait d'avancer de peu pour les toucher, seulement, je n'effectuerai pas le premier pas. J'attends la suite, en vain. Il ne bouge pas et continue à me fixer de son regard sombre. Je sens qu'il va faire marche arrière, comme dans la vallée. Déçue, encore une fois, par son comportement, je recule pour me lever, mais sa main m'emprisonne et, brusquement, comme s'il avait entendu mes prières silencieuses, sa bouche fond sur la mienne.

CHAPITRE 13

Will

Je l'embrasse à en perdre haleine. Ma langue se fraye un chemin pour caresser la sienne dans un balai de douceur et de sensualité, puis devient plus brutale, plus pressée. Charlie accroche si fort mon tee-shirt qu'elle pourrait l'arracher si elle le décidait, mais je m'en fous. Elle répond à mon baiser avec tant de passion qu'il m'en faut plus tout d'un coup, alors j'attrape ses fesses, la soulève pour l'installer à califourchon sur moi. Nos hauts s'envolent par la même occasion et je découvre sa lingerie rouge qui me rend fou. Ma main gauche se perd dans ses cheveux que je tire avec délicatesse afin d'accéder en toute liberté à son cou pour le dévorer. L'autre effleure son ventre et remonte avec lenteur. Un gémissement s'échappe de sa bouche quand mes doigts pincent son téton sensible à travers la dentelle.

J'aime ce son.

J'ai envie de recommencer et de l'entendre encore et encore. La pointe de ma langue longe sa jugulaire. Mes lèvres se referment dans un baiser tendre sur sa mâchoire puis retrouvent les siennes. À travers son pantalon fin, je sens son excitation extrême. Elle se frotte contre moi. Je la désire si fort que c'en est douloureux. J'ai besoin de toucher sa peau sans la barrière de coton qui fait obstacle. Je me lève tout en continuant de l'embrasser. Ses jambes entourent mon bassin et je l'emporte dans la chambre après qu'elle m'a indiqué la direction. Dans un mouvement fluide et doux, je la pose sur le lit, lui retire ses dernières fringues, rejointes aussitôt par les miennes. En boxer, je la contemple. Sa lingerie rouge appelle à la tentation, son regard avide pétille, ses cheveux s'étalant sur les draps. Elle est sublime. Une véritable œuvre d'art. Nos yeux se happent alors que je m'approche d'elle tel un félin abordant sa proie.

Ses mains câlinent mon torse. L'une d'elles part en exploration un peu plus au sud. Mes abdos se contractent sous sa caresse. Elle se faufile sous l'élastique de mon caleçon pour toucher mon membre dur, s'arrête quand elle rencontre les deux petites billes de mon *piercing* sur le côté de mon gland. Charlie m'observe, stupéfaite de sa découverte, puis se lèche les lèvres. Elle commence un mouvement de va-et-vient, m'envoyant des décharges électriques le long de mon échine. Je perds littéralement la tête. *Je vais jouir comme un puceau.* J'attrape sa main pour la stopper et la fixe sévèrement.

—Ma belle, je ne vais pas tenir si tu continues.

Elle me lance une moue boudeuse que j'efface par un baiser langoureux. Je libère sa poitrine ferme de son carcan de dentelle.

Comme je l'avais imaginé, ils ont été faits sur mesure pour moi. La taille parfaite dans ma paume. Maintenant, voyons quel goût ils ont ?

Joignant le geste à la pensée, je lèche un de ses seins avant d'en mordiller le bout dressé.

—Will !

Je souris en l'entendant prononcer mon prénom de cette façon. Très réactive, elle se tortille et griffe mon cuir chevelu. Je descends le long de son ventre, m'arrête au-dessus de son nombril pour lui enlever sa culotte. Quand son sexe entièrement épilé, luisant d'excitation, apparaît, je souffle dessus. Sa peau se couvre de chair de poule.

Je salive d'avance de la savourer, mais ça sera pour une prochaine fois.

Elle passe sa langue sur ses lèvres lorsque ma dernière couche de coton se volatilise, me laissant dans mon plus simple appareil. Quand elle aperçoit la barre métallique qui traverse de part et d'autre mon gland, je l'entends expirer bruyamment.

CHAPITRE 14

Charlie

Un Ampallang! Bordel de mes trompes!

Will remonte le long de mon corps, lèche chaque parcelle de ma peau qui se trouve sur son chemin. Je gémis plus fort. Je n'ai jamais ressenti de telles choses avec un homme. Je me consume, me liquéfie. Mes neurones éclatent.

—Qu'est-ce que tu veux, Charlie?

—Toi.

Il attrape l'emballage d'aluminium qu'il a récupéré dans son jean, déroule le préservatif sur sa verge dressée, puis coulisse lentement dans mon intimité. Sa chaleur perce l'enveloppe de latex en contraste avec la fraîcheur de son *piercing*. Il se retient de s'enfoncer jusqu'à la garde. Sauf que je suis prête à exploser s'il ne vient pas.

—Will! l'engueulé-je pour qu'il me prenne entièrement.

Pas besoin de répéter. Il me pénètre d'une seule poussée. Les billes de métal frottent mes parois intimes qui se contractent sous son invasion.

C'est le pied! Zoé avait raison.

Il se retire afin de mieux revenir d'un coup sec. Mes yeux roulent sous le plaisir intense qui m'envahit. La pièce se remplit de nos râles persistants.

—Will. Continue, le supplié-je.

—Regarde-moi! Je veux te voir.

Nos prunelles s'ancrent pour ne plus se lâcher. Il attrape mes cuisses, les remonte, accélère encore, me pilonne avec force, augmentant le désir. Nos corps se synchronisent dans une cadence effrénée. Je suis au bord de l'asphyxie. Les prémices de mon orgasme affluent dans le bas de mon échine pour exploser en mille morceaux. Des points noirs envahissent mes rétines. Je ne sais plus où je suis. Ma libération entraîne la sienne dans une dernière impulsion. Le souffle court, il tente de récupérer peu à peu sa respiration. Nous restons quelques secondes imbriqués l'un dans l'autre.

Après être descendus de notre nuage post-coïtal, Will s'allonge près de moi. Je me tourne sur le côté pour le regarder. Il a les yeux clos. Les mouvements de sa cage thoracique reprennent une cadence normale. Un sentiment d'euphorie m'enveloppe. Il y a bien trop longtemps que je ne me suis pas sentie ainsi. Mon instant de béatitude ne fait que m'effleurer, trop vite remplacé par une vague de culpabilité et de remords envers Logan. *J'ai couché avec son meilleur ami. Comment ai-je pu le trahir? J'ai balayé toute notre histoire en une fraction de seconde.*

Les larmes perlent au coin de mes cils. Je me lève doucement pour rejoindre la salle de bain, remplis la baignoire et m'y plonge afin de laisser libre cours à mon chagrin silencieux. Recroquevillée, mes pleurs jaillissent et coulent le long de mes joues. Je reste là de nombreuses minutes, perdue dans le flot des sentiments qui m'assaillent, si bien que je n'entends pas Will entrer dans la pièce. Je me rends compte de sa présence lorsqu'il s'installe derrière moi et me prend dans ses bras jusqu'à ce que mes sanglots se tarissent.

CHAPITRE 15

Will

Quand ses pleurs cessent, Charlie est étrangement calme. Je saisis l'éponge, la passe le long de son dos, remarquant les sublimes ailes tatouées sur sa peau. Les détails réalistes donnent l'impression de vraies plumes, sortant de ces omoplates, qui à tout moment pourraient se déployer dans un mouvement angélique. Ce dessin a quelque chose d'intrigant. Quelle signification a-t-il? Est-ce en lien avec la perte de Logan? De drôles de sentiments m'envahissent tant les maux cachés sous ces ailes me touchent. Je pourrais le lui demander mais elle est tellement bouleversée qu'il vaut mieux m'abstenir.

Faisant taire mes interrogations, je mouille ses longs cheveux et masse son crâne avec son shampoing parfumé à la cerise. Tandis que je me lave à mon tour, elle ne bouge pas. Je sors et récupère une serviette chaude pour l'emmitoufler. Les yeux dans le vide, je ne sais pas à quoi elle pense. La voir dans cet état me donne juste envie de m'occuper d'elle.

Une fois sèche, je la porte jusqu'au lit où elle s'enroule dans la couverture et s'endort. Je reste là, à la contempler quand elle marmonne quelques mots. En m'approchant davantage, je parviens à les déchiffrer: «peur… aimer… Will… coupable».

Ai-je bien compris ou est-ce que mon esprit me joue des tours ? *Mon Dieu, qu'ai-je fait ?*

En plus, je n'ai même pas eu le courage de lui dire la vérité. Lorsque nous étions à la forteresse, l'un en face de l'autre, je me suis imaginé l'embrasser, mais l'identité de l'expéditeur du message m'a complètement bloqué. La rage s'est insinuée en moi sans que je ne puisse l'arrêter. Pourquoi me contactait-elle maintenant ? J'ai été étonné d'avoir de ses nouvelles sachant que nous ne nous écrivons jamais. Mes parents devaient être derrière ce manège.

Des émotions négatives m'envahissaient alors que je passais un excellent moment avec Charlie. Pour cacher mon trouble, il me fallait m'éloigner d'elle, j'ai donc feint l'indifférence et me suis détourné d'elle, comme autrefois. Sauf qu'elle n'a pas compris ni apprécié ce revirement de situation ; son agacement était perceptible. Par la suite, quand j'ai dû m'accrocher à elle sur la moto, je n'ai pas résisté à ce bout de peau que mes doigts ont rencontré. Pouvoir la toucher sans honte, même si je me perdais dans toutes ces émotions contradictoires qui me submergeaient.

Je lui laisse un petit mot avant de rentrer à mon hôtel. J'ai besoin de réfléchir et elle, de prendre son temps. Aucun de nous n'avait prévu ce qu'il s'est passé, même si je l'ai rêvé de nombreuses fois. Mais je n'ai pas pensé à sa réaction. En la voyant si bouleversée, mon cœur s'est fissuré. Je ne veux pas lui faire de mal. Je n'aurais pas dû la toucher. J'ai des engagements envers certaines personnes et je cède à une putain de pulsion incontrôlable. Je suis dans la merde, car je n'ai qu'une envie : y céder à nouveau. Je m'endors, complètement vidé par cette journée.

Le lendemain, je passe mon temps à répondre à mes mails et à appeler des clients. Je dois remplir quelques obligations, même en vacances. Cela me permet de ne pas penser à Charlie ou peu. Elle ne me contacte pas non plus. *Tu crois quoi ? Qu'elle est comme toutes celles avec qui tu couches et qui t'inondent de messages !* Mon téléphone sonne, coupant court à mes songes. Je décroche sans regarder qui est mon interlocuteur.

—Allô?

—Ton père m'a appris ta nouvelle lubie. Partir en Norvège sans prévenir personne. Mais où as-tu la tête, Will?

—Bonjour, maman.

—Quand rentres-tu? Tu n'ignores pas que nous sommes en pleins préparatifs. Tu devrais être là, toi aussi.

—Je sais, maman. J'ai déjà eu cette conversation avec papa.

—Eh bien, tu vas l'avoir avec moi, maintenant. Si ton père n'arrive pas à te faire entendre raison, quelqu'un doit le faire.

—Maman, dis-je, excédé.

—Ça suffit, Will! Tu vas m'écouter attentivement. Il est temps pour toi de prendre tes responsabilités et de respecter ta part du contrat. Tout le monde ici se plie en quatre pour que la fusion fonctionne. Et toi, tu décides de t'octroyer des vacances sans prévenir qui que ce soit. Tu l'as contactée? me demande-t-elle mécontente.

—Non, soupiré-je en me passant la main sur mon visage.

—Fais-le! Tu as deux mois pour revenir à la maison. La date approche à grands pas et nous avons besoin de toi ici.

—Oui, maman.

Elle raccroche, sans un au revoir. Deux mois. Soixante jours pour profiter de ces instants avec elle, avant de retourner dans ma prison dorée.

J'envoie un texto.

Le cerveau en ébullition, je me prends la tête dans les mains et tire sur mes cheveux. Je veux oublier cette conservation, oublier mes obligations et mon avenir. Me consacrer à ce que je désire réellement, juste pour quelque temps. Le visage de Charlie s'impose à mes rétines. Sauf que je n'ai pas de nouvelles d'elle. Pas un message. Rien. Je fronce les sourcils et décide de la rejoindre.

Refuse-t-elle de me parler après cette nuit? Je dois en avoir le cœur net.

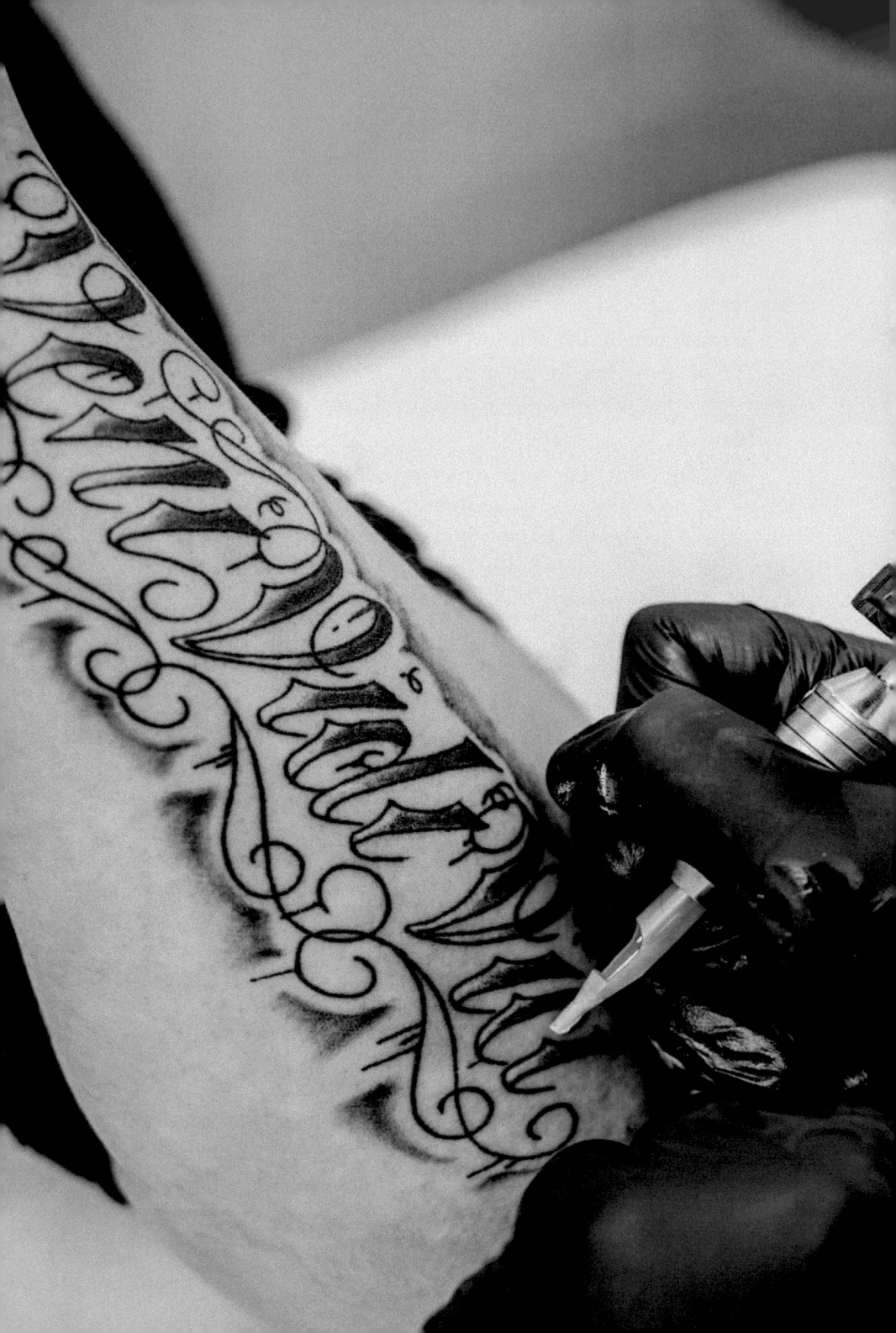

CHAPITRE 16

Charlie

Je me réveille, le corps endolori par nos prouesses d'hier. La place à côté de moi est vide. Il est parti. Malgré le brouillard qui enveloppe mon esprit, très vite les images dans la salle de bain me reviennent et s'enchaînent. Le visage caché dans mes mains, la honte m'envahit. *Tu m'étonnes ! Tu chiales comme un bébé. Tu ne crois pas qu'il va rester auprès de toi !*

Prête à attraper mon téléphone, je découvre un petit mot déposé sur ma table de chevet.

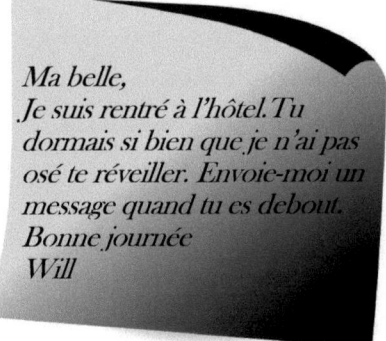

Ma belle,
Je suis rentré à l'hôtel. Tu
dormais si bien que je n'ai pas
osé te réveiller. Envoie-moi un
message quand tu es debout.
Bonne journée
Will

Ma tête s'écroule sur l'oreiller, un sourire jusqu'aux oreilles. Il n'a pas pris la tangente malgré ma crise. Réfléchissant à une réponse, mes yeux tombent sur l'heure affichée à l'écran. *Bordel de merde, je suis en retard !* Je saute du lit pour me préparer en quatrième vitesse quand mon portable sonne. Zoé s'inquiète. Ensuite, c'est la musique attribuée à Romie qui résonne.

Zut ! Elles flippent toutes les deux.

Je leur envoie un message pour les prévenir et arrive quelques minutes plus tard.

—Je suis désolée, les filles. Je n'ai pas entendu le réveil.

—Je sens que la nuit a été courte, me taquine Zoé.

—Et toi ? Pas trop la gueule de bois ? la questionné-je pour qu'elle lâche l'affaire.

—L'habitude, ma chérie, me répond-elle avec un clin d'œil.

—Mon client est déjà là ?

—Oui. Il est installé dans la cabine, m'informe Romie.

Je ne perds pas une seconde et file le rejoindre. C'est un gros projet sur lequel je travaille depuis plusieurs jours. Il va me falloir beaucoup de temps pour arriver au résultat final. Au bout de deux heures intensives, il commence à fatiguer. Ça suffit pour aujourd'hui ! On fixera un autre rendez-vous pour les prochaines étapes. Zoé étant allée chercher le repas du midi, nous nous installons dans l'espace cuisine.

—Alors qu'est-ce que j'ai raté hier soir ? Mes souvenirs sont légèrement flous, me demande Zoé.

—Vu comment tu étais torchée, cela ne m'étonne pas, la taquiné-je.

Elle me fusille du regard.

—Je suis désolée de t'avoir laissée seule avec Will, s'excuse Romie.

—Hein ? Quoi ? Will est resté ? s'exclame Zoé.

Je ne lui réponds pas, me tourne vers Romie et souris pour la rassurer.

—Il n'est pas resté trop longtemps ? me demande-t-elle.

—Euh… Il…, bredouillé-je, ne sachant pas quoi lui dire.

—Oh putain! Tu? Vous? hurle Zoé, l'index pointé vers moi.

Elle bafouille à la recherche de ses mots, mais a très vite compris. Je n'arrive pas à mentir de toute façon. Romie nous regarde l'une après l'autre, sourcils froncés.

—Charlie? m'interpelle-t-elle.

—Ils ont couché ensemble, lui répond Zoé.

—Oh…

—Alors, raconte! C'était comment? s'impatiente Zoé.

Je baisse les yeux en triturant mes doigts. Je sais que si je ne leur dis rien, Zoé ne me lâchera pas. Du coup, je leur révèle ce qu'il s'est passé après leur départ.

—Je m'en doutais! s'exclame Zoé. Il est percé! Alors, je t'avais prévenue que tu allais grimper aux rideaux.

Je suis comme une gamine prise en flagrant délit.

—Ce n'est pas terminé, avoué-je. Je me suis sentie tellement coupable que je suis allée pleurer dans la salle de bain. Il a fini par me rejoindre et il s'est occupé de moi.

—Pourquoi as-tu pleuré, ma bichette? Il s'est passé quelque chose après que vous avez…?

—Non rien. Je ne sais pas. Je me suis mise à penser à Logan. J'étais honteuse de l'avoir trahi, d'avoir terni notre amour comme ça.

Romie se rapproche de moi et me caresse le bras.

—Charlie chérie, ce n'est pas le cas. Logan est mort. Tu as le droit d'être heureuse à présent, de profiter sans remords. Je suis sûre qu'il ne souhaite que ton bonheur et te savoir en paix. Rien n'effacera ce que vous avez vécu tous les deux et aucun homme ne le remplacera. Mais n'oublie pas qu'il y a toujours une raison pour laquelle une personne s'insinue dans notre vie. Rien n'arrive par hasard. Ceux qui entreront dans ton existence laisseront leur empreinte. Tu aimeras chacun d'eux. Parfois intensément, parfois juste avec tendresse. Sauf qu'un jour, tu rencontreras celui qui fera battre ton cœur différemment, qui acceptera ton passé, et ton amour pour Logan. Quelqu'un qui te fera chavirer de façon incompréhensible. Ton âme sera liée à la sienne de toutes les manières possibles.

Une larme solitaire roule sur mon visage. Elles m'enlacent toutes les deux.

En début de soirée, la sonnette annonce l'arrivée d'un client tardif. L'air se charge d'une atmosphère que je reconnais. Un picotement à la base de ma nuque m'indique qui vient d'entrer. Je n'ai pas besoin de lever les yeux pour comprendre que Will est là.

—Bonjour, ma belle.

—Coucou, dis-je timidement en relevant la tête.

—Je n'avais pas de nouvelles de toi, alors j'ai décidé de passer te voir.

Zut ! Le message que je devais envoyer.

—Je suis désolée, Will. En découvrant ton petit mot, je me suis rendu compte que j'étais en retard. J'ai complètement zappé de te répondre, m'excusé-je, penaude.

—Ce n'est pas grave, je comprends. Je craignais juste que tu ne…, me dit-il sans finir sa phrase.

—Non. Non. Pas du tout. Au contraire, mais je n'ai pas eu une minute à moi.

—Tu serais d'accord qu'on aille manger un morceau ensemble, ce soir ? me propose-t-il soudainement.

—Avec plaisir.

Après avoir prévenu et embrassé les filles, je récupère ma veste et suis Will dans la rue. Une fois seuls, il m'attrape par le bras et me tire vers lui. Sa bouche retrouve la mienne. Nos langues se cherchent. Je m'accroche aux pans de son manteau pendant qu'il me dévore. Je lui mordille la lèvre. Il grogne sous mes assauts.

Un ultime baiser tendre plus tard, il s'éloigne pour reprendre son souffle. Le mien a disparu.

—Le *Hos Oss Mat*, ça te va ?

Je respire à nouveau et acquiesce. Ce restaurant propose des burgers à tomber par terre ; j'en salive d'avance. Nous nous y rendons à pied. Le silence accompagne notre trajet, Will a l'air stressé et contrarié. Son humeur changeante me déroute alors je tente de détendre l'atmosphère :

—La cuisine est un régal. Tu as beaucoup de choix et leurs desserts sont délicieux.

Il acquiesce, mais reste coincé dans son mutisme, alors je n'insiste pas.

Arrivés dans le chaleureux intérieur, je constate que Will avait déjà réservé. Quelques personnes sont en pleine dégustation. Nous traversons la salle pour nous installer à notre table. Son attitude glaciale me peine. Une fois assis, je n'y tiens plus :

—Tout va bien ? Si tu es fatigué, nous pouvons reporter, tu sais ?

—Non, excuse-moi, ma belle. Tout va bien. J'ai juste eu une journée de boulot horrible.

—Je comprends. Mais maintenant, tu es là, tu peux relâcher la pression et savourer.

—Je connais un autre moyen pour ça, Charlie. Mais c'est une chose qu'il vaut mieux ne pas faire en public, murmure-t-il à mon intention tout en étudiant le menu.

Cramoisie, je resserre mes cuisses pour soulager la tension qui s'installe.

La carte entre les mains, j'ai du mal à me décider. Néanmoins, je finis par choisir un hamburger classique et des frites maison. Will opte pour le burger du Chef.

Lorsque nos plats arrivent, mon ventre émet des grognements d'approbation et je me lèche les lèvres devant mon assiette.

—Si tu savais ce que j'aimerais faire à ta bouche qui me nargue depuis le début de la soirée, me menace Will.

Je recommence, volontairement.

—Tu le fais exprès en plus! Je saurai m'en souvenir au moment opportun…, chuchote-t-il d'un ton lubrique.

—Hum… Nous verrons bien, mon cher. Pour l'instant, j'ai trop faim.

S'il comprenait que mon assiette n'est pas ma priorité du moment, je n'aurais pas le temps d'y plonger ma fourchette. Nous dégustons notre repas tout en discutant de notre quotidien. Il m'en dit très peu sur son travail, juste le strict nécessaire. C'est à croire qu'il a des choses à cacher.

—Tu dois bien t'entendre avec tes parents pour bosser avec eux?

Il se racle la gorge.

—Non, pas particulièrement avec mon père. Mais je l'ai expliqué la dernière fois, ma vie est devenue compliquée après la mort de Logan et il a été là. Maintenant, je n'ai pas mon mot à dire concernant mon avenir. Et ma mère n'est pas vraiment l'image d'une maman poule.

—Ça doit être difficile à vivre, dis-je en le regardant dans les yeux.

—Tu sais, Charlie, il y a des choses que j'ai honte d'avoir faites. Tu as de la chance d'être très bien entourée par ta famille et tes amies. Malheureusement, je n'ai pas eu cette veine avec mes géniteurs. Ce sont des partisans du: «les émotions, c'est pour les mauviettes et les épreuves de la vie forgent le caractère». Du coup, j'ai dû affronter ma douleur seul. J'ai bu, beaucoup, trop même et j'ai pris de mauvaises décisions.

—Je suis désolée, Will.

—Si tu savais tout, Charlie, tu ne le serais pas. Tu aurais honte de moi, toi aussi.

—Ne dis pas ça. Nous commettons tous des erreurs. Le plus important, c'est de les reconnaître, de les corriger et d'en tirer un enseignement pour ne pas les répéter. Tu dois t'évertuer à réaliser les bonnes choses et il n'y a que toi qui as ce pouvoir.

—Parfois, on n'a pas d'alternative.

Encore avec cette histoire, mais de quoi parle-t-il ?

—Nous avons toujours le choix, Will. Tu as le droit d'avoir l'existence que tu veux et que tu mérites. Le droit de changer d'avis, de faire fausse route et de recommencer.

—Pas pour moi. J'ai dû prendre des décisions pour avoir la vie que j'ai actuellement. Abandonner mes rêves et devoir travailler pour mon paternel en était une.

Je suis en colère contre ces personnes qui auraient dû le soutenir. Le rôle des parents est d'aider leur enfant dans toutes ses étapes, d'accepter ses choix. Comment peut-on être si insensible ? Traiter son fils comme un vulgaire contrat.

—Tu n'as pas eu le droit à la parole sur ce coup-là, Will. Cette vie t'a été imposée. Mais ça n'enlève rien à l'homme gentil et fort que tu es.

—Merci, ajoute-t-il en serrant ma main dans la sienne.

Au moment des desserts, je ne mets pas longtemps à choisir : des profiteroles au chocolat. Will se contente d'un café. Lorsque la première bouchée entre en collision avec mes papilles, je ne peux me retenir de gémir. Sous son regard avide, j'avale goulûment un morceau de choux. Quand je suce mon index pour effacer toute trace de bavure, ses yeux se voilent de désir. Tout en le fixant, je reprends une cuillère de mon dessert, en la léchant de façon langoureuse. Avec délicatesse, le bout de ma langue vient se poser sur ma lèvre supérieure pour en caresser le contour. Will croise ses mains sous le menton. Ses mâchoires se crispent. Je le défie et je sais que je vais perdre à mon propre jeu. Mon manège continue jusqu'à ce qu'il ne reste plus une trace de chocolat dans mon assiette. Will me fixe toujours, arborant un sourire carnassier qui ne me dit rien qui vaille.

—Tu as terminé ? me questionne-t-il avec une extrême douceur.

—Oui.

—Bien. Je vais demander l'addition, déclare-t-il en se levant.

Une fois le repas réglé, nous nous dirigeons vers la sortie. Le froid de la nuit franchit la barrière de mes vêtements, je souffle sur mes doigts pour les réchauffer. Tout naturellement, sa main vient se poser sur la courbure de mes fesses. Il ne dit pas un mot. Quand j'ose jeter un regard vers lui, sa mâchoire est contractée, mais le contact de sa paume diffuse une vague de chaleur qui me transperce et se répartit sur tout mon épiderme.

Soudain, Will me pousse dans une ruelle étroite. Mon dos heurte le mur lorsque son corps se colle à moi, sa bouche déjà sur la mienne. Son baiser est puissant et pressé.

—Tu m'as allumé tout à l'heure avec ces lèvres. J'ai cru jouir dans mon boxer, me souffle-t-il entre deux baisers.

À nouveau, il m'embrasse à perdre haleine. Ses mains sont partout sur moi. L'une d'elles remonte à la base de mes cheveux, les attrape et les tire en arrière. Il dévore mon cou, me lèche, me mordille. Puis, il s'écarte, me laissant haletante.

—Je n'en ai pas fini avec toi. Il me semble qu'une certaine jeune femme n'a pas été sage ce soir pendant le repas. Je vais devoir remédier à cela et elle va être très gentille et docile pour se faire pardonner.

Je suis dans la merde…

CHAPITRE 17

Charlie

Orgasmes multiples, cela vous parle ? Moi non. Jusqu'à ce que Will me prouve le contraire. Contre la porte d'entrée, sur le canapé et il n'y a pas si longtemps avec sa bouche. À mon réveil, au petit matin, Will est derrière moi, m'enlaçant tendrement. Je le repousse délicatement pour me frayer un passage hors du lit, attrape un tee-shirt qui me tombe sous la main et l'enfile. Dans la cuisine, je sors du frigo, ce dont j'ai besoin pour la préparation du petit-déjeuner quand une silhouette, dans l'embrasure de la cloison vitrée, me fait sursauter. Surprise, je lâche un de mes œufs qui vient s'écraser au sol.

— Aaaah !

Will se tient droit, tout juste vêtu d'un boxer. La main sur la poitrine, j'essaye de calmer les battements de mon cœur.

— Tu m'as fait peur.

— Désolé. Je me suis réveillé et le lit était vide, s'excuse-t-il.

— Je prépare le petit-déjeuner. La prochaine fois, préviens-moi, j'ai cru mourir.

— Je suis là, se moque-t-il un sourire au coin de la bouche.

Je lève les yeux au ciel et attrape de quoi nettoyer le sol.

—Mon tee-shirt est mieux sur toi, me flatte-t-il d'une voix suave.

Je tire sur le bas du vêtement pour couvrir ce que je peux.

—Désolée, j'ai pris la première chose qui m'est venue.

—Heureusement que ce n'est pas mon caleçon, se moque-t-il.

—Je crois qu'il te va mieux à toi qu'à moi.

—Tu es belle, quoi que tu portes, me complimente-t-il en s'approchant de moi.

Je rougis face à cette déclaration de bon matin.

—Merci. J'allais faire des pancakes. Tu en veux ?

—Bonne idée. J'ai une faim de loup, me dit-il en nichant son visage au creux de mon cou.

Il m'embrasse tendrement sous mon lobe d'oreille avant de s'asseoir. Je m'affaire à cuire les pancakes pendant que Will sirote son café. Une fois prêts, nous nous installons et dégustons en silence. Je croque un morceau dégoulinant de Nutella avec appétit et plaisir.

—J'adore te voir manger, me confesse-t-il.

Je le contemple et souris à pleines dents… recouvertes de chocolat.

—Euh… OK. Tu viens de foutre en l'air ma déclaration.

Je pouffe, avale et nettoie l'avant de mes quenottes.

—Mieux comme ça ? répliqué-je en lui dévoilant l'intérieur vide.

—Bof. Je crois que je n'ai plus faim.

—Pfff. Jamais contents, ces hommes !

Il arque un sourcil me questionnant du regard.

—Je pense t'avoir démontré ma satisfaction, hier soir. Plusieurs fois même. Surtout quand ma…

—Stop ! Je mange, m'écrié-je une main sur ses lèvres pour l'empêcher de finir sa phrase.

J'ai déjà les images qui me reviennent en tête. *Ça suffit ! On se calme la nympho !*

Il me lèche la paume, un sourire moqueur sur le visage. Je la retire en râlant et l'essuie.

—Mais tu es dégoûtant !

Il rit à gorge déployée avant de me déposer un bisou sur la joue.

—Oui, mais tu m'aimes quand même, renchérit-il.

Je bloque sur sa phrase et le regarde, muette. Un ange passe. Il racle sa gorge avant de finir son café cul sec. *Je l'aime ? Mais qu'est-ce qu'il raconte ? Et qu'en est-il de ses sentiments à lui ? Suis-je juste un plan cul ? Une pote ? Une petite amie ? Je dois réagir, répondre quelque chose, faire un geste. Non ?* Pas le temps d'y réfléchir davantage qu'il déclare :

—Je vais terminer de me préparer et je t'accompagne à ton travail avant de retourner bosser à l'hôtel.

—OK.

À peine tourne-t-il le dos pour s'éclipser que mon téléphone sonne. C'est Zoé.

—Alors, ma grognasse ? La nuit a été bonne ?

—Salut, morue. Oui, très bonne, et la tienne ?

—Excellente. Raconte-moi. C'était comment ?

—Hum. Je ne dirais que trois mots : intense, puissant, multiples.

Je l'entends couiner dans le combiné.

—Multiples ? Oh putain ! Tu veux dire que…

—Ouiiii.

—La vache. Tu as intérêt à nous rapporter tout en détail.

—OK, Zouzoute. Mais pas maintenant, il est toujours avec moi. Et on ne va pas tarder.

—Oh ! Oh ! Pas de cochonnerie avant de partir, tu vas être en retard encore. Au fait, ce soir…

—Intense, puissant et multiples. Cela me plaît bien, entends-je dans mon dos.

Je me retourne, prise sur le fait et raccroche au nez de Zoé. Will vient m'enlacer.

—Ce n'est pas bien d'écouter aux portes, monsieur.

—Ce n'est pas le cas. Mes oreilles ont trouvé ta jolie voix en pleine conversation.

—Mais bien sûr, me moqué-je en l'embrassant du bout des lèvres.

—J'aime ces trois mots. Mais il va y en avoir d'autres très prochainement comme : langue, froid et Roger, me chuchote-t-il.

Je m'étrangle avec la salive accumulée dans ma bouche quand il prononce le dernier mot. *Comment peut-il savoir ?*

Avant d'aller à la boutique, Will a insisté pour acheter des brioches aux filles. Ce qui lui a valu des tonnes de remerciements et compliments tels que : «Le mec parfait !» «Ne le lâche pas celui-là !». Quelques minutes plus tard, il est temps pour Will de rentrer.

—Je peux passer te prendre à la fermeture ? me questionne-t-il.

—Je ne peux pas. C'est mercredi et c'est soirée filles.

—Mince. OK. Pas de soucis. On se téléphone, me répond Will, déçu.

—Viens avec nous, Will ! s'exclame, soudain, Zoé toute guillerette.

—Non. Je ne veux pas encore vous déranger, déclare-t-il en secouant les mains devant lui.

—Tu ne nous déranges pas. C'est avec plaisir qu'on te le propose, ajoute Romie.

—Mais oui. Et puis, je serai aussi accompagnée, annonce Zoé de but en blanc.

Je pivote vers elle d'un mouvement brusque. *J'ai raté un épisode ou quoi ?*

—Ah bon ? Et c'est qui ? Je le connais ? enchaîné-je.

—Tu verras bien, ma morue, réplique-t-elle, balayant mes questions comme le vent avec les feuilles.

106

—OK. Je viens, cède-t-il aux anges.

—Super. Vingt et une heures à l'*Angel's Rock*, conclut-elle, avant de retourner à sa brioche.

—C'est noté.

Je suis incrédule. Romie ne pipe mot concernant ce fameux rencard, elle doit être au courant.

Et moi, alors ? Pourquoi je ne le suis pas ? Bon, il faut dire que je suis bien occupée. Will s'approche, me prend dans ses bras.

—Bonne journée, ma belle. À ce soir.

—Bonne journée à toi aussi.

Il m'embrasse tendrement puis accapare ma bouche fougueusement, me laissant haletante quand son corps se détache du mien.

—Bonne journée, les filles. À ce soir !

—À ce soir Will, s'écrient-elles à l'unisson.

Dès que la porte se referme sur mon bel Apollon, je m'indigne.

—Pourquoi tout le monde est au courant que tu sors avec un mec, sauf moi ?

—Peut-être parce que tu étais trop occupée avec un certain Dieu du sexe, riposte la concernée en me clouant le bec direct.

—Et les textos, ça existe, non ? continué-je sur ma lancée.

—Fait !

—Non. Je n'ai rien reçu, protesté-je tout en fouillant dans mon sac à la recherche de mon portable.

Je le consulte rapidement. Quarante messages non lus.

Merde ! Maintenant, je me sens honteuse d'avoir trop délaissé mes amies.

—J'allais t'en parler ce matin quand tu m'as subitement raccroché à la truffe, râle Zoé les bras croisés.

—Je n'ai pas touché à mon téléphone de la soirée, jusqu'à ce que tu m'appelles, ce matin. Et puis il y a ces mots que Will a prononcés et ensuite, il a débarqué dans le salon et a entendu notre conservation. J'ai tellement flippé que j'ai raccroché dans la précipitation. Je suis désolée, Zoé, pleurniché-je presque.

Soudain, elle fonce sur moi et me prend dans ses bras.

—Ce n'est pas grave, ma biche. Tu as une bonne excuse ! Avec ce mec-là, tu ne pouvais pas faire grand-chose à part ouvrir les cuisses.

—Zoé ! s'indigne Romie.

Je me marre.

—C'est quoi cette histoire ? Il t'a dit quoi ?

—Rien d'important ! Mais toi, tu ne m'as toujours pas donné le nom de cet homme mystère qui va venir ce soir ? en profité-je pour faire diversion.

Zoé rougit et marmonne dans sa barbe tellement bas que je ne décode rien.

—Quoi ? Parle plus fort, je ne pige rien.

—An-ge-lo ! Tu as compris ou je dois crier plus fort, s'égosille-t-elle si haut que tout le quartier a dû entendre.

—Angelo ? Angelo ! Le serveur italien ?

—Oui.

—Mais quand ? Comment ?

—Il y a deux jours. Avec Romie, nous sommes allées au restaurant. J'ai décidé de lui demander son numéro. Je l'ai contacté le soir même et puis voilà, je lui ai proposé de venir, comme ça, Will peut nous accompagner aussi.

J'acquiesce en souriant.

—Et du coup, il ne reste plus qu'à trouver un rencard à Rominette pour une soirée entre couples, lâche-t-elle.

—Quoi ? Mais cela ne va pas bien dans ta tête. Je n'ai pas besoin d'avoir un mec avec moi ce soir. Tant mieux pour vous les filles, mais moi, hors de question ! s'emporte-t-elle.

—Ah ouais? Tu es sûre de toi? Même pas Éric? lance Zoé innocemment.

Romie hausse les épaules, feignant l'indifférence.

—Je n'ai pas son numéro de toute façon.

—Ça tombe bien, il a rendez-vous avec Charlie tout à l'heure. Tu n'as plus qu'à l'inviter. Le *timing* est parfait! s'esclaffe Zoé.

Elle ouvre la bouche, la referme, complètement paniquée, puis se replie dans sa coquille comme un escargot. Romie n'a pas vécu des choses très agréables dans la vie et n'a plus aucune confiance dans les hommes ni en elle-même. Je tente de la rassurer.

—Ma chérie, personne ne te force à rien. OK? la réconforté-je en l'embrassant sur la joue.

Elle opine de la tête.

—Bon! Sur ce, les grognasses, au travail! Une longue journée nous attend, claqué-je d'une voix autoritaire.

Will est parti depuis seulement quelques minutes, mais il me manque déjà. J'ai tellement hâte de le revoir que je réfléchis à ma tenue pour la soirée. Je dois mettre le paquet.

Je ne me reconnais plus. On dirait une adolescente à son premier rencard, comme il y a quelques années en arrière. À cette pensée, l'image de Logan traverse fugacement mon esprit. Je me remémore notre premier rendez-vous en amoureux, le stress que j'ai pu ressentir, nos gestes un peu gauches. Une pointe au cœur se fait sentir quand la culpabilité d'être avec un autre se manifeste. Elle n'a pourtant pas été si dérangeante la dernière fois. Sauf que Will a connu Logan et, avec lui, j'ai l'impression que tout est différent. Je chasse rapidement ce mal-être. Je dois profiter de l'instant présent.

CHAPITRE 18

Charlie

—La vache, Charlie, c'est une tuerie! C'est exactement ce que je voulais. Tu es au top, ma belle. Comme toujours.

Éric admire mon œuvre dans le miroir pendant que je nettoie mon plan de travail.

Son tatouage est enfin terminé. Il a supporté ces longues heures sans broncher. C'est surtout moi qui ai dû lui imposer des pauses pour aller vider ma petite vessie de temps en temps. Je suis fière du résultat. C'est vraiment une magnifique pièce et le sourire enthousiaste d'Éric me conforte sur mon ouvrage accompli.

—Il n'y a pas de quoi! Toi aussi, tu es génial. Il en faut pour tenir longtemps sous l'aiguille. Chapeau!

—Ah! Ça, c'est parce que j'adore que tu me tortures avec tes jolies mains, déclare-t-il avec un clin d'œil.

—Hum… Éric, ne serais-tu pas un peu masochiste?

Il explose de rire.

—Avec toi, le supplice n'est qu'une douce caresse, fanfaronne-t-il.

—Oh, c'est vrai? Il me semble avoir une petite retouche à faire. Installe-toi à nouveau, le taquiné-je en reprenant mon accessoire de tourment.

—Non! Non! Euh… Ça va aller… C'est terminé pour aujourd'hui. Tu ne crois pas ? bredouille-t-il.

Je rigole quand il se décompose à l'idée de recommencer. Même s'il a enduré ces heures de douleurs, chaque homme a ses limites.

—Allez, viens, Hulk ! On va aller voir combien je vais te soutirer pour mon chef-d'œuvre.

Éric me suit jusqu'au comptoir où Zoé et Romie discutent joyeusement. Cette dernière lui lance une brève œillade. Il s'empresse de la saluer.

—Bonjour, Romie.

—Bonjour, Éric. Comment tu vas ? Pas trop dur ? lui demande-t-elle, en replaçant une mèche blonde derrière son oreille.

Signe de timidité chez elle, mais qui a tout autant son effet de séduction. Éric est subjugué.

—Noonnn, ça a été du gâteau aujourd'hui. J'ai l'habitude maintenant… après toutes ces heures.

Je ricane doucement. *Mais regardez-le, celui-là ! Il était à deux doigts de s'évanouir tout à l'heure et là, il fait les gros bras devant notre Rominette.*

—En tout cas, tu peux être fier. Le résultat est tout simplement fantastique, le félicite-t-elle en admirant son biceps découvert.

—Oui, je suis fan. Je suis surtout fier de Charlie. Je ne suis jamais déçu. Ton boulot est bluffant, ma belle. Merci encore !

Je lui fais un signe de tête. Zoé, un sourire démoniaque aux lèvres, en profite pour ajouter :

—D'ailleurs, Éric, pour fêter la fin de ces heures de douleur, ça te dit un verre avec nous ce soir ? Charlie et moi serons accompagnées. Mais malheureusement, Romie se retrouve à tenir la chandelle. Ce serait cool pour vous deux.

Elle y va franco, cette folasse ! Romie est prête à disparaître derrière le comptoir, rouge comme une pivoine. Éric, embarrassé, se gratte le haut du crâne et réfléchit tout en la regardant.

—C'est d'accord !

Romie relève la tête et sourit, satisfaite. Zoé tape des mains.

—Génial! Romie, file-lui ton portable pour lui donner l'adresse du bar, ordonne-t-elle avec un coup de coude.

Sans se faire prier, elle s'exécute, penaude. Comblé, Éric s'en va avec un nouveau tatouage et le numéro de Romie tombé directement dans le bec sans rien demander. Zoé, notre cupidon a encore frappé.

Le soir même, toutes les trois dans ma chambre, nous finissons de nous préparer. J'ai opté pour une petite robe dos-nu noire et des escarpins framboise qui se marient parfaitement à mon rouge à lèvres. Le décolleté plonge jusqu'au creux de mes reins et me rend incroyablement sexy.

Romie s'applique une dernière touche de mascara devant le miroir, pendant que Zoé ajuste sa robe carmin, fendue à mi-cuisse, qui semble moulée sur son corps. Elle l'a assortie de sandales à talons vertigineux.

Toutes les filles tueraient pour avoir le physique de mannequin de Zoé: brune aux billes vertes qui tranchent avec sa peau mate au bronzage parfait toute l'année, une poitrine généreuse, des fesses pulpeuses et de longues jambes galbées. Romie est l'antipode de notre amie. Blonde aux yeux bleus, un épiderme laiteux que le soleil rougit dès que possible, accentuant ses taches de rousseur sur son nez. Plus petite que Zoé, mais un peu plus grande que moi, elle s'affiche dans une robe pull grise, des cuissardes en cuir noir qui allongent sa silhouette fine.

—Prêtes à leur faire tourner la tête, les filles? proclame Zoé en coiffant sa tignasse brune.

Mes cheveux démêlés tombent en cascade dans mon dos. J'aime que Will y plonge sa main et compte bien le rendre fou ce soir.

—Je suis prête! déclaré-je en me regardant une dernière fois dans le miroir, satisfaite du résultat.

Romie, toujours aussi discrète, est moins démonstrative que nous. Le stress prend le dessus, je le vois. Elle tire sur sa robe pour cacher je ne sais quoi.

—Romie ? Tout va bien ? la questionné-je.

—Non. Je ne suis pas sûre d'être prête pour ça, Charlie. Après ce qu'il s'est passé avec… Je… devrais… peut-être annuler et… retourner chez moi, bégaie-t-elle, affolée, se tortillant les mains.

—Respire, ma douce. Tout ira bien. Rien ne peut t'arriver. Tu es avec nous. Nous ne laisserons plus personne te faire du mal. Je te le promets. Ce soir, nous allons nous éclater, tenté-je pour la calmer.

—D'accord.

Je lui octroie un énorme câlin afin de lui transmettre ma force et Zoé la soutient d'un bisou sur la joue. Romie est une jeune femme timide et adorable, mais qui a perdu confiance en elle après être tombée sur la pire espèce qui puisse exister. Devant nous, il a bien caché son jeu. Toujours très aimable, sympathique et séducteur, mais il s'est avéré égocentrique, manipulateur et violent. En l'espace de quelques mois, j'ai vu ma Romie se renfermer sur elle-même. Elle a arrêté de se maquiller, s'habillant avec des vêtements difformes et sans gaieté. Elle a dépéri au fil du temps pour devenir plus qu'une ombre.

À cause de ce type, elle a fini par ne plus sortir jusqu'à ce que j'aille chez elle un matin pour discuter. Je l'ai trouvée à moitié inconsciente, couverte de sang, d'ecchymoses et d'écorchures sur tout le corps. Transportée d'urgence à l'hôpital, le médecin lui a annoncé qu'elle était enceinte, mais qu'elle avait perdu le bébé à la suite du traumatisme infligé par cette ordure. Cette nuit-là, elle a fondu en larmes dans mes bras en m'avouant son calvaire. La culpabilité de n'avoir rien vu, de ne pas avoir agi avant, me ronge encore. Je lui ai juré que plus jamais un mec ne lui ferait subir un supplice pareil. Ce connard a été retrouvé par la police et purge sa peine dans une prison loin d'elle. Je ferme les yeux pour chasser ces horribles souvenirs.

—Allez! Go, sonné-je l'heure du départ.

Nous arrivons devant le bar où Éric patiente. Will n'est pas encore là.

—Bonsoir, mesdemoiselles. Ravi de vous revoir, chantonne-t-il.

Romie le salue d'un petit signe de la main, mais reste derrière moi. Zoé devant, nous presse.

—Angelo est déjà à l'intérieur. On entre?

—Allez-y. Je vais attendre Will. Il ne devrait plus tarder.

—OK, ma morue. On vous garde deux places.

Le dos à demi tourné vers la route, j'observe Éric aborder gentiment Romie et lui proposer son bras comme un vrai *gentleman*. Elle hésite quelques instants, puis accepte de le suivre et ils disparaissent dans le bar.

Je scrute mon portable, étonnée du retard de Will et vérifie qu'il ne m'ait pas envoyé de messages. Soudain, je l'aperçois au bout de la rue, le téléphone à l'oreille. Je ne sais pas avec qui il discute, mais il n'a pas l'air enchanté. Il s'arrête à quelques pas de moi. Son visage est fermé, ses sourcils se froncent et sa mâchoire se contracte. Quand il se rend compte de ma présence, il se retourne et je l'entends chuchoter.

—Je vais devoir te laisser maintenant. Et je te prie de ne plus me contacter sans me prévenir. Si j'ai besoin de te parler, je le ferai moi-même. Bonne soirée.

Je me demande qui est cette personne? Et surtout pourquoi ils se téléphonent aussi tard? J'ai l'impression qu'il me cache quelque chose. C'est comme s'il ne voulait pas que j'entende leurs propos.

Quand il revient vers moi, ses traits s'illuminent, effaçant les dernières traces de contrariété.

—Bonsoir, ma belle.

—Bonsoir.

Son visage proche du mien, je fonds sur sa bouche. Nos dents s'entrechoquent, mes doigts s'agrippent à sa nuque et je me perds dans ce baiser brûlant. Une vague de désir s'engouffre entre mes jambes. Ma culotte est en combustion spontanée. Jamais je n'ai ressenti une telle attraction pour un homme; pas même pour Logan. Je décide de rompre le contact avant de le déshabiller sur place.

—Je suppose que je t'ai manqué aujourd'hui, me taquine-t-il.

—Pas du tout, mens-je tout en essuyant le contour de mes lèvres.

—Dommage! Car toi, tu m'as terriblement manqué. Je n'ai pensé qu'à toi toute la journée, m'avoue-t-il.

Je me transforme en vraie guimauve, mais ne lui montre surtout pas.

—Pourtant, je t'ai trouvé plutôt contrarié au téléphone. Je me demande qui t'a mis dans tous tes états, lâché-je en essayant de connaître le nom de son interlocuteur tardif.

Fouineuse? Moi? Pas du tout.

Son visage se vide de son sang d'un seul coup, son souffle se coupe et ses poings se ferment.

—Tu as entendu ma conversation? s'enquiert-il bizarrement.

—Non, juste l'agacement au son de ta voix, réponds-je en haussant les épaules.

Il soupire de soulagement comme s'il craignait que je découvre quelque chose.

—Ce n'est rien. Seulement un client qui se permet de me téléphoner à n'importe quelle heure et pour n'importe quoi.

—Ah, d'accord. En effet, il est pas gonflé. On y va? Tout le monde nous attend déjà à l'intérieur.

J'attrape sa main et l'entraîne dans le bar, rejoindre les autres.

—Enfin, ce n'est pas trop tôt! Vous vous êtes mangé la bouche pendant des heures, râle Zoé pour ne pas changer.

Je lui tire la langue tandis que Will enlève son manteau. Il est vêtu d'un simple jean noir et d'une chemise blanche dont les manches

116

sont retroussées sur ses avant-bras. *Bordel, qu'est-ce qu'il est sexy comme ça ! À mon tour. Que le spectacle commence !*

Je retire le mien et Will, derrière moi, ne perd pas une miette du divertissement qu'offre mon décolleté. J'entends juste un grognement à peine audible, l'effet recherché ayant tapé dans le mile. Je m'installe pendant qu'il reste planté debout devant notre table, puis il secoue la tête et finit par s'asseoir après s'être présenté à Éric et Angelo. Il se penche vers moi discrètement.

—Charlie, si tu voulais me provoquer une trique d'enfer toute la soirée, tu as gagné ! me souffle-t-il si bas que j'ai peine à comprendre.

Je le regarde, un sourire satisfait sur le visage et lui dépose un chaste baiser au coin des lèvres. Je fais un bref tour de table. Angelo joue avec les cheveux de Zoé pendant qu'elle lui raconte sa dernière mésaventure avec un client et son *piercing* à la langue. Ça a l'air de plutôt bien coller tous les deux. Elle est subjuguée par le bel italien qui n'a d'yeux que pour elle. Romie et Éric sont assis côte à côte et discutent sans faire attention à nous. Il sait s'y prendre avec elle. Je la trouve calme et apaisée et beaucoup plus détendue qu'en début de soirée. Quant à Will, il caresse délicatement mon genou. Ma peau se couvre de chair de poule. Ma respiration se coupe quand sa main remonte lentement vers le haut de ma cuisse. Nos yeux s'ancrent, les siens sont brûlants de désir.

Nous sommes interrompus par Zoé qui nous questionne sur notre choix de boisson. On ne change pas les bonnes habitudes : un Mojito ! Les hommes se proposent d'aller chercher notre commande et nous laissent entre filles.

—Alors ça a l'air de bien coller avec Éric, ma chérie ? demandé-je à Romie en m'approchant d'elle.

—Oui. Il est super gentil.

Je hoche la tête en souriant, heureuse qu'elle se sente en confiance. Quand ils reviennent avec les boissons, nous trinquons à cette belle soirée en perspective.

CHAPITRE 19

Charlie

Un peu plus tard, des notes de salsa résonnent dans le bar. L'atmosphère est endiablée. Zoé suit son partenaire au centre de la piste. Will, qui caresse la peau nue de mon dos, se stoppe et bondit sur ses pieds pour m'emmener lui aussi danser. Mes deux mains au niveau de sa nuque, j'ondule contre lui. Il pose les siennes sur mes hanches et me rapproche au plus près de lui. Une de ses jambes entre mes cuisses, il bouge au rythme de mon corps et de la musique. Nos visages à quelques centimètres l'un de l'autre, je me noie dans ses yeux profonds. Nos souffles se mélangent quand il m'embrasse sensuellement. Mes doigts remontent pour se perdre dans sa tignasse brune. Son nez hume mon cou et ses lèvres caressent ma peau jusqu'à mon lobe pour y déposer un baiser léger.

Ses paumes glissent sur mes fesses et les agrippent pour m'attirer encore plus près de lui. À travers le tissu de ma robe, je peux sentir son sexe durcir contre moi. Il m'en faut peu pour me liquéfier sur place.

Je pivote contre son torse, me frotte à lui, bras levés au-dessus de ma tête. Sa main se pose sur mon ventre, l'autre rejoint l'orée de mon intimité qui s'échauffe et fourmille à son contact.

—Charlie, tu me tues! Si tu continues, je vais t'arracher cette foutue robe et te prendre à même le sol, me glisse Will au creux de l'oreille.

Je me mords la lèvre et poursuis ma torture. Je me penche un peu en avant dans un mouvement lent tout en bougeant mon bassin puis reviens contre lui. Sa joue repose contre la mienne. Je tourne légèrement mon visage et lui chuchote :

—Je dois t'avouer que tu me fais le même effet…

Sa poigne se resserre sur mes hanches. Il gronde, puis soudain, me retourne face à lui. Le bleu de ses yeux est devenu plus orageux. Je n'ai pas le temps de l'admirer plus que sa bouche s'écrase sur la mienne. Je gémis bruyamment d'extase quand il l'attrape avec ses dents. Il me relâche, emprisonne mon poignet avec fermeté et se dirige vers notre table pour récupérer nos affaires sans un mot. Romie et Éric discutent toujours. Cette dernière m'interroge du regard en remarquant Will déterminé à quitter cet endroit.

—On y va, nous. On se voit demain, ma poulette. Préviens Zoé! Bonne soirée! débité-je, continuant ma route pour ne pas risquer de perdre un bras au passage.

Une fois dehors, il avance droit devant, sans me lâcher.

—Will, doucement. J'ai dû mal à te suivre.

Il stoppe net et se retourne brusquement. Mon nez se cogne à son torse. Son parfum chatouille mes narines. Je relève la tête vers lui. Son regard est noir de désir.

—Charlie, tu m'as rendu dingue toute la soirée avec cette robe et pour finir, tu te frottes à moi ouvertement. J'ai une gaule de malade et je ne peux pas rester dans *cet état*. J'ai failli jouir dans mon boxer comme un puceau.

Face à son empressement, je ne peux m'empêcher de sourire. *On dirait des adolescents bourrés d'hormones*. J'acquiesce, en silence. Sur le chemin de l'hôtel, ses paroles tournent en boucle dans ma tête et des images défilent sous mes yeux, inondant ma lingerie.

Dans le grand hall d'où loge Will, je suis ravie de constater qu'à cette heure, il n'y a pas âme qui vive, hormis le personnel de l'établissement. La tension est à son maximum alors que nous attendons impatiemment l'ascenseur. Je vois sa mâchoire et tous ses muscles faciaux se contracter. Le regard brûlant qu'il ose poser sur moi n'apaise en rien le feu qui me consume.

Arrivés à sa chambre, Will ouvre rapidement et m'invite à entrer. Mes yeux n'ont pas le temps de s'égarer dans la pièce, je suis brusquement tirée en arrière et mon dos heurte la porte. Il y a quelque chose d'animal en lui. Il m'excite autant qu'il m'effraie, mais j'ai toute confiance en lui et là, tout de suite, je n'ai qu'une idée : assouvir mes envies. Sans attendre, ses lèvres partent à la conquête de mon cou, ses dents mordillent ma jugulaire, ce qui m'envoie des décharges électriques dans le bas-ventre. C'est comme si une connexion s'établissait entre ces deux endroits opposés, produisant un effet explosif sur mon entrejambe. Mon sang semble converger vers mon bouton sensible, prêt à imploser. Un court instant, Will cesse ses baisers et se recule pour m'observer. Je ne suis plus que braise et folie.

—Tu me rends dingue, Will, gémis-je.

—C'est le but ma belle et ce n'est pas fini, précise-t-il avec un sourire coquin.

Avec fougue, je le tire vers moi pour l'embrasser langoureusement. Ma langue caresse la sienne, la goûte, la mordille. Je me désinhibe. Mes doigts tremblants déboutonnent sa chemise pour la lui ôter et sentir sa peau sous mes paumes. Je quitte sa bouche et descends avec lenteur, effleurant son torse de mes lèvres ; ses abdos se contractent à mon passage. Puis je m'attèle à son jean et son boxer pour libérer son membre dressé.

Entreprenante, je saisis son sexe percé et imprime un long mouvement. Will respire bruyamment, les paupières closes. Sa main vient me stopper dans mon élan.

—Ça suffit! Si tu ne veux pas que ça se termine rapidement, dit-il dans un râle bestial.

—Ce serait dommage, en effet! me moqué-je.

Reprenant les rênes, il baisse la fermeture de ma robe qui finit sa course à mes pieds; ne subsistent que ma lingerie et mes escarpins. Un pas en arrière, Will me lorgne de haut en bas. Il revient vers moi, me frôle du bout des doigts, ma peau se couvre de chair de poule, puis, habilement, il dégrafe mon soutien-gorge qu'il jette dans un coin de la pièce. Sa bouche reprend une nouvelle fois possession de la mienne tandis qu'il cajole mes seins d'une main, et de l'autre s'attaque à mon tanga. Il tire dessus si fort que le tissu craque et cède sous ses doigts. *Je rêve ou il me l'a arraché?* Sans plus aucune barrière entre nous, son majeur accède aux replis de mon intimité et s'y engouffre sans aucune difficulté. Je gémis sous ce plaisir intense, soulagée quelques instants de cette pression qui me pèse. Mais c'est de courte durée, puisqu'il se retire et attrape mes fesses pour me soulever. Mes escarpins toujours aux pieds, je les crochète derrière son dos. Plaqué contre la porte, mon corps est maintenu par le sien. Une seule poussée et il peut être en moi, mais il n'en fait rien. La tension est à son comble. J'essaye de bouger mon bassin pour l'inciter à entrer, mais il me bloque.

—Patience, Charlie, me taquine-t-il en s'attardant sur mon cou.

Il teste mes limites en ne me donnant pas ce que ma chair réclame. Je grogne de frustration. Je ne peux plus supporter ce désir puissant qui s'est immiscé en moi dès l'instant où il m'a touchée. Mon bas-ventre se contracte, tout mon épiderme s'échauffe en réaction à cette terrible tentation inassouvie. *Bordel de merde! Il le fait exprès, ce salopard.*

L'avoir en moi devient une nécessité, un besoin, pour calmer ce feu qui me consume.

—Will, réclamé-je, en plein supplice.

—Qu'est-ce que tu veux, Charlie?

—Toi, tout entier.

—Je suis là. Tu me sens, non?

—Will, ne me laisse pas attendre plus longtemps, sinon…

—Sinon quoi? lâche-t-il en me pénétrant d'un coup sec.

Cramponnée à ses épaules, je crie de soulagement, alors que nous ne faisons qu'un, parfaitement imbriqués, comme les pièces d'un puzzle. Les deux billes de son *piercing* éraflent mes parois internes, provoquant une sensation de pure extase. Will marque une pause, se délectant de la chaleur de mon écrin. Puis, il commence des va-et-vient lascifs, entamant une danse sensuelle. Le plaisir extrême qu'il me procure est tel que j'en tremble. Mes mains s'accrochent à ses cheveux, les tirent légèrement. L'excitation est à son apogée. Ses mouvements s'accélèrent. Sous ses assauts, mon dos heurte le bois dur à chaque poussée. Nos gémissements s'élèvent dans la pièce, nos respirations se saccadent. *Le paradis existe!*

J'ai l'impression de découvrir de nouvelles sensations à chaque ébat avec cet homme. Les prémices d'un orgasme dévastateur s'annoncent. Mon souffle est coupé par la vague de plaisir qui me traverse. Mon corps est secoué de spasmes sans fin. Je tremble, victime de ce raz de marée qui renverse tout sur son passage. Ses coups de boutoir deviennent plus durs. Il va basculer à tout moment. Son visage caché dans le creux de mon cou, Will se fige dans une dernière poussée. *Je vais avoir des bleus demain, c'est sûr.*

Nous restons quelques minutes dans cette position, le temps que nos respirations reprennent un rythme normal. Il finit par se retirer, me laissant une sensation de vide et me relâche délicatement sur le sol. Mes jambes flageolent sous le poids de mon corps. La chaleur d'un liquide poisseux qui s'écoule entre mes cuisses m'alerte tout à coup; nous avons omis un léger détail dans le feu de l'action.

—Will!

—Qu'est-ce qui se passe?

—On a oublié de se protéger! Pas de panique, j'ai un stérilet et je dois effectuer des tests régulièrement avec mon boulot, m'empressé-je de le rassurer.

—Charlie, je suis clean. J'ai eu des tests il y a un mois et tu es la seule depuis. Je te le promets.

Nous soufflons tous les deux de soulagement. Bien que j'aime être avec lui et qu'il déclenche en moi une multitude de sentiments, je ne me vois pas avec un enfant maintenant. Will ne me laisse pas réfléchir plus longuement, il m'entraîne dans la douche. L'eau chaude me fait du bien. Baignée d'un océan de béatitude, j'ai du mal à redescendre de mon petit nuage. Will dépose une noisette de savon au creux de sa paume et entreprend de me laver soigneusement. Les paupières closes, la tête appuyée sur le carrelage, je me délecte de cette douce carcsse. Une fois propre et sèche, je me retrouve au lit dans ses bras. Il dessine les contours de l'aile qui orne ma hanche. Il se fige au niveau de la boursouflure de ma cicatrice. Je ferme les yeux et lui explique :

—Cette nuit-là, je suis restée bloquée dans la voiture quelques heures, le temps qu'on se rende compte de notre accident. J'avais une grave fracture ouverte du fémur, qui s'est avérée très compliquée à soigner. Je me suis retrouvée seule dans le noir, sans Logan. J'ai cru que c'était la fin, prise au piège, incapable de bouger. Je rencontrais des difficultés à respirer à cause du choc et de la douleur. J'ai perdu connaissance à plusieurs reprises, pensant mourir à chaque fois. J'ai espéré que Logan s'en était sorti, qu'il était allé chercher de l'aide et que c'était pour ça qu'il ne répondait pas à mes cris. J'ai compris plus tard, quand on m'a extirpé de l'habitacle, en voyant le drap blanc plus loin, sangloté-je malgré moi en racontant ce cauchemar.

—Charlie, non…

—Will, je dois le faire, le coupé-je en posant mon index sur sa bouche.

Des larmes roulent sur mes joues, mais je dois extérioriser ces démons qui me bouffent depuis toutes ces années. Il opine de la tête et je me réinstalle contre son torse.

—Il a fallu plusieurs opérations pour consolider l'os, sans compter les fractures de mes côtes qui m'ont fait souffrir pendant

124

des semaines. J'ai eu de longues séances de rééducation qui m'ont aidée à ne garder aucune séquelle, mis à part les cicatrices qui seront toujours visibles. La douleur physique et psychologique a été insupportable. J'ai voulu abandonner plusieurs fois. J'ai dû réapprendre à exister sans lui, dans un corps meurtri, avec juste des souvenirs. Les filles m'ont motivée, soutenue comme des acharnées. Sans elles, j'aurais sombré, sans plus aucune raison de vivre. Mais je me suis relevée et envolée vers une nouvelle vie. Voilà pourquoi j'ai décidé de faire ces ailes. Cette épreuve m'a rendue plus forte. Aujourd'hui, je vais mieux. Le manque est moins présent. Je ne pense qu'aux bons moments passés avec lui et mon amour pour lui restera en moi pour toujours.

Les bras de Will se resserrent sur moi face à cette confession.

—Tu es une femme admirable, Charlie. Tu es forte, douce, gentille, d'une bonté et d'une loyauté extrême. Tu es magnifique autant à l'intérieur qu'à l'extérieur. Tu as survécu à un drame qui aurait laissé à terre n'importe qui. Tu t'es relevée et battue comme une forcenée pour arriver où tu en es. Je suis impressionné par la femme que tu es devenue. Logan restera à jamais mon meilleur ami et une part de moi se sent honteuse de lui faire ça. Mais l'autre part ne peut pas contrôler ce qui se passe quand je suis près de toi. Il y a tant de choses que j'aimerais te dire. Mais la plus importante est que tu me plais et que je tiens énormément à toi, Charlie, me confie-t-il.

Je suis complètement secouée par sa déclaration. Je ne mérite pas autant d'éloges de sa part. Je suis touchée par ses mots qui s'impriment jusqu'au fond de mon âme. Je laisse glisser une main sur sa joue sans répondre à son aveu, perdue dans ce que je ressens moi aussi. Après un dernier baiser sur mes cheveux, nous nous endormons sur ces belles paroles, dans les bras l'un de l'autre.

Chapitre 20

Will

M'endormir avec Charlie dans les bras est une chose que je veux accomplir jusqu'à la fin de ma vie. C'est une réalité inévitable. Chaque instant loin d'elle est une torture, un manque qui n'est comblé que par sa présence à mes côtés. Respirer la délicate odeur de ses cheveux, qui ont le parfum le plus enivrant au monde. Comme maintenant où mon nez plonge dedans, pour les sniffer tel un drogué accro. Charlie efface tous mes problèmes, mes devoirs. Et l'absence de Logan me permet d'être à nouveau moi-même avec elle, de ne plus cacher mes sentiments. Je devrais me sentir honteux de profiter de la mort de mon meilleur ami pour me lâcher avec elle, mais Charlie me fait tant tourner la tête que je ne m'en soucie plus. Comme le poids de la pression familiale sur mes épaules qui s'efface auprès d'elle.

En revanche, la culpabilité de ce mensonge que je traîne est toujours présente et creuse le fossé entre nous chaque jour qui passe. Ça me rend malade. Ma lâcheté me dégoûte. Mais la peur de la perdre est plus forte que le besoin de lui avouer la raison de ma fuite de ce quotidien pesant, de cet avenir qui m'attend, dressé comme une épée de Damoclès. Ce chemin tout tracé est lancé tel un train en pleine vitesse sans aucune chance de l'arrêter.

Comment lui dire après tout ce temps ? Comment lui expliquer que bientôt, je devrai repartir et ne jamais revenir ? Que ressent-elle pour moi ? Elle n'a jamais évoqué ses sentiments envers moi. Et si avec mes conneries, je la faisais souffrir à nouveau ? Je ne peux pas… non, pire, je ne dois pas faire ça ! Impossible. Quand j'y pense, une douleur fulgurante transperce ma poitrine. Je vais y laisser un bout de mon âme et tout détruire sur mon passage par la même occasion. Sauf que je ne veux pas la quitter, je tiens à être présent dans le cœur de Charlie.

J'ai dormi comme un loir avec une femme merveilleuse. Mon bras s'étire pour la caresser, mais ne rencontre que la surface dure et froide du matelas. Personne. Je me relève sur les coudes et balaye la pièce dont les rideaux filtrent quelques rayons de soleil.

—Charlie ?

Aucune réponse. Mes sourcils se froncent face à ce silence et je sors du lit pour aller vérifier la salle de bain ; rien. Un début de panique s'empare de moi. *Elle ne serait pas partie sans me le dire ?*

Je récupère mon téléphone pour la contacter et mes yeux tombent sur le message qui s'affiche. Une vague d'effroi me submerge.

```
Maman : J'ai tenté de te joindre plusieurs fois ce
matin et une jeune fille a fini par décrocher pour
m'informer que tu dormais encore. Je comprends
maintenant pourquoi tu es allé en Norvège… Rappelle-
moi quand tu auras décidé de te lever. Il y a des
choses dont nous devons discuter.
```

Envahi par la panique, je compose le numéro de Charlie. Une… deux… trois sonneries. Elle ne répond pas. À la quatrième, c'est sa messagerie qui prend le relais. Tant pis, j'enregistre ce que j'ai à lui dire, avec l'espoir qu'elle l'écoute. Je fais les cent pas dans cette chambre, mon portable serré dans la main en soufflant comme un

128

bœuf pour essayer de calmer ma respiration qui s'emballe, mais n'y arrive pas. Je suffoque.

Mais qu'est-ce que ma mère a pu dire pour que Charlie s'enfuie comme ça ? Si elle lui a tout raconté, je l'aurais perdue. Jamais, elle ne me pardonnera ce mensonge et cette trahison.

Je stoppe ma course aux suppositions et, les paumes moites, compose le numéro de téléphone de ma génitrice afin d'en avoir le cœur net. Elle décroche à la deuxième sonnerie.

—Qu'est-ce que tu as dit à Charlie ?

—Bonjour à toi, mon fils.

—Réponds à ma question, grondé-je en perdant patience.

—Est-ce une façon de parler à sa mère, William ?

Je déteste qu'elle me nomme ainsi et elle le sait. Je préfère Will à William, trop guindé à mon goût.

—Maman, que lui as-tu dit ? soufflé-je exaspéré.

—Rien, voyons. Mais quelle surprise qu'une femme réponde à mon appel au lieu de mon fils ! En plus, *cette* femme-ci. Voilà pourquoi tu es parti en Norvège. Pour la retrouver, *elle* ? Quitter ses proches sur un coup de tête pour aller à l'autre bout de la planète, dessiner sur des corps pour le plaisir et les mutiler à vie. Mais quelle éducation a-t-elle eue ? crache-t-elle avec dédain.

Je lève les yeux au ciel en l'entendant rabaisser Charlie. Pour elle, une fille bien élevée doit rester près de sa famille, faire de bonnes études, avoir un bon métier pour gagner du prestige. Puis, tout abandonner pour un mari convenable qui subviendra au besoin de son foyer pendant que madame tiendra la maison et s'occupera des enfants. Je commence à perdre patience avec son discours des années trente.

—Maman, ça suffit ! Charlie est une femme exceptionnelle, qui a réussi à monter sa propre boutique et son petit ami, comme tu dis, a été mon meilleur ami.

—Et tu n'as pas honte de lui faire ça ? Fricoter avec sa copine. Car je suppose que si elle a répondu à ton téléphone à une heure si matinale, c'est que vous avez dû passer la nuit ensemble. Ce pauvre garçon doit se retourner dans sa tombe. Ce n'est pas comme ça que je t'ai élevé. Tu entaches sa mémoire juste pour l'histoire d'une nuit. Et as-tu pensé à Roxanne ? Mon Dieu ! Que vont imaginer les gens s'ils l'apprennent ? C'est une honte pour la famille. Mais qu'est-ce que tu as dans la tête, William ? réplique-t-elle.

—Il est mort, Maman ! Et puis ce n'est pas qu'une fille de passage. C'est différent avec Charlie. Elle n'a rien à voir avec Roxanne, et je te signale que j'ai encore le droit de faire ce que je veux jusqu'à la fusion. Charlie est… Elle est merveilleuse. Je suis…

—N'as-tu donc aucun respect pour ces deux femmes ? Ou pour nous ? me coupe-t-elle sèchement. Après tout ce que ton père et moi avons fait pour toi, pour t'éviter la prison. Tu as une promesse à honorer, William. Et je sais que tu es un homme qui tient toujours ses engagements, ajoute-t-elle pour conclure ce débat.

Ses mots me figent instantanément et me stoppent dans mon élan pour lui livrer le fond de ma pensée. J'ai donné ma parole et on compte sur moi.

—Oui, Maman, capitulé-je.

—Bien ! Tu vas arrêter cette mascarade avec cette jeune femme. Réfléchir à tes obligations envers ta famille, ton entreprise et surtout, envers Roxanne, et rentrer à la maison. Je ne dirai rien à ton père cette fois-ci, mais j'ai confiance en toi, William. Ne me déçois pas encore une fois, conclut-elle en raccrochant.

«Ne me déçois pas encore une fois». Cette phrase revient à chaque action de ma part qui ne leur convient pas. Ces mots qui me rabaissent plus bas que terre. Je déçois ma famille. Je vais décevoir Charlie. Les doutes sur la conversation que ma mère et Charlie ont pu entretenir se mêlent à mes sentiments actuels. Je dois la voir, savoir ce qu'elle a bien pu lui dire, si elle lui a parlé de Roxanne. Je

saute sur mes pieds, déterminé, m'habille en quatrième vitesse et décide de la retrouver et de m'expliquer.

CHAPITRE 21

Charlie

Will a tenté de me joindre plusieurs fois, mais je ne peux pas lui répondre pour l'instant, toujours sous le choc de la conversation amère avec sa mère. Après en avoir terminé avec ce douloureux appel, j'ai sauté dans mes fringues puis décampé pour me rouler en boule dans mon lit et laisser mon chagrin exploser. Maintenant, je comprends la relation qu'il entretient avec ses parents. Elle sait où frapper pour faire mal et a choisi ses mots avec précautions, rouvrant la plaie béante que je pensais refermée. *Qu'est-ce que je suis conne! Pourquoi ai-je répondu à ce téléphone?* Je me pose encore la question. Une notification sur mon portable m'indique que j'ai reçu un message vocal.

«Charlie, c'est Will. J'ai besoin de t'expliquer, ma belle. Rappelle-moi s'il te plaît! Je t'ai… Je t'embrasse. Rappelle-moi!»

M'expliquer? M'expliquer quoi? Que ta mère est une femme horrible, dénuée de sentiment et de tact, et que je ne suis qu'une salope qui couche avec le meilleur ami de son mec mort! Non! Ça va aller, j'ai compris toute seule.

Cette conversation ne cesse de revenir dans ma tête et agrandit ce trou dans ma poitrine.

Une sonnerie de téléphone me sort de mon sommeil. Les rêves ont fait place aux cauchemars récurrents habituels. La chaleur émanant de son corps m'apaise ; je resterais blottie ainsi jusqu'à la fin de mes jours. Cette sensation rassurante m'empêche de ressasser ce passé douloureux. Avec lui, tout paraît facile, à croire que la vie n'a pas son lot de souffrance ou de déceptions. Je me sens en sécurité. Comme s'il entendait mes pensées, son bras m'encercle plus fermement, de telle façon que j'ai l'impression qu'il craint que je m'échappe. Souriant face à cette image et à l'abri auprès de lui, je le hume afin de marquer mes sens de son odeur. Une deuxième sonnerie me rappelle à l'ordre, alors je m'extirpe tant bien que mal de l'étau imposé par mon Apollon et cherche l'origine de ce satané bruit qui me tire de mon cocon. Je suis trop lente, le son s'arrête. Quand je décide d'opérer un demi-tour pour retrouver la chaleur de mon amant, celle-ci se remet à chantonner.

— Bordel, mais où es-tu ? grommelé-je en traînant des pieds.

Je trouve l'objet du délit sur la petite console près de l'entrée. C'est le portable de Will. L'heure indiquée sur son écran me fait grimacer. Six heures. Mais qui ose le déranger aussi tôt ? Soudain, le téléphone carillonne à nouveau et vibre dans mes mains. Surprise, je sursaute ; l'intitulé « Maman » apparaît. Je décroche, sans trop savoir pourquoi.

— Enfin ! Quatre fois que je t'appelle tout de même, rouspète la femme dans le combiné.

— Euh… Bonjour, madame, je…

— Qui êtes-vous ? Pourquoi répondez-vous à la place de mon fils ? m'interrompt-elle d'un ton condescendant.

— Je suis Charlie, madame. Will dort encore.

— Ah ! Charlie, vous dites ? Ce prénom me dit quelque chose. Ne serait-ce pas vous qui, il y a quelques années, avez survécu à l'accident de voiture dans lequel le meilleur ami de William est décédé ? Votre petit ami, il me semble ?

Premier uppercut. Je ne l'avais pas vu venir celui-là. Mon souffle se coupe instantanément. Mon cœur s'affole. Mon sang bat dans mes oreilles.

— Alors ? J'attends, s'impatiente-t-elle.

— Oui, c'est moi, murmuré-je.

— Eh bien ! Papillonner avec William ne vous dérange pas maintenant que Logan est mort ?

134

Deuxième uppercut.

—Euh… Je ne… Euh…, bafouillé-je, interloquée par la tournure de cette conversation.

—Écoutez-moi bien, mademoiselle ! Je vous trouve irrespectueuse envers ce jeune homme dont vous salissez la mémoire en couchant avec mon fils, son meilleur ami, qui plus est. N'avez-vous pas honte de ce que vous lui faites ? Et William, vous y pensez ? Il a eu un passage très compliqué à la mort de Logan. Nous l'avons sorti de justesse de cette folie. Aujourd'hui, il a repris sa vie en main. Il travaille très dur pour y arriver, grâce à nous. Il n'a pas besoin que vous veniez tout chambouler en le séduisant. Il a des devoirs, des responsabilités ici, en France. Continuez votre existence de débauchée, mais sans l'entraîner dans vos délires de jeune femme perdue. Son avenir est tout tracé, vous m'entendez ? me siffle-t-elle à l'oreille. Il a une haute place dans l'entreprise de son père pour devenir dirigeant, et il est déjà pro…

Je raccroche avant qu'elle ne puisse terminer sa phrase ne supportant plus ses attaques verbales. Mon cœur cogne contre ma poitrine. Ma respiration est saccadée. Un sentiment de honte et de colère s'empare de moi. Comment ai-je pu faire une chose pareille ? Un truc humide coule jusqu'à mes lèvres ; mes doigts touchent mes joues baignées de larmes. Je pleure, sans même m'en être rendu compte. Sans un bruit, je m'active pour fuir cette chambre devenue à présent oppressante et m'en vais sans laisser de traces.

Le souvenir de cet échange ravive la douleur enfouie depuis toutes ces années. Elle a raison. Je n'ai aucun respect pour Logan. Le tromper avec son meilleur ami… mais qui oserait commettre une telle horreur ? C'est immonde. *Je me dégoûte.* Un haut-le-cœur me soulève l'estomac. Je cours dans la salle de bain pour y rendre tout son contenu. Quand les spasmes de mon ventre se calment, je me rince soigneusement la bouche. Mon reflet dans le miroir est à faire peur. Des coulées noires sous mes yeux tracent des sillons sur mes joues et mes cheveux sont en pagaille. Je file sous la douche pour me rafraîchir avant de me glisser à nouveau sous la couette. D'un rapide message, je préviens les filles de mon absence pour cause de maladie imaginaire, afin qu'elles puissent annuler mes rendez-vous. Ensuite, je coupe mon téléphone et m'endors, mettant fin au supplice de mes pensées tourmentées.

Des bruits sourds me réveillent en sursaut. *Qui fait un boucan pareil à cette heure ?* Je me traîne hors du lit ; l'horloge de mon salon indique huit heures trente. Les coups retentissent à nouveau et je me rends compte que quelqu'un tambourine à la porte.

—Non, mais ça ne va pas la tête de taper comme ça, grogné-je en ouvrant.

Je reste figée par deux billes bleues qui me scrutent d'un air mauvais.

—Putain, Charlie. Ça fait des heures que j'essaye de te joindre et que je te cherche partout, beugle Will en forçant le passage pour pénétrer dans mon appartement.

—Je t'en prie. Entre ! Fais comme chez toi ! ironisé-je, agacée par son comportement.

—Fais gaffe ! Ma patience frôle la tolérance zéro ce matin.

Pardon ? Non, mais il se fout de ma gueule, celui-là ! Il débarque limite en cassant ma porte et c'est à moi de me calmer ?

—Dégage ! rugis-je, hors de moi.

Les yeux plissés, Will s'avance d'un pas lourd vers moi puis s'arrête. Nos pieds se touchent presque, je peux sentir la tension émaner de son corps.

—Alors là, tu rêves ma belle. Tu te tires sans prévenir, sans un mot. Tu ne réponds pas à ton putain de téléphone, tu ne m'envoies même pas un message. Rien ! Et s'il t'était arrivé quelque chose, hein ? J'ai cru devenir fou sans nouvelles, fulmine-t-il.

—Eh bien, comme tu vois, je suis vivante. Tu peux t'en aller, lancé-je en lui indiquant le chemin de la sortie.

—Maintenant que je t'ai trouvée, il est hors de question que je te laisse. Nous devons discuter de ce qu'il s'est passé ce matin.

Je ferme les paupières pour refouler les émotions qui me traversent en repensant à cette ignoble femme.

—Je ne veux pas en parler.

—Pourtant, il faudra bien, Charlie. Je vois que cette conversation t'a contrariée. Qu'est-ce qu'elle a bien pu te dire ? Ma mère a éludé les questions. J'ai besoin que tu m'expliques exactement ce qu'elle t'a dit, insiste Will, angoissé.

—Rien que je ne sache déjà, persisté-je, honteuse de mes actes.

Les larmes perlent au coin de mes cils. Mes ongles s'enfoncent dans ma paume dans une vaine tentative de calmer la colère qui s'empare de moi. Une colère dirigée contre moi, d'avoir commis une telle chose, d'avoir détourné Will de sa famille, de sa vie.

—Charlie ! Bon sang ! Parle-moi ! s'égosille-t-il en me secouant.

Tout ce qu'il arrive à faire, c'est que je perde patience.

—Tu veux savoir quoi, Will ? Que ta mère a raison ! Que tu ne devrais pas être ici ! Tu as des obligations chez toi, en France. Tu as des responsabilités envers ton entreprise. Et je devrais avoir honte d'avoir couché avec le meilleur pote de mon petit ami décédé et que j'aurais d'ailleurs probablement dû mourir dans cet accident de voiture !

Je lui hurle mon chagrin et ma rage. Soudain, il attrape mon visage et écrase ses lèvres sur les miennes. Je tente de le repousser, mais il se presse encore plus contre moi. Il est trop fort et moi, je n'ai pas envie de me battre contre lui alors j'abdique. Nos langues se retrouvent. Animée par la passion, mon corps plaqué contre le sien, je me raccroche à lui comme à une planche de salut, pour ne pas sombrer. J'ai besoin de lui. J'ai besoin d'oublier tout ce merdier juste un moment, entre ses bras. Il se redresse et me contemple.

—Ne la laisse pas t'atteindre avec ce genre de parole. C'est sa façon de manipuler les gens : en les blessant. Tu n'es pas la personne qu'elle a décrite, tu m'entends ? Tu es belle, généreuse, dévouée. Tu es la femme la plus incroyable que j'aie jamais rencontrée. Et en plus, tu es terriblement sexy, déclare-t-il en prenant mon visage en coupe.

Ces derniers mots prononcés font naître un demi-sourire sur mes lèvres. Qui n'aime pas ce genre de compliment de la part d'un homme aussi séduisant ? Sa bouche reprend possession de la mienne tandis qu'il me soulève jusqu'au canapé. Il s'assied et je me retrouve à califourchon sur lui. Simplement habillée d'un débardeur et d'un short, je peux sentir son désir à travers son jean. Nos mains se touchent, nos vêtements s'envolent pour que nos peaux fusionnent. Toute la frustration provoquée par cet appel explose et se libère dans nos ébats.

Le souffle court, j'essaye de calmer les battements de mon cœur. Will me caresse le dos tendrement. Ce sentiment de bien-être quand il est près de moi est indescriptible. J'aimerais qu'il dure toute la vie.

—Tout va bien, ma belle ? murmure-t-il d'une voix douce.

—Oui et toi ? réponds-je en plongeant mon regard dans le sien.

Une vague d'affection me submerge et s'abat sur moi lorsque je m'attarde sur son visage.

—Super bien. Je n'ai juste pas envie de te lâcher, m'avoue-t-il avec un sourire.

—Moi non plus. Mais il va falloir que j'aille au petit coin, lui confessé-je.

Il s'esclaffe en me relâchant pour que je puisse descendre du canapé. Après un détour par la salle de bain, je retrouve Will dans la cuisine. Il prépare le café et quelques petites douceurs pour l'accompagner. Nous discutons tranquillement quand brusquement des coups et des cris se font entendre dans le couloir.

Non, mais qu'est-ce qui se passe encore ?

CHAPITRE 22

Charlie

—Charliiieee !

Derrière la porte, la voix paniquée de Romie me parvient. Je me lève d'un bond pour lui ouvrir. Je n'ai donné de nouvelles à personne depuis hier soir. *Je vais me faire engueuler, je le sens.*

—Je m'excuse. J'ai complètement oublié…, tenté-je en l'accueillant, mais la tête de Romie, en larmes, son maquillage de la veille étalé sous ses cernes, me stoppe.

Où est Zoé ? C'est bizarre. Je la réceptionne lorsqu'elle se jette dans mes bras, en les refermant sur elle.

—Mais qu'est-ce qu'il se passe, ma belette ? m'enquiers-je, alarmée.

Tandis que ses sanglots redoublent, l'affolement me guette.

—Zoé… elle… Oh, Charlie… c'est horrible !

—Romie, calme-toi et raconte-moi ! m'emporté-je en coupant notre étreinte.

—Elle a été agressée ce matin en rentrant de chez Angelo. Elle est à l'hôpital.

—Qu-oi ? hoqueté-je d'effroi.

Will, attiré par nos hurlements, se tient maintenant derrière moi. Mes jambes flageolent, mes oreilles bourdonnent. D'une main sur ma hanche, il me maintient et évite que je m'écroule.

—J'ai essayé de te joindre, mais je suis tombée sur ta messagerie à chaque fois, alors j'ai décidé de venir directement.

—Non! Non! Ce n'est pas possible! répété-je, les larmes aux yeux.

Soudain, mon corps s'active à nouveau. J'attrape ma veste et mon sac en vitesse pour suivre Romie jusqu'à sa voiture. Le trajet est interminable. Je m'en veux terriblement. Si je n'avais pas coupé mon portable, je serais déjà auprès de mon amie. *Mais quelle conne!* Will a souhaité m'accompagner. Il ne me lâche pas la main tout le long de la route et son contact me permet de ne pas flancher. Romie me raconte avoir reçu un appel des urgences l'informant de l'agression de Zoé en bas de son immeuble, où elle a été retrouvée inconsciente, couverte de sang.

Arrivés sur place, nous nous dirigeons vers l'accueil pour avoir des nouvelles de notre amie. Une secrétaire nous indique le service dans lequel elle a été admise. Will reste dans le couloir afin de nous laisser de l'intimité. Pétrifiée dans l'embrasure de la porte, ma bouche forme un O d'effarement, ma paume sur cette dernière m'empêchant de crier. De nouveau, les larmes couvrent mes joues. Allongée, Zoé a le visage tuméfié, son membre supérieur gauche plâtré. Je m'approche et prends délicatement sa main valide pour la serrer dans la mienne, avec l'espoir qu'elle sente ma présence.

Une œillade furtive à Romie, près de moi, me retourne l'estomac. Elle est livide. Les traits tirés par un mélange d'effroi, de colère et de peine. Je ne peux qu'imaginer ce qu'elle ressent à cet instant. Il y a quelques années, c'est elle qui était clouée dans un lit médicalisé. Et voir notre amie dans cet état-là fait remonter à la surface tous ces souvenirs horribles.

Devant la porte d'entrée de Romie, je suis décidée à lui parler. Depuis quelques semaines, elle a changé. Elle, si vivante d'habitude, s'est enfermée dans une bulle, se coupant de tout. Elle évince nos propositions de sortie depuis quelques jours, comme ma soirée d'Halloween ou mon invitation à déjeuner avant-hier. Nous ne la voyons plus. Elle ne répond plus à nos appels, uniquement à nos textos. Et encore, ça reste si bref que je me demande si c'est vraiment elle qui le fait. Depuis que cet homme est entré dans sa vie, Romie s'est transformée. Elle a commencé par moins se maquiller, puis plus du tout. Son look vestimentaire s'est modifié : des pantalons trop larges et des pulls trop grands sont venus remplacer ses mini-jupes et tops moulants. Quand j'ai posé des questions sur ces changements, elle m'a soutenu être plus à l'aise.

Les apparences laissent croire qu'ils vivent un conte de fées, mais je connais Romie depuis le lycée. Quelque chose ne tourne pas rond et il en est responsable. Cet homme ne me plaît pas et ne m'inspire pas confiance.

J'ai besoin de vérifier qu'elle va bien. En me pointant le matin, son mec sera déjà au boulot. Donc me voilà chez elle, après avoir prévenu Logan de mon escapade. Zoé n'a pas pu m'accompagner, car elle a des cours à rattraper. Deux coups frappés à la porte, j'attends patiemment. Aucune réponse. Ce qui me paraît bizarre à cette heure.

— Romie ? C'est Charlie, annoncé-je à travers le bois en toquant à nouveau.

Soudain, la porte derrière moi s'ouvre. Je me retourne dans un sursaut. Une vieille dame en robe de chambre rose et bigoudis plein les cheveux se tient sur le pas de son entrée.

— Il est parti travailler, mais je n'ai pas vu la jeune fille sortir, me glisse-t-elle prudemment.

— Euh… Merci, madame.

Cette femme semble au courant de ce qui se trame ici. Elle ne doit pas que regarder des séries à la télévision, celle-là.

— J'ai entendu des bruits bizarres et des cris, ce matin très tôt. Il n'avait pas l'air très content, comme d'habitude. Je ne l'aime pas ce type. Il a un mauvais œil, réplique-t-elle en plissant les paupières.

J'acquiesce sans répondre. Ses dires me donnent froid dans le dos et une vague de panique m'envahit. Romie cache une clef de secours sous le paillasson. Je la récupère pour entrer. Un dernier regard à la voisine ; celle-ci hausse le

141

menton et rentre chez elle, me laissant seule. J'ai peur de ce que je vais découvrir à l'intérieur. Déterminée, je secoue la tête pour chasser cette idée angoissante et ouvre délicatement. À pas feutrés, je pénètre dans l'appartement. Mes yeux se posent sur le salon éclairé, qui paraît paisible et bien rangé, comme d'habitude. À l'affût du moindre bruit, je n'entends rien.

—Romie ? l'appelé-je en m'avançant dans la pièce.

Aucune réponse. Je tourne le regard vers le couloir plongé dans le noir où se trouve sa chambre. Puis, sans comprendre pourquoi, mon attention bifurque vers la cuisine. Des restes de petit-déjeuner sont encore sur le bar. Rien de surprenant pour un matin. Mais la suite me fait froncer les sourcils. La bouteille de lait est renversée, une flaque blanche s'étalant sur le comptoir. J'avance de quelques pas. Mon rythme cardiaque s'accélère quand mes yeux se posent sur le parquet jonché de morceaux de verre. Ma respiration se saccade et le sang pulse dans mes oreilles alors que je contourne le bar. Je me fige devant ma Romie, gisant dans une mare rouge.

—Romie ? Ça va ? l'interrogé-je, inquiète pour elle aussi.

Elle acquiesce simplement. Lorsqu'un homme d'un certain âge entre dans la chambre tout à coup, je me lève.

—Bonjour, mesdemoiselles. Je suis le Docteur Canote. C'est moi qui ai pris en charge votre amie à son arrivée. Elle est stable, mais a reçu de multiples coups sur tout le corps et au niveau de la tête. Elle a repris connaissance dans l'ambulance, mais elle était trop agitée, alors nous avons dû la sédater. Elle va dormir encore quelques heures. Au vu des nombreuses ecchymoses qu'elle porte, nous avons réalisé les premiers examens à son admission. Le scanner n'a décelé ni traumatisme crânien ni abdominal. Ce qui est plutôt rassurant. Cependant, elle a plusieurs côtes cassées et une fracture de la main gauche. C'est pourquoi nous avons décidé de l'immobiliser quelques semaines. Ses constantes sont bonnes. À son réveil, une gynécologue viendra l'ausculter et lui proposera d'effectuer d'autres analyses spécifiques à ce genre d'agression, nous informe-t-il.

142

Je le regarde, interloquée. Romie entrelace ses doigts avec les miens et j'ose enfin poser la question qui reste coincée dans ma gorge.

—Pour vérifier si elle n'a pas été violée, vous voulez dire ?

—En effet. C'est le protocole à suivre, me répond-il d'un air détaché.

—Elle a dormi chez son petit ami cette nuit, m'empressé-je de préciser.

—Très bien. Je vais le noter sur son dossier dans le cas où nous retrouverions des traces de rapports sexuels lors des tests. Je passerai la voir un peu plus tard.

Nous le remercions avant qu'il ne quitte la pièce. Nous sommes complètement chamboulées par l'entretien avec le médecin.

Jamais, je n'aurais pensé réentendre ces mots : agression, viol. Romie s'installe sur une chaise et reste auprès de Zoé, pendant que je rejoins Will qui attend des nouvelles. Adossé contre le mur, il relève la tête et m'étreint affectueusement quand je me glisse dans ses bras.

—Comment va-t-elle ? Qu'est-ce que le médecin vous a dit ?

—Elle a plusieurs côtes cassées, une fracture de la main, mais pas de traumatisme crânien. Ils l'ont endormie pour la calmer. Ça risque de durer plusieurs heures. Et ils vont lui faire passer d'autres examens pour vérifier qu'elle n'ait pas été vio…

Le mot s'étrangle dans ma gorge et j'éclate en sanglots.

—Charlie, je suis là, me réconforte-t-il en me pressant contre lui.

—Nous allons rester auprès d'elle jusqu'à ce qu'elle se réveille.

—OK. Je reste avec toi.

—Non. Va te reposer. Je te préviendrai s'il y a du nouveau, l'incité-je à rentrer à l'hôtel.

—Tu es sûre ? Je ne veux pas te quitter.

—Oui, ne t'inquiète pas.

143

—Appelle-moi quand tu en sais plus, capitule-t-il.

Il s'avance, m'embrasse chastement avant de prendre le chemin de la sortie. Je retourne auprès de mes deux amies en priant de tout mon cœur et de toute mon âme que ce cauchemar cesse rapidement.

CHAPITRE 23

Charlie

Les premiers jours ont été très difficiles pour Zoé. Aucun homme ne pouvait l'approcher. Les tests pour détecter une quelconque agression sexuelle se sont révélés négatifs. Un véritable soulagement pour tout le monde. Par la suite, la police a pris sa déposition. La jolie brune, en larmes, a dû raconter et subir, encore et encore, ce moment. Elle a pu donner la description exacte de celui qui l'a attaquée. Il s'agit d'un client sur qui Zoé a réalisé un *piercing* à la langue et qui a, hélas, eu une infection. Il se retrouve aujourd'hui à zozoter. Zoé l'avait pourtant mis en garde des risques encourus avec un tel acte. C'est d'ailleurs pour cela que nous faisons signer une décharge pour tout *piercing* ou tatouage. De ce fait, il rend Zoé responsable de sa malchance. Il était déjà venu à la boutique lui hurler dessus et était prêt à lever la main sur elle si Éric ne l'avait jeté dehors.

L'homme, rapidement interpellé, a été placé en garde à vue.

Au bout d'une semaine, Zoé a pu rentrer chez elle. Pour qu'elle ne reste pas seule, nous alternons, avec Romie, pour la chouchouter, quitte à dormir sur son canapé.

Je culpabilise toujours autant d'avoir éteint mon téléphone ce jour-là et de ne pas avoir été là pour elle plus tôt. La voir si faible et si fragile me tord les tripes.

Je connais la Zoé joyeuse, aguicheuse, forte, indépendante et sûre d'elle. Aujourd'hui, elle laisse la place à une jeune fille terrorisée, craintive et renfermée. Je ne sais pas comment l'aider plus que je ne le fais déjà. Elle essaye tant bien que mal de surmonter son traumatisme, mais ne sort de son immeuble que pour ses séances chez le psychologue, deux fois par semaine. J'ai senti une légère amélioration de ses angoisses au bout de quelques rendez-vous, toutefois elle reste à l'affût, sursautant au moindre bruit. De notre côté, nous tentons de reprendre le cours de notre vie, sans modifier nos habitudes et sans la traiter comme une victime.

Mais certaines choses ont tout de même changé dans son comportement. Elle a coupé les ponts avec Angelo, préférant qu'il se trouve une fille moins «abîmée». En ce qui me concerne, je n'ai pas revu Will depuis notre dernier baiser. Chaque jour, j'ai envoyé des messages pour lui donner des nouvelles de Zoé pendant son hospitalisation. Quand je l'ai appelé pour lui apprendre son retour chez elle, il m'a annoncé qu'il avait dû rentrer quelque temps en France pour une urgence familiale sans gravité. Je me suis bien gardée de lui poser la moindre question après l'épisode avec sa mère. Je n'ai même pas pu le voir pour lui dire au revoir.

Voilà quinze jours qu'il est parti ; il me manque énormément. Nous essayons de nous téléphoner souvent quand il n'est pas en réunion ou trop occupé par le travail. Et passer mon temps chez Zoé me permet de penser un peu à autre chose, comme ce soir.

—Hello, ma morue, je suis rentrée ! m'écrié-je.

—Groumpf ! grogne-t-elle depuis le canapé.

—Houlà! Il y en a une qui a eu une mauvaise journée.

—Non, tu crois?

—Qu'est-ce qu'il t'arrive?

—J'en ai ras le bol d'être toute seule ici, et ce truc me gratte. C'est épouvantable! se lamente-t-elle en passant une règle dans son plâtre.

Je dépose mes affaires et un baiser dans ses cheveux.

—Ça fait à peine quinze jours. Ta fracture n'est pas encore consolidée. Il faut être patiente, lui rappelé-je gentiment.

—Facile à dire pour toi. Tu as tes deux mains valides. Tu vas travailler, tu vois du monde, boude-t-elle les bras croisés sur sa poitrine.

—Accompagne-moi à la boutique si tu as envie de sortir.

Je la sens se tendre face à cette proposition.

—Il n'y a pas que ça… avec une main dans le plâtre, je ne peux rien faire. Tu n'imagines même pas la galère pour me laver les cheveux. On dirait une infirme, rouspète ma lionne contrariée.

Je lève les yeux au ciel.

—Je comprends, ma belette. Et si je te préparais un Mojito spécial malade, ça irait mieux?

—Hum. Peut-être…

—Et si j'appelais Romie pour qu'elle se joigne à nous? Je nous concocte des lasagnes qu'on dévorera devant Netflix? proposé-je, un sourcil arqué.

Le sourire que Zoé affiche me confirme que sa mauvaise humeur s'envole. Une fois son verre en main, je m'attaque à mon plat. Quelques minutes plus tard, Romie arrive.

—Hey, ma limace! braillé-je depuis la cuisine.

—Coucou, ma jolie, me salue-t-elle en entrant dans la pièce.

Elle a un visage rayonnant depuis quelque temps et je soupçonne Éric d'y être pour beaucoup.

—Comment ça va? Tu m'as l'air bien heureuse, toi?

147

Elle rougit comme une pivoine.

—Oh! Oh! Qu'est-ce que tu me caches? persisté-je pour qu'elle crache le morceau.

—Avec ce qu'il s'est passé avec Zoé, Éric a décidé de me raccompagner chez moi à la sortie du travail.

Je lui intime de continuer.

—Et ce soir, il m'a embrassée, avoue-t-elle en baissant les yeux, écarlate.

—Whouaaa! Je suis trop heureuse pour toi, ma chérie, m'écrié-je en la prenant dans mes bras.

—Merci. Il est tellement prévenant et doux que c'est presque irréel.

—Romie, tous les mecs ne sont pas des connards. Éric est un homme bien. Ne t'inquiète pas. Si j'avais eu des doutes le concernant, je ne l'aurais même pas laissé t'approcher d'un millimètre.

Elle pouffe, mais elle sait que j'ai raison.

—Comment se porte notre malade? me demande-t-elle plus bas.

—Il y a des jours avec et des jours sans. Aujourd'hui est un jour sans. Elle a besoin qu'on lui change les idées.

—Hum…

—Ça va aller, ma belle. Elle est forte, assuré-je, essayant de me convaincre moi-même au passage.

Romie opine et rejoint notre amie sur le canapé. Une fois la préparation de mon plat terminée, je le glisse dans le four avant de les rejoindre à mon tour.

—Bon, qu'est-ce qu'on se mate? les questionné-je en m'affalant.

—*Vampire Diaries*? réclame Zoé.

Romie valide son choix.

—Allez, c'est parti! m'exclamé-je en lançant la série.

Les épisodes s'enchaînent pendant que nous dégustons les lasagnes. Romie a rapporté notre pâtisserie favorite. Mon ventre va exploser.

—Oh purée! J'en peux plus, j'ai trop mangé, clame Zoé.

—N'empêche! Qu'est-ce qu'il est bien gaulé, ce Damon! commente Romie en se léchant les lèvres.

Nous approuvons toutes les trois en le reluquant ouvertement. Vu que Will lui ressemble, je ne peux qu'être d'accord sur ce point. C'est un sacré beau mec. Mon esprit s'égare sur son corps d'Apollon et les souvenirs de nos derniers ébats me reviennent. Il me manque. Je n'ai pas eu de ses nouvelles de toute la journée, c'est étonnant. Je m'empresse donc de lui expédier un petit message.

> Moi: Salut Bel Homme! Comment tu vas?

> Will : Coucou, ma belle. Ça va, je suis épuisé. Je n'ai pas arrêté. Et toi?

> Moi: Bien! Je suis avec les filles, on regarde une série à la TV. Tu me manques.

C'est un peu cucul, mais c'est la vérité, et trop tard, c'est envoyé.

> Will : Ah oui? Je te manque?

> Moi: Non, je disais ça juste pour faire la conversation...

149

```
Will : Menteuse! Toi aussi, tu me
manques. J'aimerais t'avoir dans
mes bras.
```

Je soupire en lisant. *Moi aussi, j'aimerais beaucoup.*

```
                              Moi : Tu penses revenir
                              bientôt ?
```

Sa réponse traîne. *Et s'il ne revenait plus ? Et si ses parents avaient réussi à le convaincre de rester là-bas ?* Mon questionnement est interrompu par son message.

```
Will : Dans quelques jours, normalement.
Si j'arrive à boucler cette affaire qui me
prend tout mon temps.
```

Mon cœur danse la rumba, je souris comme une débile tellement je suis heureuse.

```
                              Moi : J'ai hâte.
```

Soyons soft.

```
Will : Moi aussi, j'ai hâte. Je vais te
laisser. Je tombe de fatigue et je dois me
lever tôt. Je t'embrasse. Fais de beaux rêves.
```

```
                    Moi : Bonne nuit. Des bisous.
```

J'ai hâte de le revoir. Encore un peu de patience et nous serons enfin réunis.

Vers minuit, Romie décide de rentrer chez elle, promet de revenir lundi soir pour prendre la relève, car le lendemain, un gros projet m'attend à la boutique. Pour l'instant, c'est l'heure d'aller se coucher. Affalée sur le canapé-lit, je sombre dans les bras de Morphée sans traîner.

CHAPITRE 24

Will

Je suis arrivé chez moi il y a quinze jours. Un retour non prévu. Mon cher père m'ayant téléphoné un soir après l'accident de Zoé, pour me demander de rentrer immédiatement à la suite d'un problème qui nécessitait ma présence, mais sans me donner plus de détails. J'ai dû quitter avec précipitation ma bulle de bonheur créée auprès de Charlie. Néanmoins, nous gardons contact grâce aux nombreux textos et appels quotidiens. Une petite parenthèse pour oublier l'éternelle pression de mes géniteurs. En Norvège, j'ai pu mettre de côté tout ce cirque autour de la fusion, laissant cette histoire dans un coin de mon cerveau. Sauf qu'à mon retour, tout m'a explosé en pleine gueule, puissance dix mille.

Mes parents ne lâchent pas l'affaire. Chaque jour, j'ai droit à la piqûre de rappel. J'ignore comment me dépêtrer de ces chaînes. Le train est lancé et rien ne pourra l'en empêcher. Faisant de moi le prisonnier d'un destin, écrit avec ma lâcheté, qui se réalise peu à peu sous mes yeux, de manière inévitable ; je ne peux y échapper. Pris dans un engrenage, j'ai beau me défaire de certaines tâches, mépriser ce qui se trame, rien ne s'arrête, avec ou sans moi. Paniqué, j'étouffe en y pensant. Je ne désire qu'une chose : fuir. Mais je suis un homme de parole.

Pour la fusion, je suis l'un des principaux décisionnaires, après mon père, évidemment. Non seulement mes parts sont majoritaires, mais je suis aussi le plus apte à négocier les termes du contrat. En affaires, je suis un requin. Mais en ce qui concerne le reste, je ne veux pas participer à cette mascarade. De toute façon, les décisions sont prises sans moi.

J'ai retrouvé mon appartement qui ne m'avait pas manqué. Il est sommaire avec juste ce dont j'ai besoin comme meubles. Je n'invite quasiment personne et ne cuisine jamais, préférant de loin commander un plat ou manger au restaurant. Je passe très peu de temps chez moi. Debout de bonne heure pour aller courir, je me rends ensuite au travail et y demeure longtemps après la tombée de la nuit. Quand il m'arrive de le quitter plus tôt, c'est pour aller m'entraîner avec Elliot à la salle et nous finissons généralement la soirée au bar. Je n'ai pas besoin de compagnie en dehors de ces heures. Mais ça, c'était avant de revoir Charlie. J'ai occulté le bordel monstre qu'allait être ma vie en la retrouvant, sauf que c'était perdu d'avance.

Un coussin contre mon visage, je grogne. Elle me manque ; un fait révélé dès mon retour en France. L'absence de ses baisers, de sa peau, de son corps contre le mien, me rend dingue. Un vide se creuse dans ma poitrine un peu plus chaque jour passé loin d'elle. J'ai hâte de la revoir même si ce sera la dernière fois de ma vie. Il faut que j'essaye de dormir, car demain, déjeuner chez mes parents : je dois être en forme pour les affronter.

Devant l'impressionnante entrée de la demeure, je souffle longuement pour me donner du courage et sonne. Je suis chargé d'une bouteille de Saint-Émilion pour mon paternel et un bouquet de fleurs pour ma mère. Ne jamais se présenter les mains vides chez une tierce personne. C'est une règle d'or et une preuve de bonne conduite dans la famille. Au bout de quelques secondes, la porte s'ouvre sur Marie, l'employée de maison, qui m'accueille en me prenant dans ses bras. Accolade que je lui rends avec autant de ferveur tant elle occupe une place importante dans ma vie.

—Monsieur, William, je suis heureuse de vous revoir enfin.

—Bonjour, Marie. Moi aussi, c'est toujours un plaisir.

Elle sent constamment bon. Cette fragrance qu'elle met depuis des années et qui a bercé mon enfance. Un mélange floral de jacinthe, jasmin avec une touche de mandarine et autres petites notes que je ne retiens jamais. Cela provient d'un créateur de parfum très connu dans le sud de la France : Fragonard. D'ailleurs, lorsque je suis en déplacement dans cette région, je n'oublie jamais de lui rapporter un flacon.

—William ? Nous patientons dans le salon, entends-je soudain ma mère s'écrier.

Levant les yeux au ciel, j'embrasse rapidement Marie sur la joue, puis me dirige vers les éclats de voix qui me parviennent de la pièce voisine.

—Bonjour, mon fils. Nous n'attendions plus que toi, m'accueille le timbre puissant de mon père.

À ma grande surprise, nous ne sommes pas seuls pour ce repas. Une silhouette élégante, que je reconnais immédiatement, se tient près de ma génitrice.

Roxanne.

—Bonjour, William, me salue-t-elle d'une voix cristalline en se tournant vers moi.

Je reste figé, pas préparé à la trouver ici. Et, au vu du sourire machiavélique de ma mère, cette visite était préméditée. La robe portefeuille taupe qui recouvre la généreuse poitrine et les fesses rondes de Roxanne allonge ses jambes fines. Perfection et ravissement sont des adjectifs qui s'accordent à merveille à cette blonde au chignon stricte, je ne peux le nier. Qui plus est,

155

elle correspond tout à fait à mes critères. C'est aussi la fille du président de l'entreprise avec laquelle nous comptons fusionner. Nos parents respectifs nous ont présentés au cours d'un dîner d'affaires donné pour annoncer cette association. Depuis, nous nous sommes côtoyés à de nombreuses reprises. L'occasion en or pour nos familles d'y entrevoir plus qu'une simple union de nos sociétés. Pourquoi ne pas entériner l'accord avec un mariage entre les deux enfants des patrons?

—William, tu pourrais peut-être saluer ta fiancée.

En entendant ce mot, ma mâchoire se crispe si fort que mes dents grincent. *Fiancée.* Mon terrible secret inavouable à Charlie. Seul Elliot est au courant et il me tanne pour que je dévoile la vérité, mais ma lâcheté est trop forte. Ce n'est pas l'envie qui me manque de tout déballer, mais dès que l'occasion se présente, Charlie me retourne le cerveau; alors je repousse l'inévitable et fuis ce quotidien oppressant.

Penser à tout ce manège me révulse. Mon destin tout tracé par un mariage arrangé. Qui peut vivre cela encore au vingt et unième siècle? Aujourd'hui, je ne peux plus nier son existence. Elle est là, devant moi.

—Bonjour, Roxanne, marmotté-je en l'embrassant sur la joue.

—Je suis contente de te voir après ces longs jours d'absences, me murmure-t-elle tendrement.

—William est revenu de voyage à l'étranger. Un gros client à ne pas rater, ment mon père, comme à son habitude.

J'arque un sourcil en sa direction, mais le regard noir qu'il me lance me dissuade de rectifier ses propos. Roxanne opine de la tête et reporte son attention sur moi.

—Je me doute bien que certains valent le déplacement.

—En effet, je ne pouvais pas passer à côté de cette occasion, lui confessé-je en pensant à Charlie.

Mes géniteurs me scrutent d'un air mauvais quand Marie nous annonce que le repas est prêt. Ma mère n'a pas fait les choses à moitié. La porcelaine et l'argenterie ont été sorties pour en mettre plein la vue, comme souvent. Une composition florale au milieu de la table donne à ce moment une ambiance plus joviale. Mon père trône en bout, tel le président d'une réunion, sa femme à sa gauche, moi à sa droite et Roxanne à mes côtés. Je peux sentir les œillades qu'elle m'adresse pendant le repas. Mais elle reste à sa place comme le veut son éducation. Pas un seul faux pas ni un geste inconvenant, hormis des sourires, des regards.

Bien entendu, le sujet principal est : le mariage, et ses préparatifs. Je hoche la tête de temps en temps pour acquiescer et paraître intéressé, mais ne suis qu'un spectateur récalcitrant. Les noces seront célébrées dans l'église où mes parents se sont unis.

— Comme nous avons pu en discuter en l'absence de William, le dîner de réception sera servi ici, dans nos jardins. De grandes tentes seront installées pour y accueillir nos invités. Les fleurs, la décoration ainsi que la pièce montée ont été commandées et un photographe renommé engagé, afin qu'il prépare un reportage sur votre union, nous informe ma mère.

— William, nous avons rendez-vous dans quinze jours pour les dernières retouches de nos costumes. Il faudra porter attention à ta ligne d'ici là. Le mariage est prévu dans un mois, je n'ai pas envie d'avoir de mauvaises surprises le jour J, clame mon père.

Mon sang ne fait qu'un tour. *Un mois ? Comment le temps a-t-il filé aussi vite ? Bordel, je suis foutu.*

— C'est merveilleux ! s'exclame Roxanne, en posant sa main sur mon avant-bras, tout sourire.

Rien. Je ne ressens absolument rien à son contact. Elle me laisse de marbre. Auprès d'elle, mon corps ne s'anime pas de la même façon qu'à proximité de Charlie. Rien que de songer à celle que j'aime, mon organe vital s'enveloppe de chaleur et accélère ses battements. Donc, pour ne rien laisser paraître de mon émoi, je plaque un sourire factice sur mon visage ; je ne peux rien concéder de plus. Toucher Roxanne, comme elle le fait, m'est impossible alors que mes pensées appartiennent à une autre. Mes caresses sont réservées à l'unique femme de ma vie… celle que je suis condamné à perdre.

Chapitre 25

Charlie

Mardi est arrivé sans que j'aie eu le temps de dire «ouf», après un week-end très sympathique. Dimanche, j'ai emmené Zoé en balade jusqu'à Hommelvik, une ville non loin de chez nous. Romie, quant à elle, a passé ses soirées avec Éric. Leur relation naissante me réjouit et je suis contente qu'elle émerge enfin de sa coquille. Mon petit papillon quitte sa chrysalide pour découvrir le monde et cet homme l'y aide à merveille. Nous avons pu profiter de ce court moment rare, mais précieux avec Zoé. Nous avons déjeuné dans un restaurant au panorama magique sur la baie. Après un copieux repas, je lui ai fait la surprise d'aller au spa pour un massage relaxant afin de clore cette journée de détente. Nous en sommes ressorties apaisées et sereines. Une parenthèse bienvenue après tous les événements de ces dernières semaines.

Will m'a appelée dimanche soir. Entendre son timbre chaud me provoque des sensations de dingue. Même à des milliers de kilomètres, il arrive toujours à me filer autant de frissons. Je ne suis pas sûre de me lasser d'écouter ce son mélodieux et suave.

Je suis grave d'être aussi accro et excitée par une voix. Mais ça fait trop longtemps qu'il est parti. Et tout chez lui me manque ; ses baisers, son corps, son regard pétillant et profond… Tout !

Mais un je-ne-sais-quoi d'imperceptible dans son ton m'a alertée. Il n'est pas comme d'habitude. Quelque chose à l'air de clocher et le perturbe. Je n'ai pas voulu le forcer à me parler. J'avais juste envie de l'avoir au téléphone pour combler ce vide grandissant loin de lui, à mesure des jours qui passent.

Journée de merde à l'horizon. Je me réveille mardi matin à fleur de peau après une nuit envahie de rêves plus érotiques les uns que les autres. Je suis une vraie boule de nerf. Will ne rentrera que dans quelques jours et même Roger ne me satisfait plus. En plus, nos pâtisseries préférées manquent à l'appel ce matin, du coup j'arrive à la boutique encore plus excédée. Il va falloir que je me maîtrise, car mon carnet de rendez-vous est plutôt bien rempli, surtout avec cet énorme projet à préparer. Un jardin japonais orné de fleurs et de détails complexes, un samouraï tout en couleur qui prendra forme sur le dos de mon client. Il se déplace de France pour découvrir son dessin et passer sous mes doigts. Autant vous dire que j'ai une pression de dingue et que j'ai intérêt à me détendre avant qu'il débarque. Romie arrive pendant que je prépare mon plateau et toutes les teintes dont je vais avoir besoin. Je la salue rapidement et elle me laisse me concentrer. C'est ce que j'adore chez cette fille, elle me connaît par cœur. Elle sait qu'il me faut du calme pour ce gros tatoo.

L'homme dos à moi est vraiment au top, il gère sa souffrance comme personne. Je n'en crois pas mes yeux. Voilà deux heures que j'ai commencé et il n'a pas bougé d'un pouce. C'est rare qu'on reste immobile tout au long d'une séance. Sauf que lui s'est carrément endormi sur la table. En revanche, moi j'ai besoin de soulager mes doigts engourdis par l'effort.

—On va faire une petite pause ! annoncé-je un peu fort pour le réveiller.

Il sursaute et relève la tête, la trace du matelas sur la joue.

—Oh… Oh… OK… Désolé, je me suis assoupi, s'excuse-t-il en essuyant le coin de sa bouche.

160

—Je vois ça, vous êtes le premier de ma carrière à vous endormir pendant une séance. C'est quoi votre secret ?

Il se met debout pour détendre ses jambes et déclare en levant son index.

—Un seul mot : méditation !

La tête penchée sur le côté, je l'écoute attentivement m'expliquer comment il démarre généralement une session de tatouage. Une concentration extrême digne d'un vrai sportif en début de course afin d'entrer en méditation et oublier sa souffrance. Je reste muette d'admiration pendant son récit. Après un petit café pour nous réveiller tous les deux, il est temps de continuer ce chef-d'œuvre. C'est seulement en fin d'après-midi que je décide de stopper pour le moment. Même si monsieur gère très bien la douleur et encaisse ces longues heures de boulot, il risque de bien douiller ce soir et demain. Son corps a besoin de repos. Et moi pareille, car j'ai mes limites.

Un coup d'œil à mon téléphone. Aucune nouvelle de Will ; même mes messages sont restés sans réponse. La boule de nerf, qui s'est atténuée durant la journée, remonte au creux de mon ventre. *Bordel, pourquoi il ne m'écrit pas ? Il peut prendre trente secondes pour moi.* Je repose rageusement mon mobile sur le bureau en soufflant, quand la porte s'ouvre sur quelqu'un que je n'ai pas revu depuis très longtemps. Je saute de ma chaise pour aller l'accueillir comme il se doit.

—Mika !

—Bonjour, ma jolie, me salue-t-il en me réceptionnant dans ses bras.

Nous ne nous sommes pas croisés depuis l'inauguration de notre *shop*. Je suis super heureuse de le retrouver.

—Mais qu'est-ce que tu fais ici ?

—J'ai entendu dire que ta boutique marchait d'enfer, alors je me suis décidé à venir te faire un coucou et vérifier comment va mon élève préférée.

—Eh bien, je crois que ton élève a surpassé le maître si tu entends parler de moi jusque chez toi.

Il hausse un sourcil avant d'éclater de rire. Mika est plutôt beau mec. Originaire du pays, c'est le stéréotype du norvégien dans toute sa splendeur. Une tignasse blonde comme les blés, retenue dans un *man bun*[12]. Un visage affirmé avec une mâchoire carrée, ombragée par une barbe bien taillée, et où percent des yeux bleu clair à faire chavirer les cœurs. Impossible de louper sa musculature développée sous la veste en cuir sombre et la chemise bûcheron rouge, associées au jean délavé qui la recouvre. Des *boots* noires viennent parfaire ce look très stylé. Si je ne le considérais pas tel un frère, il serait vraiment à mon goût.

—Alors toi, tu es sacrément gonflée, me rétorque-t-il avec amusement.

—Sérieusement, je suis trop contente que tu sois ici, avoué-je à demi-mot.

—Moi aussi, ma princesse.

Nous discutons de ce qui a suivi l'ouverture du salon, de mon gros projet du jour avec ce client inédit et je finis par lui raconter l'agression de Zoé.

—Il y a encore de belles enflures sur terre. Je lui aurais fait bouffer les dents à ce connard, si je l'avais choppé, déclare-t-il en colère.

—Je suis d'accord avec toi. Romie lui a suggéré d'apprendre les bases de *self-défense* pour l'aider.

—En effet, je pense que c'est bien pour une femme de savoir se protéger et remettre en place des saloperies pareilles.

12 Chignon pour homme

162

Nous acquiesçons toutes les deux. Romie parle en connaissance de cause. Après l'histoire avec son ex, elle a décidé de prendre des cours auprès d'un professionnel pour assimiler les bases de la défense. Grâce à cela, elle a pu surmonter le traumatisme qui l'a marquée, même si les cicatrices psychiques restent présentes. Après quelques minutes de bavardages, Mika me propose d'aller manger un morceau ce soir pour fêter nos retrouvailles. Romie se désiste pour aller tenir compagnie à Zoé.

Nous nous posons dans un restaurant de burgers. Mika me raconte son petit train-train de célibataire. *Eh oui, mesdames ! Monsieur n'a pas trouvé chaussure à son pied.* En attendant de trouver sa belle, il aime papillonner de fleur en fleur, en brisant des cœurs au passage puisqu'il a tendance à ne jamais rappeler ses conquêtes, au grand désespoir de certaines. Nous discutons de Will et de son arrivée fracassante dans ma vie après des années. Je lui avoue mes sentiments naissants pour lui, lui confesse mes peurs et lui raconte l'histoire avec sa mère. Mika est au courant pour Logan pour avoir gravé ce souvenir sur ma peau. Ce soir, il est l'oreille attentive dont j'ai besoin.

—Ma puce, laisse-moi te dire une chose. Tu es la fille la plus courageuse que je connaisse, la plus douce et gentille qui soit. Tu as le droit au bonheur après la mort de Logan. Tu as survécu à une merde pas possible et il est hors de question que tu culpabilises d'être heureuse et de te reconstruire avec un autre homme. Il te faut un mec qui te fera sentir comme la seule et l'unique priorité dans sa vie, sans crainte face au monde. Si ce Will n'est pas le bon, alors tu auras tenté. Mais moi, je te connais. Tu es indépendante et n'as besoin de personne pour être toi-même. Ne laisse personne te dire le contraire ni te convaincre que tu dois encore te morfondre de la mort de ton petit ami au bout de tant d'années. Tu peux me téléphoner ou venir me voir n'importe quand. Et sache que je serai toujours là pour toi, quoi qu'il arrive. Un mot de toi, Charlie, et je rapplique.

Sa tirade finie, mes larmes coulent. Sa main enserre la mienne par-dessus la table. Ses paroles me font un bien fou. J'ai de la chance de l'avoir dans ma vie. C'est le frère que je n'ai jamais eu et avec qui je peux discuter de tout et de rien sans tabous.

—Merci, Mika. Tu es un mec en or. Un jour, tu trouveras une femme qui verra tout ce que je vois en toi, que tu combleras et qui te comblera tout autant.

—Ouais, ouais. Pour l'instant, la perle rare ne s'est pas encore réveillée, réagit-il en balayant ma phrase de la main.

Nous poursuivons notre petite soirée tranquillement à discuter de choses et d'autres, puis il me raccompagne chez moi après avoir promis de passer la journée de demain avec nous à la boutique. Devant mon immeuble, il me surprend en me prenant dans ses bras dans un câlin soutenu et me murmure à l'oreille.

—À demain, ma Charlie jolie.

—À demain, Mika.

Je remonte chez moi plus légère et plus détendue que ce matin. Une fois au lit, je me rends compte que je n'ai pas regardé mon portable une seule fois, ne voulant pas gâcher notre repas. Et puis, ce n'est pas comme si Will avait daigné m'accorder un signe de vie ! La lumière clignotante de mon téléphone m'annonce un nouveau message. *Ah enfin !* Ma joie est de courte durée quand je lis son texto expéditif, m'expliquant qu'il a eu une journée de dingue et qu'il m'appellera demain soir. *OK, sympathique…* Bien que je décide de ne pas me triturer l'esprit avec son absence de communication, ce dernier n'en fait qu'à sa tête et des milliards de questions me taraudent. Je me prépare encore à passer une nuit pourrie, à coup sûr.

Une odeur de métal emplit ma bouche. Mes paupières s'ouvrent avec difficulté sur l'obscurité qui m'entoure. Je suis suspendue dans le vide. Après un rapide calcul, je comprends que la voiture est sur le toit. Je panique. Une brûlure terrible se répand dans ma poitrine quand je tente de calmer ma respiration saccadée. Je gémis sous la souffrance ressentie. Des larmes perlent

164

au coin de mes yeux et coulent sans retenue. Il n'y a pas un bruit. J'essaye d'amorcer un mouvement de tête sur le côté gauche, mais cela me déclenche une violente douleur, si bien que je n'ose plus bouger d'un millimètre. Je m'efforce de remuer les orteils pour vérifier l'état du bas de mon corps, mais arrête aussitôt. J'ai envie de hurler tellement j'ai mal.

— Lo-gan ?

Rien.

— Logan ? Réponds-moi, tenté-je à nouveau.

Seul le silence réplique. J'ai peur. Ignorer où se trouve Logan accentue mon malaise. Des questions envahissent mon esprit : où est-il ? A-t-il survécu ? Est-il parti chercher de l'aide ? Je ne parviens pas à rester cohérente tant mon inquiétude prend le pas sur ma raison. J'ai de plus en plus de mal à respirer. J'avale de petites goulées d'air pour tenter de me calmer, mais mes sanglots redoublent d'intensité. Au bout de longues minutes, la fatigue à raison de moi. La torpeur m'envahit quelques instants, puis une douleur inimaginable me traverse, me tirant du néant. Je lutte pour rester éveillée, malgré l'envie de fermer les paupières. Je ne veux pas perdre connaissance, car si je sombre, je ne suis pas sûre de revenir. J'oscille entre conscience et inconscience. Ça me semble durer des minutes, des heures. Je ne sais pas combien de temps s'est écoulé depuis notre accident. Une sonnerie au loin me force à ouvrir les yeux. Les secours sont là. Ils interviennent aussitôt sur la carcasse de la voiture afin de pouvoir m'extirper. Une fois sortie, je jette un léger coup d'œil sur le côté et le vois. Logan. Allongé sur le bitume, sa dépouille ensanglantée, son regard froid tourné vers moi. Puis, rapidement, son image s'estompe, remplacée par celle d'un autre. Cette vision d'horreur me terrifie. Le corps meurtri de Will, très vite recouvert par ce drap blanc. Je prends conscience de la triste vérité qui explose dans mes neurones. Mon cœur se brise en mille morceaux. Je veux mourir. Un cri d'agonie fend l'air.

Mes hurlements me réveillent, les joues baignées de larmes, la sueur collée à la peau. La peur de perdre Will me submerge, j'ai l'impression de me noyer sous ces sentiments qui m'oppressent.

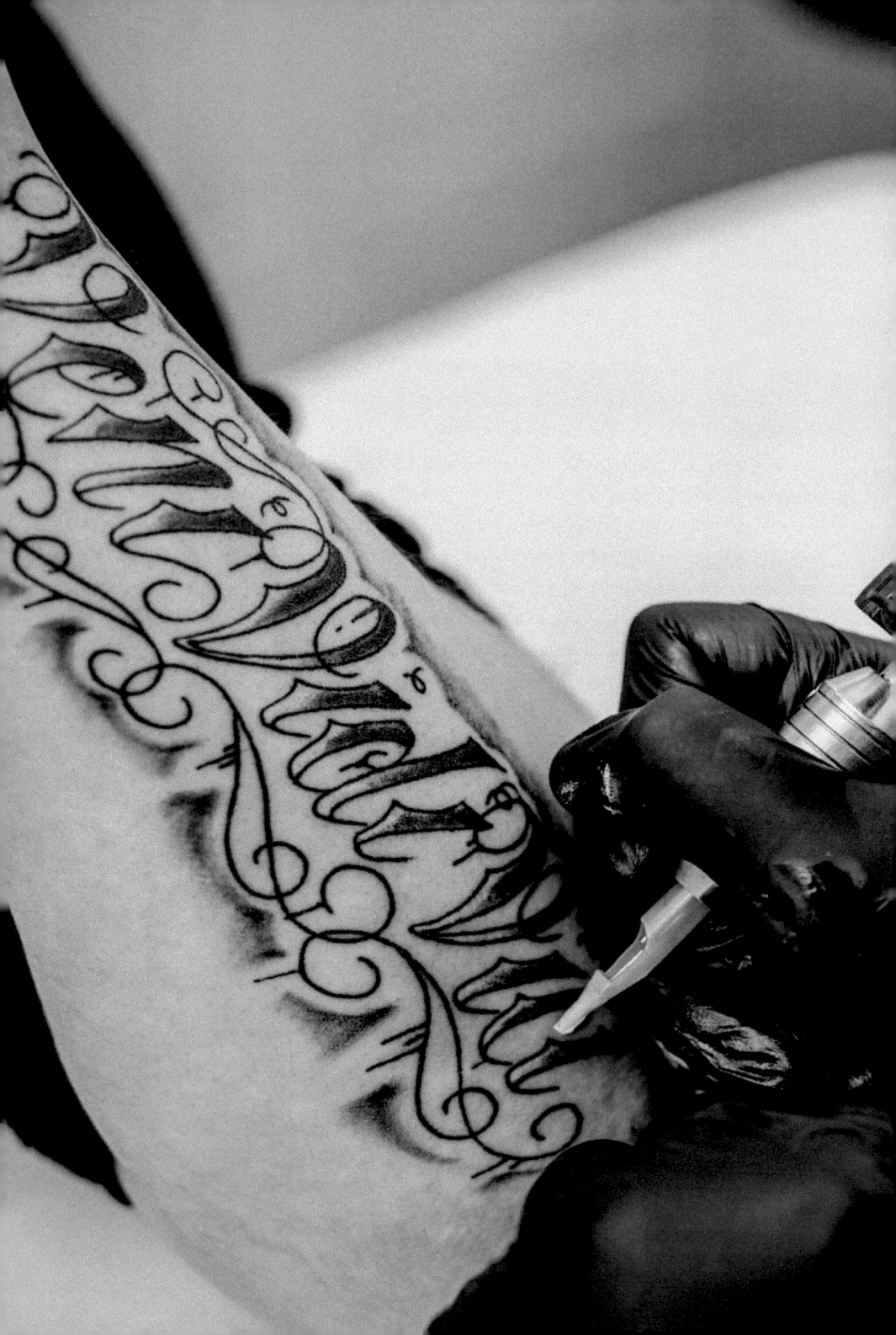

CHAPITRE 26

Charlie

Bingo! C'est avec des cernes violets sous les yeux que j'arrive en avance au boulot. Je n'ai quasiment pas dormi de la nuit après mon cauchemar, autant aller bosser au lieu de tourner en rond à la maison. D'autant plus que je n'ai aucune nouvelle de Will depuis son unique texto d'hier soir. Donc, j'ai décidé de le laisser respirer. Monsieur reviendra vers moi quand il jugera utile de me donner signe de vie. Alors oui, son silence me coûte autant que de ne pas lui envoyer de messages. Un film se joue dans ma caboche. Un Spielberg, bien stressant. Du coup, je bouillonne. Un véritable volcan en éruption. Plus le temps passe, plus mon imagination mouline. L'envie contenue de balancer mon portable contre le mur est puissante. Je deviens dingue, c'est le cas de le dire. Sa distance subite envers moi sans en connaître la raison m'agace et me pèse. Je vrille littéralement ; je ne me reconnais pas. Mes ongles tapent avec nervosité sur mon bureau avant de reprendre mon téléphone pour lui expliquer le fond de ma pensée avec des mots bien salés.

—Tu as un grain, ma pauvre Lucette ! me maudis-je en le reposant un peu trop violemment.

Soudain, la porte du magasin s'ouvre.

—Oyez ! Oyez ! Gente dame ! Lady Zoé et damoiselle Romie vous saluent.

La voix guillerette de Zoé vient percuter mes tympans. Je suis étonnée qu'elle soit sortie de chez elle, mais trop agacée pour m'en réjouir. Mon grognement perceptible, en guise de réponse, fait mouche.

—Ahhhh! J'en connais une qui est en manque d'un gros phallus, me taquine Zoé, en forme.

—Et toi, tu as enfin pris la décision de quitter ta grotte? rétorqué-je.

—Ouaip. Quand Romie m'a annoncé que Mika allait venir aujourd'hui. Je me suis dit que ça me ferait du bien de sortir et de le revoir. Et toi, qu'est-ce qui t'arrive?

—Rien, mens-je.

Elle hausse un sourcil, pas convaincue par ma réponse.

—Ah ouais? Tu es sûr? Je pense que le bureau n'est pas de cet avis vu la trace que tu vas finir par laisser sur le bois avec tes ongles.

Mon tic rageur a repris. Je stoppe tout mouvement. Elle ne va pas me lâcher tant que je n'aurais pas craché le morceau.

—Je n'ai aucune nouvelle de Will depuis hier soir, après un message expéditif, prétextant une journée chargée. Il est distant depuis son appel de dimanche. Je ne sais pas ce qu'il se passe et ça me bouffe tellement que je ne cesse d'y penser, leur expliqué-je, frustrée.

—Distant? Comment cela? me questionne Romie.

—Son intonation de voix était bizarre. On aurait dit que quelque chose le perturbait. Quand je l'ai incité à me parler, il m'a affirmé que tout allait bien. J'ai bien senti que non. Et depuis, c'est comme s'il avait plus important à faire là-bas. C'est moi qui rampe pour avoir des nouvelles.

—Charlie, il doit tout simplement être occupé. Il dirige une grosse société. Il doit avoir beaucoup de boulot, ma belette. Ne te formalise pas sur ce genre de chose, me rassure Romie.

168

—Je sais. C'est ce que je me dis, mais je ne parviens pas à m'en convaincre. C'est bien la première fois que je réagis ainsi pour un mec. Je ne comprends pas ce qu'il m'arrive, me plains-je en me prenant la tête dans les mains, les larmes aux yeux.

Deux paires de bras m'entourent de chaque côté et Romie me chuchote :

—Charlie, tu es amoureuse.

Ces mots résonnent en moi comme un écho et me percutent en plein cœur. Ce n'est pas possible. Je m'en serais rendu compte. Il me plaît, c'est un fait, mais de là à avoir ce genre de sentiment. J'ai déjà du mal à assumer notre rapprochement. Je ne l'ai pas vu venir celle-là. Je ne peux pas m'empêcher de penser à ma relation avec Logan. Avec lui, je l'ai su dès les premiers instants. Pourquoi ce n'est pas pareil avec Will ? C'est plus physique, plus passionné, plus explosif avec lui. Est-ce pour ce motif qu'il m'est apparu dans mon cauchemar en prenant la place de Logan ? Que j'ai été si bouleversée de le perdre que j'ai cru étouffer ?

Je me remémore les propos de Romie après avoir passé ma première nuit avec Will.

« Un jour, tu rencontreras celui qui fera battre ton cœur différemment », « quelqu'un qui te fera chavirer de façon incompréhensible », « il y a toujours une raison pour laquelle une personne entre dans notre vie. Rien n'arrive par hasard ».

C'était écrit ? Je ne pouvais me résoudre à accepter ses dires ce jour-là. Pour moi, il n'existait qu'un seul amour. Tu ne peux pas en avoir plusieurs. Je me suis bien mis le doigt dans l'œil. Je suis tombée amoureuse de Will et n'ai rien capté. Pourtant, tous les signes sont là.

Mes sentiments pour Logan sont beaux, purs, doux, telle une brise légère faisant virevolter mon cœur. Tandis qu'avec Will, la passion, le désir, l'excitation m'emporte comme un ouragan, un tourbillon d'émotions qui me soulèvent et me renversent. Je me sens moi-même, vivante, dans ses bras ; comme si ma place était à

169

cet endroit et pas ailleurs. Je relève la tête, regarde mes deux amies et souris devant cette évidence.

Comme chaque mercredi soir, nous le passons à l'*Angel's Rock*. Cette fois, Mika est de la partie, car il repart jeudi et nous voulons profiter d'un moment tous ensemble. Nous accumulons les verres. L'alcool coule à flots et je commence à être un peu pompette, mais je gère. C'est thème salsa et bachata. Des musiques plus chaudes les unes que les autres s'enchaînent dans les enceintes. En entendant le remix de *Crazy in Love* de Beyonce, je fonce sur la piste et me déhanche au rythme du tempo. Soudain, deux mains se posent sur ma taille. Je devine le parfum de Mika. Il se colle à mon dos et se joint à moi dans une danse sensuelle et endiablée. Je le laisse faire, ne relève pas sa proximité puisqu'il n'y a aucune ambiguïté pour ma part. En plus, je suis légèrement torchée et à fond dans ma chorégraphie. Je pivote dans ses bras, crochète les miens autour de son cou et lui souris. Ses yeux s'assombrissent et accrochent les miens. *Qu'est-ce qui lui arrive ?*

Il se rapproche encore, une de ses paumes au creux de mes reins, sa jambe glissée entre mes cuisses, son bassin collé au mien. Nous nous balançons en cadence. Son visage est si près que des effluves de whisky me chatouillent les narines. À l'orée de mon oreille, il me murmure :

—Charlie, tu me rends fou.

What ? Il s'avance dangereusement vers mes lèvres. *Alerte ! Alerte ! Il ne va pas oser quand même ?* Je n'ai pas le temps de me dégager que sa bouche s'abat sur moi, sa langue forçant le passage de mes dents pour s'enrouler autour de la mienne. Figée, je réalise ce qui est en train d'arriver, mais trop tard. Ses mains sur mes hanches, ses lèvres caressent les miennes. Tout à coup, un éclair de lucidité me percute ; mes paumes sur son torse, je veux le repousser, mais n'en ai pas l'occasion. Une présence invisible le tire en arrière et l'éloigne de moi.

—Vire tes sales pattes de ma femme. Espèce d'enculé! rugit une voix reconnaissable entre mille.

Je n'ai le temps de rien, Will frappe Mika au visage.

—Will! hurlé-je, me plaçant devant lui.

Malgré mon intervention, il s'avance vers Mika toujours au sol, prêt à le cogner à nouveau. Poings serrés, mâchoire contractée, il est fou de rage et fuit mon regard. Témoins de la scène, mes amies nous rejoignent et aident Mika à se relever.

—Will, tenté-je doucement en posant mes doigts sur son avant-bras pour le reconnecter à la réalité.

Ses yeux turquoise glissent sur moi et me toisent. Ce que j'y lis ne me plaît pas du tout. Il se dégage violemment et se dirige vers la sortie. Les bras ballants, je reste interdite. Puis, mon corps se remet en marche et je me lance à sa poursuite.

CHAPITRE 27

Will

Devant l'entrée du bar, les mains sur mes genoux, je souffle comme après un marathon. *Je dois me barrer d'ici. Mais qu'est-ce qui m'a pris de revenir ? Quel con !*

La porte claque dans mon dos. Charlie se trouve derrière moi, je le sais, mais je n'ai pas envie de me retourner. Rien que de la regarder, je revois ce connard écraser sa bouche sur la sienne. Le pire, c'est qu'elle s'est laissé faire. Mes doigts tirent rageusement sur mes cheveux.

— Will ? m'interpelle Charlie d'une douce voix.

Je ne réponds pas.

— Will, ce n'est pas ce que tu crois…, commence-t-elle.

Je ricane et fais volte-face. Elle est magnifique dans cette robe, ses courbes mises en valeur à la perfection. Quand je l'ai aperçue se déhancher sur la piste, le désir fou de la basculer sur mon épaule pour la ramener dans ma chambre, virer cette foutue fringue et la prendre sauvagement à même le sol m'a taillé les entrailles. Mais ce mec l'a touchée. Je suis resté bloqué sur la scène qui se déroulait devant moi.

— Pas ce que je crois ? Alors, vas-y, explique-moi pourquoi sa langue était dans ta bouche ? hurlé-je, furax.

—On dansait et… il m'a embrassée, bafouille-t-elle en baissant les yeux.

—Vous dansiez ? Tu te fous de ma gueule ? Vu votre proximité, ce n'était plus de la danse. Tu comptais le repousser quand, hein ? Dis-moi. Car tu n'avais pas l'air pressé de t'en débarrasser. Au contraire, tu semblais plutôt apprécier, la coupé-je en me rapprochant d'elle.

—J'allais le faire quand tu es intervenu, Will !

—Après avoir baisé devant tout le monde ?

Elle relève la tête. Ses traits se transforment et je ne vois pas la gifle s'abattre sur ma joue.

—Tu n'es qu'un pauvre con, Will ! Si tu penses ça de moi, c'est que tu ne me connais pas !

—En effet, je n'ai pas imaginé que pendant mon absence, tu allais te jeter dans les bras du premier venu, craché-je avec mépris.

—Ce n'est pas le premier venu. C'est Mika, mon ami. Et il n'y a rien entre nous, insiste-t-elle en tapant du pied.

Je ricane face à son obstination.

—Ce que tu peux être naïve ! Ça se voit qu'il a envie de te sauter. Tout le monde l'a compris. Je ne pensais pas que tu serais ce genre de femme. Je reviens pour te faire la surprise et voilà ce que je trouve à mon arrivée. Super ! m'esclaffé-je.

—Une surprise ? C'est pour me faire une surprise que je n'ai aucune nouvelle de toi depuis deux jours ?

—Non… Je…. J'ai eu des choses importantes à régler, bredouillé-je, incapable de me justifier.

—Plus importantes que moi, apparemment.

—J'aurais dû rester en France ! Va retrouver ton nouveau mec, continue ta petite existence et moi je vais retourner d'où je viens et basta ! m'emporté-je à nouveau.

—Je ne peux même pas m'expliquer, tu fuis encore. Tu connais ton problème, Will ? Tu ne sais pas ce que tu veux, m'accuse-t-elle d'un doigt dressé devant mon nez.

—Non! Tu as tout faux. Je sais très bien ce que je veux. TOI! Depuis que tu es entrée dans ma putain de vie, tu as tout chamboulé pour y mettre le bordel. Grâce à toi, je me sens vivant, je peux être moi-même, sans craindre le regard de quiconque, sans me soucier du lendemain. Ça a toujours été toi, depuis le début! Même quand Logan était encore parmi nous! Mais maintenant plus rien n'a d'importance, débité-je à bout de souffle.

J'aimerais la toucher une dernière fois. Mais il est temps pour moi de la laisser partir; elle a trouvé quelqu'un d'autre. Quelqu'un qui ne la fera pas souffrir comme je vais le faire dans les prochaines minutes. C'est peut-être mieux après tout. Ce soir, elle va découvrir ce qui me ronge depuis le début.

Elle se rapproche de moi pour poser sa main sur ma joue. Ses yeux en amande plongent dans les miens.

—Will. Je te le répète. Il n'y a rien entre lui et moi. Ce n'est pas lui que j'aime, me confesse-t-elle tout bas.

Pas lui qu'elle aime? Elle veut dire quoi par-là? Je viens de la voir embrasser un autre et elle me sort ça. En fait, peut-être que ça doit se passer ainsi. Au moins, elle pourra être heureuse avec un homme qui ne lui mentira jamais. Pas comme je l'ai fait. Je dois la laisser partir. Je dois lui dire.

—Tu devrais mettre les choses au point avec lui, conclus-je en détournant le regard, tout en me détachant de son contact.

Je repousse le moment fatidique de lui jeter ma bombe au visage. Les mots, coincés dans ma gorge, me brûlent comme de l'acide.

—Will. Bordel de merde! Tu as entendu ce que je viens de te dire? Je t'aime! crie-t-elle, les bras levés.

—Je vais me marier, lâché-je soudain.

Choquée par ma révélation, ses yeux s'arrondissent. Sa bouche s'ouvre, mais aucun son n'en sort. Lorsque les larmes perlent au coin de ses cils, je me rends compte que je suis en train de la perdre.

—Qu'est-ce que…. Qu'est-ce que tu viens… de dire?

—Je vais me marier, Charlie, répété-je d'une voix lasse.

—C'est une blague ?

—Non.

Malgré le bruit ambiant en provenance du bar, j'entends sa respiration se couper puis s'emballer. Elle se rapproche d'un bond.

—Espèce de connard ! Tu comptais me l'annoncer quand ? hurle-t-elle en me martelant le torse à coups de poing.

Je lui attrape les mains et les maintiens contre ma poitrine douloureuse.

—Lâche-moi tout de suite, m'ordonne-t-elle en se dégageant.

—Je suis désolé.

—Désolé ? Désolé de m'avoir menti ? D'avoir oublié de mentionner ce léger détail en venant ici ? Car je suppose que ça ne date pas d'hier ? Putain ! Mais quelle conne ! Et tu me prends la tête avec un baiser qui ne veut absolument rien dire. Mais c'est une blague ? s'énerve-t-elle en faisant des allers-retours sur le trottoir.

—J'ai tenté de te le dire plusieurs fois, mais je n'y arrivais pas.

Elle me fusille du regard.

—Pourquoi tu es revenu ? Pourquoi tu débarques ici, sachant pertinemment que tu vas te marier ? Pourquoi tu as couché avec moi ? Pourquoi tu m'as laissé ressentir des sentiments pour toi ? Ça t'amuse ? Tu désirais te taper une dernière nana avant de te faire passer la corde au cou. Ah non, j'ai mieux ! Tu t'es dit : tiens, si j'allais rendre visite à Charlie, lui sortir le grand jeu, pour l'avoir enfin dans mon lit puisque Logan est mort, crache-t-elle.

—Quoi ? Mais pas du tout. Qu'est-ce que tu racontes ? Je suis venu parce que tu me plais depuis le début. Et que j'avais besoin de te voir, réponds-je en secouant la tête négativement.

—Besoin de te vider les couilles, surtout. Moi qui croyais que… qu'on était bien ensemble. En réalité, tout ce que tu m'as dit, c'était du vent, un mensonge, trop beau pour être vrai. Ça n'était qu'un jeu pour toi. Tu as joué avec mes sentiments, avec ma vie. J'ai partagé des choses avec toi, gémit-elle, en larmes.

176

Je n'avais pas prévu que cela se passe ainsi, de lui avouer de cette façon. Mais la voir avec ce mec m'a fait sortir de mes gonds. La colère et la peine m'ont submergé d'un seul coup, j'ai éprouvé le besoin de la punir. Maintenant, il est trop tard pour faire machine arrière.

—Je suis vraiment désolé, Charlie. J'aurais aimé te le dire beaucoup plus tôt, mais je n'ai pas pu. Alors oui! Traite-moi de lâche, de menteur. Tu as raison. C'est tout ce que je suis, mais ne doute jamais de mes sentiments pour toi, Charlie. Tu es celle qui m'a redonné goût à la vie, qui m'a permis de me sentir enfin moi-même depuis tant d'années. Je sais que mes mots ne suffiront pas à effacer mon annonce, mais si je pouvais tout changer et éviter ce mariage, je le ferais dans la seconde, déclaré-je du plus profond de mon cœur.

—Alors, fais-le, me supplie-t-elle.

—Je ne peux pas, Charlie. Tu seras mieux sans moi. Tu l'es déjà, soufflé-je, baissant la tête devant sa prière, résigné face à l'issue de cette discussion.

—Quand on veut, on peut!

J'avance vers elle, lui caresse la joue du bout des doigts. Ses yeux s'accrochent aux miens et m'implorent en silence. Je la contemple longuement afin d'imprimer les traits de son visage dans ma mémoire pour ne pas oublier cette femme si extraordinaire que je m'apprête à abandonner. Mes lèvres partent à la recherche des siennes pour un dernier baiser. Le goût salé de ses larmes vient se mêler à nos langues. Ses mains accrochent ma chemise. Les miennes se perdent dans ses cheveux. Je savoure sa bouche. Puis, doucement, je me détache. Dans une ultime étreinte, j'embrasse son front, puis recule de deux pas avant de pivoter dans la direction opposée, sans un mot. À mesure que mes foulées m'éloignent d'elle, l'organe dans ma poitrine saigne, broyé de l'intérieur. C'est ma sentence pour le mal perpétré. La dernière fois qu'une telle douleur est survenue, c'était à la mort de mon meilleur ami. Je comprends, à cet instant, que je ne pourrais plus aimer comme j'aime cette femme. Charlie sera à jamais gravée dans mon cœur.

Je suis brisé.

Chapitre 28

Charlie

C'est un cauchemar. Je vais me réveiller. C'est sûr, tout n'est qu'un rêve. Je me mords si fort l'intérieur de la joue que le goût métallique du sang emplit ma bouche. Malheureusement, non. Tout est réel. Will vient bien de m'annoncer son mariage et de m'abandonner ici, sur le trottoir du bar. Mes jambes se dérobent sous mon poids et mes genoux percutent le bitume avec violence. Mes yeux fixent le bout de la rue où il a disparu. Quelqu'un m'appelle. Je ne reconnais pas la voix. Mes oreilles bourdonnent si fort que le brouhaha autour de moi est étouffé. Des mains se posent sur mes épaules et le visage de Romie qui me parle se dessine devant moi ; je n'entends pas les paroles qu'elle prononce.

—Charlie ? Charlie ? Qu'est-ce qui se passe ? Où est Will ?

Will.

Le seul mot qui me parvient dans le marasme de mon esprit réamorce la réalité : son abandon. Je craque. Tout mon corps tremble. J'ai du mal à respirer. Un haut-le-cœur remonte de mon ventre pour se loger dans ma gorge et j'ai à peine le temps de ramper jusqu'au caniveau que je vomis tout l'alcool ingurgité ce soir. Romie relève mes cheveux et frotte mon dos avec douceur.

Quand les spasmes de mon estomac se calment, mes pleurs redoublent d'intensité. Je perçois d'autres pas rejoindre mon amie.

—Charlie ? Romie, qu'est-ce qu'elle a ? demande Zoé, affolée.

—Je ne sais pas. Je suis sortie pour vérifier si tout allait bien et je l'ai trouvée à genoux sur le trottoir, toute seule.

Il va se marier et il m'a quittée.

Un cri d'agonie perfore mes tympans. Je me rends compte que c'est moi qui hurle ainsi. Des bras puissants me soulèvent et ma tête se pose contre un torse dur. Mes yeux se ferment ; c'est le noir total.

Le brouillard.

Cela résume bien la semaine qui a suivi l'épisode du bar. J'ai cru comprendre que ce soir-là, c'est Éric qui m'a récupérée par terre. Il a rappliqué quand Romie lui a téléphoné en panique. En me voyant dans cet état, les filles ont dû faire le lien entre Mika et le départ de Will. Mais je n'ai pas pu leur expliquer ce qu'il s'est vraiment produit. J'ai dormi de longues heures et me suis réveillée dans mon lit, seule et anéantie. D'ailleurs, je ne l'ai pas quitté depuis. Romie et Zoé s'obstinent à m'apporter à manger sur un plateau, mais je n'ai pas faim. Les uniques émotions qui m'habitent sont la colère et une intense fatigue intérieure. Je n'arrive plus à rien. J'aimerais me lever, continuer ma vie, mais c'est au-dessus de mes forces. Elles tentent de me soutenir, viennent à mon chevet pour me dire des paroles réconfortantes. Seulement, je refuse de les affronter alors je fais semblant de somnoler la plupart du temps. Même quand je les entends se disputer à propos de moi, comme ce soir.

—Cela ne peut plus durer ! On ne peut pas rester là sans rien faire et la regarder dépérir de jour en jour !

D'aussi loin que je me souvienne, Romie ne s'est jamais mise dans une telle colère. Elles en bavent par ma faute ; je m'en rends compte.

—Romie chérie, calme-toi ! Elle a besoin de temps.

La voix chaude d'Éric tente d'apaiser mon amie.

—Éric a raison. Nous ne la laisserons pas tomber. Quand elle se sentira prête, elle reviendra vers nous. Rappelle-toi comment ça s'est passé pour toi ? réplique Zoé.

En effet, Romie a vécu une période compliquée à la suite de son agression. Mais ni moi ni Zoé ne l'avons abandonnée. Je m'en veux de leur imposer cela, mais c'est plus fort que moi. Mon cerveau et mon corps refusent de coopérer.

—Eh bien, justement ! Vous m'avez remué toutes les deux, alors que j'étais au fond du gouffre et il est hors de question que je reste là, sans rien faire ! hurle Romie.

Ma porte s'ouvre avec fracas et ma blondinette s'approche de mon lit. Éric et Zoé se tiennent en retrait dans l'embrasure.

—Maintenant, ça suffit, Charlie ! Il faut te bouger les fesses.

Je réponds par un grognement et me renfrogne avant de cacher mon visage sous la couette. Mais Romie n'est pas de cet avis. Ma couverture vole à l'autre bout de la pièce. La garce vient de virer ma seule source de chaleur. Je la fusille du regard.

—Si tu ne te secoues pas les miches dans les trois minutes à venir, je vais chercher un seau d'eau froide et te le balance à la tronche.

Les poings sur les hanches, elle respire rapidement. Malgré sa colère évidente, je ne réponds pas et referme les yeux. Je l'entends se déplacer dans la pièce voisine, ouvrir le robinet. Interpellée, je lève une paupière pour zieuter ce qu'elle fait quand elle revient vers moi, un récipient à la main. *Bordel de merde, elle ne va pas oser ?*

—Une !

Oh misère ! V'là qu'elle se comporte comme ma mère. Je vais la laisser aller jusqu'à trois ou pas ? Elle ne s'y risquerait pas. C'est Romie.

181

—Deux! continue-t-elle en soulevant son «arme» à bout de bras.

Elle va le faire. Elle est déterminée. Je ne l'ai jamais vu comme ça.

—On se calme, maman! Je me lève, c'est bon! grogné-je en me redressant.

Un sourire satisfait aux lèvres, Romie redescend le seau en soufflant.

—Purée, ça pèse une tonne ce truc.

Je frotte mon visage énergiquement quand un poids lourd me saute dessus.

—Mon petit cafard est vivant! claironne Zoé à mon oreille.

—Plus pour longtemps si tu continues. J'étouffe!

—Tu oses insinuer que je suis grosse? s'offense-t-elle, en s'appuyant d'un coup sur ses avant-bras.

—Non. Tu n'es pas grosse, ma morue. Tu as une ossature lourde.

Choquée, ses yeux s'ouvrent en grand. Puis, elle fronce les sourcils.

—Va te faire foutre! C'est bon, elle va mieux, s'exclame-t-elle, furieuse avant de sortir de la pièce d'un pas colérique.

Oups… Je l'ai vexée. Éric et Romie pouffent silencieusement.

—On va te laisser reprendre apparence humaine, on t'attend au salon, m'informe Éric en enlaçant mon amie.

Je l'aime bien ce gars. Ils forment un joli couple tous les deux. Elle a enfin trouvé un homme sur qui elle peut compter. Me traînant jusqu'à la salle de bain, une nausée me tord le ventre. Sûrement la faim, depuis le temps que je n'ai rien avalé. Mon regard se perd dans le miroir et ce qu'il me renvoie n'est pas très beau. Mes cheveux sont en bataille, des cernes violets encerclent mes yeux gonflés d'avoir trop pleuré. Mon teint est blafard et mes joues creusées. Je ne me reconnais pas. Dans la cabine de douche, l'eau chaude me fait du bien, délasse mon corps noué par les tensions de ces derniers jours. J'essaye de me détendre un peu, en vain. Alors j'écourte ce moment, me lave en vitesse, puis m'habille simplement d'un débardeur et d'un pantalon de yoga. Éric décide de nous laisser discuter entre filles. Il embrasse tendrement Romie, puis sort de l'appartement après nous avoir saluées.

Assise sur le canapé, Romie tapote la place vide près d'elle.

—Je t'ai préparé du thé. Je me suis dit que l'alcool ne serait pas ton ami pendant quelque temps, annonce Zoé en posant la théière devant nous.

En effet, rien que d'y penser me donne envie de vomir. Je prends le mug fumant entre mes mains et avale une gorgée du breuvage qui me réchauffe.

—Merci, ma chérie.

Le silence règne dans la pièce. Personne n'ose parler, de peur que je pète à nouveau une durite. Il va bien falloir leur expliquer, mais comment ? Songer à lui, leur déballer la situation me fait si mal. J'ouvre la bouche puis la referme, ne sachant par où commencer. Et puis, comme si j'arrachais un pansement d'un coup sec, je leur révèle ce qui me ronge.

—Will va se marier.

Zoé recrache sa gorgée, ses yeux prêts à sortir de leurs orbites. Romie m'observe d'un air compatissant, presque avec pitié. Prenant sur moi et malgré mes pleurs, je leur raconte ce qu'il s'est passé au bar. À la fin de mon récit, Zoé et Romie m'entourent de leur bras. Vidée, mes larmes ne veulent plus couler. Je suis lasse de tout ça, anesthésiée. Mis à part la trahison et le mensonge, ce qui me blesse le plus c'est qu'il m'ait quittée. C'est SA décision. Je me dois de la respecter malgré tout le mal qu'il m'a fait. À quoi bon lutter ? Il ne reviendra pas. Alors, j'opte pour la solution la plus difficile qui soit : lâcher prise, laisser Will partir. Ce soir-là, je les ai obligées à me promettre de ne plus jamais reparler de cette histoire ni de *lui*.

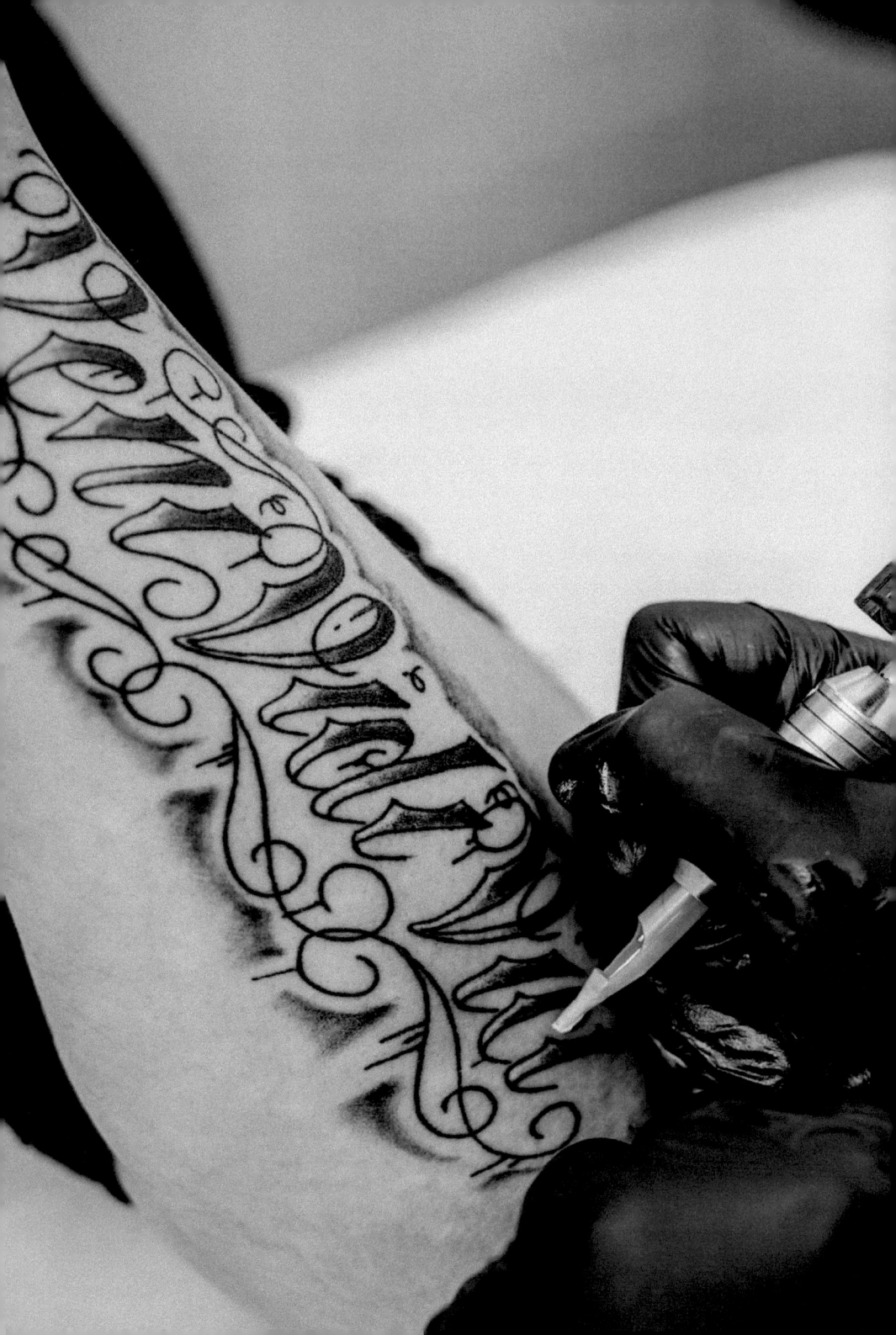

CHAPITRE 29

Charlie

La Norvège au mois de juin est juste un bonheur. Les nuits se raccourcissent pour laisser plus de place au soleil. Les températures sont plus qu'agréables, comparées au reste de l'année, me permettant de sortir à moto plus souvent et, donc, d'améliorer mon moral. Je roule jusque tard le soir, et ainsi m'évade pour ne plus penser à rien. La journée, le pilotage automatique est toujours enclenché. Ce qui consiste à me lever, me doucher et aller travailler. Mon corps est là, mais mon esprit est ailleurs. *Où ? Bonne question. Si d'ailleurs, vous le trouvez en chemin, dites-lui de se ramener. Fissa !*

Je suis presque redevenue moi-même après ma crise. Presque ! Je continue ma petite vie tranquille, néanmoins avec de légers ajustements. Les filles s'en rendent compte, mais ne me font aucune remarque. Elles sont déjà heureuses de me voir me lever, sortir et aller bosser. Malgré tout je m'aperçois, à leurs regards, qu'elles s'inquiètent de mon insouciance.

Notre rituel du mercredi soir perdure, à un détail près : l'alcool a été complètement banni de ma routine. C'est clair et net ! Depuis quelques semaines, j'ai envie de vomir rien qu'en sentant son odeur. Une simple gorgée et direction les toilettes. Voilà pourquoi je me suis mise au régime sec : Perrier citron vert. VDM ! En revanche, les délicieuses brioches du matin sont devenues mes meilleures amies.

Heureusement, mon footing matinal est toujours d'actualité, sinon je ne passerais plus les portes.

—Ola, ma grosse !

Zoé franchit le seuil de mon appartement. Elle vient me chercher, car nous sommes invitées chez Éric pour un barbecue entre amis. Depuis qu'il sort avec Romie, il fait partie intégrante de nos vies, donc nous nous voyons très régulièrement. Pauvre de lui, il n'est pas au bout de ses peines avec nous.

—Ola, chica ! la salué-je à mon tour avec un accent espagnol très approximatif.

—Tu es prête à partir ? On est déjà à la bourre.

—Moi, j'étais prête à l'heure !

—Pardonnez-moi, ô, Maître tout puissant ! plaisante-t-elle en se prosternant.

Je pouffe face au tableau qui se joue devant moi.

—C'est bon la greluche ? Tu as fini de te marrer ? On peut y aller ? raille Zoé.

—Oui, madame !

Éric habite à quelques minutes de chez moi, à l'extérieur de la ville. Romie nous accueille, habillée d'une petite robe légère à fleurs, ses cheveux blonds remontés dans un chignon flou.

—Enfin ! On allait lancer un avis de recherche, dit-elle en prenant le dessert que j'ai préparé pour l'occasion.

—C'est Zoé ! rapporté-je, comme une gosse.

Son grognement, accentué d'un regard noir, ne me dit rien qui vaille.

—Éric nous attend au jardin, nous informe Romie, amusée.

Éric a entièrement rénové sa maison posée dans un écrin de verdure. Un bois de couleur clair décore la façade extérieure, mais l'intérieur n'a rien à voir avec les petites bâtisses norvégiennes aux pièces exiguës. Il a apporté plus d'espace en abattant toutes les cloisons qu'il a pu pour y faire pénétrer le plus de luminosité possible, grâce à d'énormes baies vitrées. L'entrée, simple et élégante, mène au salon et à la salle à manger qui forment une seule et même grande salle. Le panorama est époustouflant, les vallées se dessinant sous nos yeux. Sur l'immense terrasse en bois, nous retrouvons Éric en pleine grillade. L'odeur des saucisses et des brochettes envahit mes narines et me met l'eau à la bouche.

—Salut, les beautés.

—Bonjour, Éric. Ça sent trop bon! dis-je en m'approchant et bavant mentalement.

L'idée de lui sauter dessus pour lui voler un morceau me traverse l'esprit, tellement j'ai faim.

—OK… Hum… Romie chérie? À table, vite! Charlie me fait peur, on dirait qu'elle va me bouffer, s'écrie-t-il à l'attention de sa dulcinée.

Tout le monde éclate de rire, mais moi… j'ai toujours faim. Il faut croire que je comble le manque de lui par la nourriture. Pendant le repas, les conversations vont bon train quand je laisse échapper un rot monumental. Tous s'interrompent instantanément et des paires d'yeux médusés se tournent vers moi; je suis rouge de honte.

—Oups! Je suis désolée, m'excusé-je, la main sur la bouche.

—Eh bé! C'est du propre, Charlie, me sermonne Zoé.

—Oh, ça va! Je ne l'ai pas fait exprès, maman.

Elle me fusille du regard. Elle déteste cette comparaison et j'adore la faire rager.

—Bon, je vais chercher le dessert, annonce Romie en tapant dans ses paumes.

—Oui! Oui! Du tiramisu aux fraises! sautillé-je sur ma chaise comme une petite fille.

—Non, mais ça ne va pas bien, toi, en ce moment! Depuis quelque temps, tu gerbes à tout va. Tu ne supportes plus le goût ni l'odeur de l'alcool et maintenant tu bouffes comme quatre et tu tuerais quiconque toucherait à ton assiette, énumère Zoé.

—Quoi ? Tu te plains, car je remonte la pente ? me renfrogné-je.

—Non, pas du tout ! Mais là, c'est trop de chez trop. Tu te comportes comme si tu étais…

—Comme quoi, Zoé ? Heureuse ? Gaie ? m'emporté-je en me levant de ma chaise et en tapant la table de mes poings.

—Enceinte, lâche soudain Éric d'une voix posée.

Je le fixe comme un extraterrestre, Zoé le soutient du regard.

—Vous êtes dingues !

Romie arrive et dépose le plat entre nous.

—Je vous entends de la cuisine. Qu'est-ce qui se passe encore ici ? demande-t-elle, les bras croisés sur la poitrine.

—Ton mec et Zoé pensent que je suis enceinte parce que je suis heureuse et que je mange !

Elle ne contredit ni mes propos ni les leurs.

—Romie ? l'interpellé-je, en tentant de trouver du soutien auprès d'elle.

Mais elle ne dit rien. Je m'assieds, déconcertée. *Personne n'est de mon côté…* Sans comprendre pourquoi, je fonds en larmes.

—Ma puce, nous y réfléchissons depuis quelque temps. Au départ, on a mis ça sur le dos des derniers événements, mais ça continue. Écoute, c'est logique dans un sens. Repense à tout ce qu'il se passe depuis, tente-t-elle de me calmer.

Les nausées, les vomissements, l'alcool que je ne supporte plus et mon intérêt exacerbé pour la bouffe. C'est inconcevable. Je fouille dans mon esprit en songeant à une parade pour réfuter cette théorie. Puis, soudain je me souviens que c'est techniquement impossible pour moi de tomber enceinte.

—J'ai un stérilet et j'ai toujours mes règles, je vous signale donc, ce n'est pas possible ! leur balancé-je, fière de moi.

188

—Tu as déjà entendu parler de grossesse sous stérilet? Je te confirme que ça n'arrive pas qu'aux autres, me contredit à nouveau Zoé.

Je lève les yeux au ciel. *Non, mais c'est quoi cette manie de s'occuper de mes affaires?*

—Pffff, mais n'importe quoi! Laissez-moi tranquille avec vos histoires délirantes, claque ma voix sèche.

Plus personne ne parle. L'atmosphère est lourde comme l'air de la vallée où de gros nuages noirs s'accumulent dans le fond d'azur. Les grondements d'un orage lointain se font entendre.

—Tu as raison. Il n'y a que toi qui peux savoir ce qu'il se passe dans ton corps. Allez, on le mange ce gâteau avant que le ciel ne nous tombe sur la tête? finit par déclarer Romie.

Le repas se termine dans la tranquillité. La conversation dévie sur un autre sujet que moi. Mais le dessert me reste sur l'estomac. Leurs commentaires tournent en boucle et l'idée qu'ils puissent avoir raison se fraye un chemin dans mon esprit. Je la repousse aussitôt. Je rattrape juste le temps perdu niveau bouffe. J'ai tellement souffert après lui que mon organisme rejette simplement l'alcool et je ne m'en porte pas plus mal.

189

CHAPITRE 30

Charlie

Trois mois plus tard

J'étire mon dos endolori après une séance assez longue et complexe, pendant que mon client contemple l'œuvre sur son mollet. J'ai hâte de rentrer chez moi, prendre un bain chaud et détendre mes muscles fatigués.

—Merci, Charlie. Tu as été au top, comme toujours. J'adore ! s'exclame-t-il ravi, de ma réalisation.

—Il n'y a pas de quoi, Rick, réponds-je, fière de moi.

—Bonne continuation à toi si je ne te revois pas d'ici là, ajoute-t-il avant de se rendre au comptoir.

Je lui adresse un signe de la main et range mon poste de travail pour boucler cette journée, puis rejoins les filles qui ferment la caisse.

—Re, ma boulette, m'accueille Zoé en levant son nez du cahier.

—Je suis morte de chez morte. Je suis pressée de rentrer chez moi, retrouver mon lit, avoué-je à mes copines en m'affalant sur le fauteuil du bureau.

—Tu m'étonnes. Tu veux qu'on te pousse jusque chez toi ? Bientôt, tu vas rouler, se marre Zoé.

— Je t'emmerde, ma grosse !

— Ha, ha, ha ! Entre toi et moi, la plus grosse en ce moment, c'est toi ! On dirait un cachalot échoué sur une plage.

Elle n'en loupe pas une pour me titiller. Je lui tire la langue et caresse tendrement mon ventre arrondi par six mois de grossesse. Malgré le temps qui s'écoule hyper vite, je me souviens comme si c'était hier du jour où j'ai appris que ma vie allait basculer à tout jamais.

Assise sur la cuvette des toilettes, je fixe le bâtonnet que mes doigts tiennent fermement. Les trois minutes d'attente mentionnées dans la notice sont largement dépassées, mais je n'ose pas retourner ce fichu test que j'ai décidé de faire ce matin. Après une nuit pourrie à repenser à tous les changements qui s'opèrent chez moi en ce moment. L'idée saugrenue d'une grossesse, avancée par les filles et Éric, malgré ma contraception, ne m'a pas lâchée pendant des jours. Au bout d'une semaine, déterminée et stressée, je suis allée à la pharmacie me procurer de quoi en avoir le cœur net. Aussitôt arrivée au salon, je me suis enfermée pour faire pipi sur la minuscule languette rose. Heureusement, mes amies n'ont pas encore débarqué.

— Allez courage ! Je peux le faire.

Je souffle un bon coup avant de retourner la chose qui va certainement faire basculer ma vie entière. Je compte. Une barre. Deux barres. Y a sûrement une erreur. Je vérifie la notice.

Une barre : pas enceinte.

Deux barres : enceinte.

Putain de bordel de merde !

C'est à ce moment-là que Romie et Zoé décident de franchir la porte du magasin. Leurs pas se rapprochent, mais je reste interdite face au résultat.

— Yo, grognasse, tu nous poses une pêche ? s'écrie Zoé de l'extérieur des W.C.

…

— Charlie ? On sait que tu es là. On a vu tes affaires en entrant, continue-t-elle.

192

Mais aucun son ne sort de ma bouche. Je crois même avoir arrêté de respirer.

— Charlie ? Tout va bien, ma puce ?

La voix inquiète de Romie vient seconder celle de Zoé. Je ne parviens pas à bouger ni à parler. La poignée s'abaisse prudemment ; ce n'est pas verrouillé. La tête blonde de Romie passe le chambranle.

— Charlie ?

Les larmes accumulées au bord de mes cils s'échappent lorsque je lève les yeux vers elle.

— Pourquoi tu pleures ? me demande-t-elle en s'accroupissant devant moi.

Soudain, son regard se pose sur le test, puis navigue entre lui et moi.

— Oh merde ! s'écrie-t-elle d'un coup.

— Quoi ? Quoi ? Elle est tombée dans le trou ? se moque Zoé en arrivant aussi.

Nous voilà à trois dans cette minuscule pièce. Zoé observe à son tour l'objet soudé entre mes doigts.

— Oh, la vache ! Tu es enceinte ?

— Je… Je crois, bégayé-je.

— OK ! OK ! Hum… Qu'est-ce qu'on va faire ? Qu'est-ce qu'on va faire ? s'excite soudain Zoé, prise de panique.

— Déjà d'une, Zoé, tu vas te calmer. Et de deux, Charlie, il faudrait que tu sortes des toilettes pour que nous puissions discuter de tout cela dans un endroit plus approprié, énumère Romie.

J'acquiesce, ne sachant pas quoi faire d'autre. Sans voix, une boule d'émotions me bloque l'estomac et remonte dans ma gorge.

Je me lève péniblement, les jambes engourdies par les longues minutes assises sur la cuvette.

— Ma puce, nous sommes là et, quoi que tu décides, nous serons avec toi, me rassure-t-elle en m'enlaçant.

Romie a le don de m'apaiser systématiquement, le son de sa voix suffit. Je me reconnecte à la réalité ; j'ai du mal à comprendre exactement ce qu'il se passe, mais je ne suis pas seule. Mes deux amies seront à mes côtés et je me sens plus forte que jamais.

Les jours suivants, je ne me suis posé qu'une seule et unique question. Est-ce que je gardais ou non ce bébé? Lors de ma première visite chez le gynécologue, le médecin a confirmé que je me trouvais dans le pourcentage de risques de fécondation sous contraceptif. Et comme une bizarrerie n'arrive jamais seule, mon cycle s'est maintenu normalement. Enceinte d'environ trois mois, il semblerait que j'ai fait un léger déni. Les battements affolés de mon organe vital, quand ce minuscule haricot est apparu sur l'écran de l'échographe, frappent de nouveau mes tympans, car en écoutant son petit cœur, j'ai cru mourir d'amour. C'est le plus beau son qu'il m'ait été donné d'entendre jusqu'à présent. À ce moment-là, mon choix était fait.

Le début de grossesse a été compliqué. Entre les nausées, les envies de manger tout et n'importe quoi, et les hormones qui m'ont transformée en véritable psychopathe, capable de passer du rire aux larmes en une fraction de seconde.

Aujourd'hui, à six mois, je ne suis plus malade, mais je dévore toujours plus. D'ailleurs, mon ventre a décidé de prendre une place phénoménale. Comment un minuscule bébé peut occuper autant d'espace? Mes organes internes ne sont carrément plus situés aux endroits d'origine. Plus les jours défilent et plus tout se mélange à l'intérieur de moi. Personne ne vous prévient de tous ces bouleversements qui arrivent au cours d'une grossesse. Je me sens comme une grosse vache essoufflée.

Oui, je vous assure. Ce n'est pas glamour tout ça!

La mousse de mon bain recouvre entièrement mon corps et je peux enfin profiter de ce moment de relaxation auquel je rêve depuis tout à l'heure. Un soupir de béatitude s'échappe de ma bouche. Mes yeux se ferment et je me laisse aller à cette parenthèse de douceur en écoutant une playlist de musiques zen pour l'occasion. J'ai lu quelque part que cela faisait du bien au bébé. Il choisit cet instant précis pour se manifester par des coups de pied bien prononcés, déformant ma peau. Rien à voir avec ce drôle d'effet du début. Certaines parlent de «bulles», d'autres d'une «plume». Moi c'était plutôt un genre de tressautement tout en bas de mon ventre, identique à un muscle qui se met à bouger tout seul. Une fois, puis plus rien, et à nouveau cette sensation. J'ai su tout de suite que c'était lui. Je parle de «lui», mais j'ignore encore le sexe. Ça ne devrait plus tarder.

Après cet interlude de douceur, je m'affale dans mon canapé avec un plaid. Les températures extérieures d'octobre avoisinent les neuf degrés en journée et ne dépassent pas cinq la nuit. Autant vous dire que je reste bien au chaud chez moi à mater ma série du moment: *Grey's Anatomy*[13]. Bon, je n'irai pas plus loin que le deuxième épisode, car généralement, je m'endors en plein milieu du premier. Mon téléphone vibre, m'annonçant un appel. Mon visage s'illumine à la vision du nom de mon interlocuteur.

—Bonsoir, ma beauté! m'accueille la voix rocailleuse de mon ami.

—Salut, Mika.

Je suis heureuse de l'entendre. Nos rapports ont longtemps été difficiles après l'incident du bar. Nous ne nous sommes pas parlé durant quelques jours, mais il a fallu crever l'abcès. Mika a compris que notre relation resterait purement fraternelle. Je ne veux pas le perdre. Notre amitié compte plus que tout et il est revenu vers moi au moment où j'en avais le plus besoin. L'annonce de ma grossesse a aidé notre rapprochement. Mika est aux anges de devenir «tonton». Il est très impliqué, comme les futures tatas qui en sont déjà dingues avant même sa naissance. Je suis vraiment bien entourée par mes amis et je leur en suis extrêmement reconnaissante.

—Comment va mon futur neveu ou future nièce? Et toi?

—Très bien. Moi, je me sens comme une grosse vache.

Son rire franc et chaud envahit le combiné.

—Tu es une sacrée belle vache alors, se moque-t-il.

13 Série télévisée médicale américaine, crée par Shonda Rhimes et diffusée depuis 2015.

—Pfff! Va dire ça aux poteaux que j'ai à la place des jambes, enragé-je.

—C'est pour la bonne cause, ma puce.

—Mouarf!

—Bon, dis-moi, tu es prête pour la soirée d'Halloween de samedi? change-t-il de sujet.

—Oui. Il me reste quelques bricoles à acheter. Mais demain, avec les filles, nous allons faire le shopping de dernières minutes, réponds-je tout excitée à l'idée de cette fiesta.

D'ailleurs, nous fermons la boutique, comme l'exige la tradition de la ville. Elle permet à chaque commerçant de baisser le rideau pour un long week-end et de profiter de cette fête très appréciée ici.

—Génial. J'ai hâte de voir ça! Je vais te laisser dormir ma puce. Je te souhaite une très bonne nuit et te dit à samedi prochain.

—Toi aussi, une très bonne nuit, Mika. À samedi!

Le lendemain, en direction d'un immense *outlet* de la région, je somnole à moitié depuis une petite heure dans la voiture de Zoé. Nous sommes bientôt arrivées et j'ai hâte de parcourir les nombreux rayons pour trouver les quelques bricoles qui manquent à mon costume. Je souris à l'idée de ma tenue du jour J. L'*Angel's Rock* organise une grosse soirée d'Halloween avec déguisement exigé. Ce n'est pas parce que je suis enceinte que je ne peux pas participer comme il se doit.

Toiles d'araignée, têtes de mort, faux sang et bonbons en tout genre débordent de notre caddie. Toute occasion est bonne pour décorer la maison. Je m'isole afin de dénicher les dernières petites choses qu'il me manque pour compléter ma tenue. Je veux faire la surprise aux filles. J'arpente les diverses allées en traînant mon bidon qui me donne déjà la démarche du pingouin. Au bout de quelques minutes, je trouve mon bonheur et retourne vers mes copines, qui s'amusent à essayer divers masques, plus horribles les uns que les autres. Le moment de délire passé, nous ressortons heureuses et fauchées.

Arrivée à la maison, j'invite mes amies à boire un thé avec d'appétissants gâteaux que nous avons achetés avant de rentrer. Je vais encore prendre deux kilos avec ces conneries, mais je m'en fiche. C'est pour la bonne cause, et puis je referai du sport après la naissance. Je salive d'avance en soulevant le couvercle de la boîte de notre pâtisserie fétiche, choisis ma première victime et la porte à ma bouche.

— Dis-moi, ma grognasse, quand est-ce que tu penses informer « qui tu sais » que vous allez avoir un bébé ? lâche soudain Zoé, innocemment.

Mon geste reste en suspens, le gâteau près de mes lèvres entrouvertes.

— ZOÉ ! l'interpelle Romie, effarée.

— Quoi ? C'est une question. Elle ne va pas indéfiniment le lui cacher. Il va finir par l'apprendre !

Elle me tanne depuis quelques semaines à ce sujet et je demeure hermétique à ses interrogations et ses réflexions. Même si je sais très bien au fond de moi que je devrais l'informer à un moment donné. Mais rien que de penser à *lui*, une douleur s'insinue au plus profond de moi et mon cœur se brise à nouveau. Refoulant mes émotions, je reste de marbre. Il m'a abandonnée. Il *nous* a abandonnés. Sans un mot, j'enfourne mon gâteau, mais il n'a plus du tout la même saveur. Il me paraît bien fade, tout à coup. Sauf qu'aujourd'hui, Zoé a décidé de ne pas me lâcher.

— Allô ? Je te parle, insiste-t-elle en agitant sa main devant mon visage.

— Quoi ?

— Quand est-ce que tu vas lui annoncer ? Il a le droit de savoir.

— Il est parti, je te signale, m'agacé-je de ne pas pouvoir étouffer les sentiments qui s'invitent en moi.

— Et alors ? Tu as toujours son numéro, non ?

Mon ventre se crispe. Mon cœur accélère. Chaque fibre de mon corps me brûle atrocement.

— Et donc, quoi ? Tu penses que je dois lui envoyer un texto ou l'appeler et balancer : « Salut, c'est moi ! Tu sais la nana a qui tu as zappé de dire que tu allais te marier et que tu as quittée il y a quelques mois, sans un regard. Eh bien, je suis enceinte ! ». Non, mais tu es folle ? Il est parti, il m'a laissée en emportant un bout de mon cœur au passage. Je n'ai eu aucune nouvelle et, à l'heure qu'il est, il doit filer le parfait amour avec sa femme. Tu crois qu'il va me dire « oh, je suis trop heureux ! Je divorce et vous rejoins vite, toi et notre enfant ». Il n'assumera pas ce bébé, surtout s'il a trompé sa fiancée. Si ça venait à se savoir, elle le quitterait. Être la maîtresse d'un mec, cela a été difficile à avaler pour moi, alors il est hors de question que je devienne une briseuse de ménage par-dessus le marché, rétorqué-je essoufflée.

Zoé baisse les yeux, convaincue par mon plaidoyer.

— La seule chose de bien dans cette histoire, c'est cette crevette qu'il t'a laissée, ma chérie, tente d'adoucir Romie en posant une main sur mon ventre.

Refoulant les larmes qui menacent de couler, j'enserre ses doigts des miens avec gratitude. Malgré le mal que son père a pu me faire en m'abandonnant, j'aime ce petit être comme une folle. Je ferai tout ce qui est en mon pouvoir pour le rendre heureux. L'amour d'une mère pour son enfant est indéfinissable, et cela, bien avant sa naissance. Pour ma part, je ne pensais pas que cela commencerait dès l'instant où les deux barres roses se sont affichées sous mes yeux.

Malgré les doutes et les nombreuses questions qui persistent, cet être dans mon ventre reçoit autant d'amour que je peux lui en offrir. Je sais que la présence d'une mère ne peut pas remplacer celle d'un père, mais je ferai tout pour que ça ne lui manque pas. C'est peut-être égoïste, mais c'est le seul moyen de me protéger, ainsi que mon bébé, de cette tristesse qui m'habite encore et que j'enfouis. On dit que le temps apaise les blessures. Un jour, sûrement, ce chagrin disparaîtra et laissera place à autre chose.

CHAPITRE 31

Charlie

Devant le grand miroir de ma chambre, je contemple ma tenue. J'ai un look à faire peur, mais c'est le but. Halloween, c'est aujourd'hui et dans moins de deux heures, nous serons tous réunis pour l'occasion. J'ai trop hâte de montrer mon déguisement aux filles. Elles ne s'y attendent pas du tout puisqu'elles ne sont au courant de rien. Je voulais vraiment garder le secret. J'ai piqué l'idée de costumes à faire soi-même sur Pinterest.

Et non, je ne suis pas habillée en citrouille ! C'est trop banal, franchement. Il faut que ça en jette !

Je peaufine mon maquillage. De la poudre blanche pour un teint blafard, un peu d'ombre à paupières noire pour accentuer les cernes et le creux des joues. Du rouge sur mes lèvres et quelques gouttes de faux sang sous ma bouche, pour un effet cannibale. *Et voilà la mama-zombie !*

J'ai récupéré les jambes et les bras d'une poupée afin de les fixer à un tee-shirt clair, gardé pour l'occasion. Après quatre coups de ciseaux là où il faut, j'ai greffé les membres du poupon de façon à ce qu'ils ressortent à l'extérieur, faisant penser qu'un bébé s'échappe de mon ventre. Du rouge sur le tissu autour des appendices, et le tour est joué ! C'est totalement gore et déjanté. Les filles vont être complètement folles.

D'ailleurs, je me dépêche, car elles ne vont pas tarder. Un dernier regard admiratif dans la glace, puis je retourne dans le salon. À cet instant, un premier bruit de sonnette retentit, puis un deuxième et un troisième. La signature de Zoé. J'entre dans la peau de mon personnage du soir et ouvre la porte en poussant des râles, la tête penchée. Zoé émet un cri horrifié en bondissant sur le côté. Romie, en retrait, observe la scène et explose de rire.

—Saloperie, tu m'as foutu les jetons. La vache! Mais c'est quoi ce déguisement? s'exclame-t-elle, une main sur le cœur.

—Il est trop cool, non? demandé-je en tournant sur moi-même.

—Il est carrément flippant, approuve Zoé.

—C'est le but, ma limace.

—Moi j'adore! déclare Romie, admirative de mon œuvre.

—Vous êtes complètement tarées!

On se marre et je les invite à entrer tout en détaillant leurs costumes. Une robe noire moulante, un cache épaule dalmatien, des escarpins rouges assortis à de longs gants et une perruque bicolore font de Zoé une parfaite Cruella d'enfer. Quant à notre douce Romie, elle est devenue madame Dracula du Moyen-Âge. Sa longue toilette médiévale bordeaux à dentelle foncée épouse ses formes. Un chignon flou et de fausses dents de vampires viennent parfaire le personnage qu'elle incarne. Elles sont toutes les deux magnifiques. Je jalouse leurs costumes, mais avec mon gros ventre, il m'a fallu trouver une autre option.

—Vous êtes trop belles, les complimenté-je.

—Merci, me répondent-elles à l'unisson.

—Tu es belle aussi, ma Charlinette. Ton bidou est bien mis en valeur là-dedans, me rassure à nouveau Romie.

—Pour être mis en valeur, il l'est! Si les gens ne savent pas que tu as un polichinelle dans le tiroir, se marre Zoé.

Je souris, mais une légère douleur dans le bas de mon ventre me tire une grimace.

—Charlie, tout va bien? s'alarme Zoé qui a vu mon visage se crisper.

—Oui, ne t'inquiète pas. Je n'ai pas eu le temps de me reposer aujourd'hui. J'ai dû trop forcer.

—Charlie, tu devrais ralentir et te reposer. On devrait rester ici, ce soir.

—Non! Tout va bien. C'est passé. Et il est hors de question qu'on rate cette soirée.

—OK. Mais au moindre signe de fatigue, on rentre.

—Oui, la rassuré-je en souriant.

—Bon, il va falloir se bouger. J'en connais un en bas qui va râler si on le fait attendre encore longtemps, annonce Romie.

—Allez, c'est parti! On va s'éclater, proclame Zoé en tapant dans ses mains.

Dans la salle tamisée du bar, décorée pour l'événement, je me laisse porter par cette ambiance spéciale Halloween, dégustant un cocktail sans alcool. *Cuckoo*[14] d'Adam Lambert résonne dans mes oreilles. Zoé enflamme la piste comme elle en a l'habitude. Cela fait bien longtemps que ce n'était pas arrivé. Romie et Éric, eux aussi, s'abandonnent dans une danse endiablée. Bien entendu, ce dernier est accordé à sa chérie avec un déguisement de Dracula, je peux le dire, très sexy. Ils forment un couple d'enfer. Mika, qui nous a rejoints, discute au bar avec une jolie Marilyn Monroe.

Je jette un coup d'œil circulaire à la salle, admirant la décoration fabuleuse de l'endroit. Citrouilles, bougies à *LED*, têtes de mort, squelettes et toiles d'araignée ont envahi les tables. Les employés ont vraiment effectué un travail de dingue pour cette soirée. Un étrange picotement familier à la base de ma nuque stoppe ma

---

14 Album Trespassing (2012)

contemplation et mon regard se pose au fond de la pièce. Sans bouger d'un millimètre, je plisse les paupières pour essayer de voir d'où cela provient. Mais avec la pénombre et les stroboscopes qui clignotent sans arrêt, mes yeux ne savent plus où chercher. Cependant mon épiderme réagit spontanément à ce sentiment, c'est comme la première fois. Je fouine, fouille du regard parmi le monde sans rien détecter. Pourtant, mon instinct me souffle une intuition farfelue : Will. Je secoue ma caboche pour la chasser. Ce n'est pas possible. Il est marié, et à des kilomètres d'ici. *Ne rêve pas, ma poulette. S'il revient, tu lui expliques comment tes six mois de grossesse, sans l'en avoir informé ?*

Rien que de l'envisager, j'en ai des sueurs froides. Je n'ose même pas imaginer sa tête en l'apprenant. La colère remplace rapidement cette peur. *Oh, poulette ! Il t'a menti et il s'est barré. Même pas en rêve, tu y songes, me rappelle à l'ordre ma conscience.* Je bloque toutes pensées négatives, finis mon verre et en commande un autre. Le sucre et moi, c'est une grande histoire d'amour. D'ailleurs, une gaufre au Nutella se marierait très bien avec ma boisson, mais mes fesses vont me haïr si je continue ainsi. Je tourne la tête vers Zoé qui danse en charmante compagnie. Je suis étonnée qu'elle se laisse toucher par ce type. Depuis son agression, seul Éric peut l'approcher. Elle rejette totalement les autres hommes et les évite autant que possible. *Mais qu'est-ce qui lui arrive ?*

Pourtant, elle n'est pas ivre, elle a bu le même cocktail que moi. Je les surveille du coin de l'œil tandis que la sensation qui m'habite depuis quelques minutes persiste. À ce moment-là, Romie et Éric me rejoignent.

— Hé, c'est qui ce type avec Zoé ? les questionné-je.

Romie tourne la tête vers le centre de la piste en sirotant son *Bloody Mary.*

— Je n'en ai aucune idée, mais elle a l'air de s'éclater, me répond-elle en haussant les épaules.

— Romie ! Elle se laisse approcher et toucher par un mec !

—Rhooo, Charlie, fiche-lui la paix! Elle a sûrement accepté de ne plus se battre avec ses démons et de se distraire.

—Respire, maman, intervient Éric, amusé.

Je ne sais pas si c'est grâce à ses années d'armée, mais il m'impressionne à conserver son calme. Il arrive toujours à tempérer la situation, en trouvant les mots justes pour gérer les crises.

—Vu que personne n'a l'air de s'en préoccuper, débrouillez-vous avec elle! Moi, je dois vider ma vessie avant qu'elle n'explose sous les coups de pied qu'elle endure.

Je me lève péniblement du sofa en m'appuyant sur le dossier et pars en direction des W.C., accompagnée par la musique entraînante. Heureusement, il n'y a pas la queue comme d'habitude. Je n'aurais pas pu tenir quelques minutes de plus sans me faire dessus.

Je soupire de soulagement en sortant des toilettes.

Purée, je ne pensais pas que le seul fait de faire pipi pouvait me procurer un tel bien être. Vive la grossesse!

Je pousse la porte d'un coup sec et celle-ci vient heurter quelqu'un.

—Pardon, je n'ai pas fait atten…

La fin de ma phrase se perd dans un murmure lorsque mes yeux se relèvent vers deux prunelles bleues que je ne connais que trop bien.

Ce n'est pas possible! Il est censé être en France. Qu'est-ce qu'il fait là?

Mon cœur bat tellement vite que j'ai l'impression qu'il va jaillir de ma cage thoracique. Sans un mot, son regard se pose sur mon abdomen proéminent. Sa bouche s'ouvre puis se referme. Il relève ses yeux jusqu'à moi dans une attitude indéchiffrable. Une nausée remonte de mon estomac. Mes pulsations cardiaques cognent dans mes oreilles et des étoiles apparaissent dans mon champ de vision. Soudain, une douleur vive me transperce le bas-ventre. Je me plie en deux. Quand un liquide chaud s'écoule dans ma culotte et dévale le long de mes cuisses, je passe la main sur mon leggings. Mes doigts sont couverts de sang.

Puis, c'est le trou noir.

CHAPITRE 32

Charlie

Un bip régulier me réveille. J'ouvre difficilement les yeux, une lumière vive m'agressant aussitôt. Je ne suis pas dans ma chambre. Les murs sont trop blancs, les draps trop rêches et il flotte une odeur bizarre. *Où suis-je ?* Je me souviens de la soirée au bar, de mon envie de faire pipi, des toilettes.

—Elle se réveille, entends-je la voix soulagée de Romie, suivie de celle d'Éric l'informant qu'il prévient le médecin.

Le médecin ?

Zoé et Romie s'approchent. Leurs traits sont tirés et des poches soulignent leur joli regard.

—Hey, ma bichette, me salue Zoé les larmes aux yeux.

—Cou… cou, réponds-je d'un timbre enroué.

—Tu nous as fichu une de ces trouilles, me sermonne Romie.

—Qu'est-ce qui s'est passé ? Mon bébé ? débité-je à toute vitesse en essayant de m'asseoir.

Mais une violente douleur dans le ventre me cloue sur place.

—Tout doux, ma chérie. Ton bébé va bien. Tu as eu de grosses contractions, mais les médecins ont réussi à les stopper rapidement pour éviter le début du travail. Même si on a hâte de voir notre petit bout, ce n'est pas l'heure. Le docteur va arriver pour t'expliquer un peu mieux, me prévient Zoé.

En effet, ce n'est pas du tout le moment pour lui de venir au monde, il est trop faible. Il lui reste trois mois pour se préparer et grandir dans mon ventre. Je cajole ce dernier de manière instinctive.

La porte s'ouvre sur un homme d'un certain âge, en longue blouse blanche, aux traits doux et rassurants. Éric le suit. Il a l'air tout aussi éreinté que mes deux amies.

—Bonjour, mademoiselle. Ravi de vous revoir parmi nous. Vous nous avez fait une belle frayeur. Comment vous sentez-vous ?

—Fatiguée, et j'ai mal au ventre.

—Une infirmière va passer vous administrer de quoi calmer les douleurs. Malheureusement, votre travail a commencé, d'où la perte de sang. Nous avons dû vous perfuser pour stopper les contractions et empêcher que votre bébé ne naisse trop tôt. Et grâce au papa, nous avons pu vous prendre en charge rapidement. Cela dit, vous restez à risque. Vous allez devoir demeurer alitée quelques semaines pour donner à votre fille les meilleures chances possibles de pousser au chaud. Vous devrez éviter tout stress et tout exercice qui augmenterait la menace d'accouchement prématuré. Mais rassurez-vous, vous êtes entre de bonnes mains. Tout ira bien, me tranquillise le gynécologue.

—Ma fille, vous dites ?

—Oui, madame. Vous allez avoir une petite demoiselle, confirme-t-il avec un grand sourire.

Les larmes s'invitent sur mes joues. Je vais avoir une princesse. Ma fille. Mes deux amies sont en pleurs, elles aussi, heureuses de cette merveilleuse nouvelle. Elles prennent note de toutes les mesures que le médecin édicte pour ma protection et celle de leur future filleule. Moi, j'essaye d'emmagasiner toutes les informations énoncées. Il quitte ma chambre, me conseillant de me reposer, encore et encore.

Malgré l'annonce du sexe de mon enfant, les mots « accouchement prématuré » s'incrustent dans mon esprit. Une bouffée de stress m'envahit soudain. Il est hors de question que mon bébé vienne au monde avant l'heure. Je ne veux pas qu'elle soit branchée à une tonne de machines, comme on le voit dans les émissions. Elle est censée être en sécurité et protégée dans mon ventre. Je ferai tout mon possible pour la garder au chaud aussi longtemps qu'il le faudra. Une fois la pression retombée, le reste du discours du médecin me revient à toute blinde. *Heureusement que le papa vous a rapidement emmenée.*

— Pourquoi il a parlé du papa ?

Romie et Zoé se regardent tour à tour, sans me répondre. Romie se dandine d'un pied à l'autre, chose qu'elle fait chaque fois qu'elle est embarrassée. Je sens le truc louche.

— Alors ? insisté-je en soulevant le menton.

Zoé s'avance vers moi et avoue :

— C'est Will qui t'a transportée ici quand tu as perdu connaissance. Il t'a rattrapée avant que ton corps ne heurte le sol. Quelqu'un a crié qu'une femme enceinte faisait un malaise. Nous nous sommes précipités vers les toilettes et tu étais dans ses bras. Si tu avais vu son visage, il était complètement affolé.

La main sur la bouche, j'ai du mal à croire à cette histoire. Je n'ai plus aucun souvenir après ma sortie des sanitaires.

— Il a commencé à se poser des questions. Nous avons dû lui dire la vérité. On est désolées. Il t'a accompagnée jusque dans l'ambulance, menaçant quiconque l'empêcherait d'être avec toi. Il attend dans le couloir, lâche-t-elle dans sa lancée.

Mais qu'est-ce qu'il fiche ici ? Il est marié à l'heure qu'il est. Pourquoi est-il revenu... encore ? De la culpabilité ? Il a besoin de se faire pardonner de m'avoir quittée, brisée, pour pouvoir vivre en harmonie et heureux avec sa nouvelle femme. Mieux vaut pour lui que ce ne soit pas ça ! Après tout, pour qu'elle autre raison se serait-il tapé des milliers de kilomètres ? À titre

209

professionnel? Aucune idée, mais la seule chose que je sais c'est qu'il est là, dans cet hôpital, et il est au courant.

Les filles restent auprès de moi un long moment, jusqu'à ce que l'infirmière vienne changer la perfusion d'antalgiques.

—Les heures de visites sont bientôt terminées, mesdames, leur annonce-t-elle.

—Nous allons te laisser te reposer, ma chérie. Nous reviendrons demain, dit Romie en m'embrassant tendrement, suivie de Zoé.

—Voulez-vous que je fasse entrer votre mari, madame? Le pauvre attend depuis des heures dans le couloir. Il y a un lit d'appoint dans le placard pour qu'il puisse être auprès de vous cette nuit, m'informe-t-elle sur le pas de la porte.

—Non, ce n'est pas… enfin… Oui, bredouillé-je.

Elle me sourit timidement avant de quitter la pièce. Comment expliquer le fait que cet homme m'a abandonnée et qu'il n'est au courant de rien pour ma grossesse? En théorie, oui, c'est le père, mais nous ne sommes pas ensemble. Une histoire digne d'un film.

Deux petits coups à la porte me font sursauter. Mon cœur s'emballe quand j'aperçois sa silhouette dans l'encadrement.

—Salut, dit-il d'une voix grave.

Son visage fermé paraît épuisé. De profonds cernes soulignent ses yeux. J'essaye de le sonder, mais il ne laisse rien filtrer.

—Salut.

Il approche, tête basse, évitant de me fixer. Je n'ose pas amorcer la discussion. Soudain, son timbre perce le silence de cette chambre froide.

—Le docteur dit que tu as eu beaucoup de chances.

—Oui. Merci, c'est grâce à toi. Cela aurait pu être bien pire, si tu n'avais pas été là. Notre fille n'est pas prête.

La dernière phrase lui fait relever la tête et nos regards se croisent enfin. La peine mélangée à la joie qui transparaît sur ses traits me provoque une montée de larmes. La culpabilité m'envahit.

—Notre fille? Tu es sûre que c'est le mien? ose-t-il me demander.

La colère me frappe de plein fouet. *C'est quoi cette question? Il pense que je l'ai oublié d'un coup de baguette?*

—À ton avis? réponds-je sèchement. Fais le calcul! Tu crois quoi? Que je suis allée voir ailleurs ou que je suis passée à autre chose quand tu as décidé de te barrer?

—Non! Non! Pas du tout. Excuse-moi, c'était une question bête. Mais mets-toi à ma place, putain! Je reviens ici et je te trouve enceinte sans être au courant. Et maintenant, j'apprends que je vais avoir une fille. Tu pensais me le dire quand? Hein? rétorque-t-il, la rancœur dans la voix.

Les yeux baissés sur le drap entortillé entre mes doigts, je ne réponds pas. Des larmes silencieuses coulent le long de mes joues, mon cerveau à saturation de ces dernières quarante-huit heures. Will est revenu. J'ai failli perdre mon bébé. Je vais devoir rester alitée jusqu'à la fin de ma grossesse. Les hormones mettent mes émotions à rude épreuve. Je ne sais plus gérer les sentiments qui me submergent. Nul besoin de sa pitié ni de ses excuses. Il s'approche encore. Son index s'insinue sous mon menton pour me faire relever la tête.

—Charlie? Ma belle? Regarde-moi.

Son timbre est si bas, si doux, voilé de tristesse, qu'il déchiquette mon cœur. Je refuse qu'il m'appelle ainsi. Il en a perdu le droit.

—Je suis fatiguée, Will.

—Très bien. Je vais te laisser te reposer, rend-il les armes.

Il s'apprête à sortir, mais s'arrête, la main sur la poignée, puis se retourne.

—Je suis désolé, Charlie. Pour tout ce que je t'ai fait, murmure-t-il.

La porte se referme sur l'homme de ma vie, emportant à nouveau un morceau de mon cœur.

211

CHAPITRE 33

Will

Je referme la porte sur la femme que j'ai brisée. Cette femme que j'aime à en crever et qui porte mon bébé. *Notre bébé*. En repensant à la soirée déguisée, mon cœur se serre. Je me suis fait discret depuis mon retour, désireux de la revoir, quoi qu'il m'en coûte. Lorsque je l'ai aperçue à cette table avec ses amies, il m'a fallu beaucoup de force mentale pour ne pas courir la prendre dans mes bras. À la place, j'ai contemplé les traits de son visage ; ils n'ont pas changé. Bien au contraire, ils reflétaient un petit truc en plus, impossible à déterminer. Quand elle s'est retournée en balayant la pièce du regard, comme si elle cherchait quelqu'un, j'ai bien cru avoir été repéré. Et puis, l'occasion s'est présentée au moment où elle s'est rendue aux toilettes. C'était ma chance. Qu'elle me bouscule en sortant de cette pièce n'était pas prévu, ni la vision de son ventre arrondi. Une nanoseconde, j'ai présumé qu'il était faux. Et puis, j'ai compris. Charlie était bien enceinte. Ce qui sous-entendait qu'elle était passée à autre chose, que notre histoire n'était plus qu'un lointain souvenir. Un douloureux retour de bâton. *Voilà ce que tu récoltes quand tu brises le cœur de la femme de ta vie.*

Tous les deux choqués, je n'avais pas supposé la suite des événements de cette façon : le sang sur ses mains, son malaise, l'hôpital. Comme un con, j'ai osé lui demander si elle était sûre que je suis le père. Dans l'affolement, je n'ai fait aucun rapprochement ni calcul. Je gère pourtant une entreprise ; les chiffres, ça me connaît. Sauf que je n'avais pas imaginé nos retrouvailles ainsi. J'étais à mille lieues de la revoir des semaines plus tard, enceinte jusqu'aux dents et qui plus est de mon enfant.

Je retourne à l'hôtel pour prendre une bonne douche et rejoindre Elliot qui m'attend dans notre chambre. Quand j'ai décidé de revenir affronter mes conneries, il a souhaité être aux premières loges de «mon massacre» comme il se plaît à le décrire. Mais aussi, pour me soutenir et m'aider à mettre de l'ordre dans le bordel que j'ai créé. Il est venu au bar avec moi ce soir-là, mais s'est vite retrouvé trop occupé avec Zoé. Du coup, il n'a pu qu'assister au naufrage qui a suivi. Maintenant, il m'épaule pour toute la merde qui me tombe dessus.

Le seuil franchi, je suis accueilli par mon ami en pleine séance d'abdos quotidiens.

—Lut ! lance-t-il, un œil sur moi, mais toujours concentré.

—Salut.

Il s'interrompt, son attention fixée sur moi et demande :

—Alors, comment va-t-elle ?

—Elle a repris connaissance. Repos forcé, ordre du médecin. Le temps que les contractions se calment pour donner un max de chances au bébé. Les filles sont auprès d'elle.

Il se relève et attrape sa bouteille d'eau.

—Bon, c'est déjà un bon point. Elle est surveillée de près. Ça va aller maintenant.

Je m'assieds sur le lit et me prends la tête entre les mains en fermant les yeux.

—J'ai merdé, Elliot. Pourquoi je suis revenu ?

—Pour lui dire que tu l'aimes comme un dingue et que tu feras tout ce qu'il faut pour la reconquérir, même si tu as tout fait capoter, répond-il calmement.

—Et si elle ne veut plus de moi ? Je lui annonce mon mariage, puis l'abandonne sur un trottoir comme un lâche, sans me retourner. Et là, j'apprends qu'elle attend mon enfant. Tu crois vraiment qu'elle va me laisser une seconde chance ? quémandé-je en relevant la tête, les yeux rougis par l'émotion.

Elliot s'approche de moi et pose une main ferme sur mon épaule.

—Avec des «si», on peut refaire le monde. Arrête de te triturer l'esprit. Tu vas retourner la voir, tout lui déballer, tout mettre en œuvre pour rattraper tes merdes ; en bref, te comporter comme un homme.

Ce mec a un don pour vous replacer sur le droit chemin. Il ne vous tire pas vers le bas en ressassant toutes les bêtises perpétrées. Au contraire, il s'en sert pour les transformer en positif et vous faire remonter la pente. Ses mots me donnent le courage d'effectuer le nécessaire pour cette femme ; ma femme. Même si elle ne le sait pas encore.

—Au fait, tu t'es bien éclaté avec Zoé, l'autre soir ? le questionné-je pour changer de conversation.

Sa bouteille d'eau en suspens au-dessus de ses lèvres, Elliot frotte sa nuque.

—Ouais. Elle a l'air sympathique, me répond-il, mal à l'aise.

—Hum, sympathique ? répété-je en arquant un sourcil.

—Oh ça va ! Elle est plus que sympathique. Elle est canon et drôle. Son attitude vigilante et le fait qu'elle restait sur ses gardes dès que je l'approchais confirment bien ce que tu m'as raconté sur le traumatisme qu'elle a vécu.

—Tu as tout de même réussi à la faire sortir de ses retranchements. Dis-moi, c'est quoi ton secret ? Tu as de super pouvoirs ? insisté-je en remuant mes doigts tel un magicien.

—J'en sais rien, moi. Les gens me font juste confiance, clôt-il la discussion en me balançant sa serviette au visage avant de s'enfermer dans la salle de bain.

Confiance. Un sentiment qui m'est bien étranger depuis quelques années. Il m'est tellement difficile de l'accorder au quotidien à autrui que me retrouver à devoir convaincre Charlie de m'offrir à nouveau la sienne me paraît insurmontable. Faire en sorte qu'elle croit de nouveau en moi, alors que je l'ai blessée, sera la chose la plus dure à entreprendre. Tout ce qui a pu arriver jusqu'à maintenant, c'est de la gnognotte comparée à ce qui se profile à l'horizon. Et je vous assure qu'il s'en est passé des trucs en quelques semaines.

J'ai planté mon ex-fiancée, en pleine cérémonie de mariage, démissionné de la société familiale sans prévenir. Ils ont dû comprendre ce qui se tramait quand j'ai hurlé à tout le monde dans l'église d'aller se faire foutre.

Un mois. Trente putains de jours à me morfondre, enfermé chez moi, jusqu'à ce que Elliot me remette sur le droit chemin. Les deux mois suivants, j'ai planifié mon retour en Norvège pour tenter de recoller les morceaux avec ma copine, sans savoir quoi faire si elle refusait de me donner une seconde chance.

Je crois avoir bien résumé mon existence actuelle. J'ai tout foiré. Il faut que je récupère Charlie. Car l'évidence qui m'explose le cœur à présent, c'est qu'elle est la femme de ma vie et qu'elle porte mon bébé. Rien ne pourra m'arrêter. Je suis déterminé à la reconquérir. De toute façon, je n'ai rien de mieux à faire, vu que j'ai tout plaqué pour elle. Je veux être présent pour elle. Si malgré tout, elle décide que son bonheur n'est pas avec moi, alors soit. Mon objectif c'est la rendre heureuse, quand bien même ce serait loin de moi. Je serai tout de même auprès d'elle pour l'aider à élever notre enfant. C'est mon rôle de père et je l'assumerai.

Les jours suivants, j'effectue des allers-retours entre l'hôpital et l'hôtel. Toujours présent pour Charlie, sans trop l'étouffer. Elle a compris que je ne partirai pas. Ses copines aussi d'ailleurs. Bien que

Zoé ne voie pas d'un très bon œil ma présence, elle a fini par lâcher l'affaire, non sans quelques avertissements s'il me prenait l'envie de maltraiter Charlie à nouveau. Heureusement, Elliot arrive à apaiser sa nouvelle protégée. Je ne sais pas ce qu'il se passe entre eux, mais pendant qu'il canalise cette furie, je peux essayer de recoller les morceaux avec Charlie. Nous n'avons toujours pas soulevé le sujet de mon retour, mais ça viendra, bientôt.

Aujourd'hui, le médecin lui a donné son accord pour rentrer à la maison, à condition qu'elle ne fasse aucun effort et qu'elle reste tranquille jusqu'à la fin de sa grossesse. Et croyez-moi, avec Charlie, rien ne sera facile.

—Non, mais c'est bon. Lâchez-moi, tous! Je ne suis pas en sucre. Je ne vais pas m'effondrer. Je peux encore marcher toute seule, je vous signale, grogne-t-elle en franchissant le pas de sa porte.

—Excuse-nous de faire attention à toi! s'insurge Zoé qui maintient le bras de son amie pour l'aider à traverser le salon.

—Et le médecin a dit: pas d'effort! lancé-je à mon tour, la soutenant de l'autre côté.

Charlie me fusille du regard. Je suis tellement proche d'elle que je peux voir ses iris s'enflammer.

—Qu'est-ce que tu fiches ici, toi, d'ailleurs?

—Il est là pour nous donner un coup de main, répond à ma place Romie, derrière nous.

—Je ne suis pas infirme. Je suis enceinte! Bordel de mes c…

D'un doigt sur sa bouche, je l'empêche de finir sa phrase.

—Enceinte, oui nous savons. Et je te rappelle juste que tu as failli perdre notre bébé. Alors, excuse-nous d'être un peu sur les nerfs et de nous inquiéter pour toi, Charlie. Donc, tu vas cesser de râler, poser ton joli derrière dans ton lit et te coucher! Est-ce clair? la sermonné-je d'un ton légèrement autoritaire.

Fichue nana. Elle va me rendre dingue!

217

Ses yeux me lancent des éclairs, mais elle abdique et s'allonge avec une moue boudeuse qui me tire un rire.

— Arrête de sourire ! Je te signale que tu es là uniquement parce que, bien que je ne puisse plus rien y faire maintenant, tu es le père de ce bébé. Mais cela ne te donne aucun droit sur moi. Tu n'es rien de plus, à présent, que le géniteur ! Me suis-je bien fait comprendre ?

Ouch ! Celle-là, je l'ai méritée. Un point partout ! Balle au centre ! Mais je n'ai pas dit mon dernier mot.

— C'est ce que nous verrons, ma belle.

Sur ces bonnes paroles, je ferme la porte avant de me prendre le reste des injures à la tête. *Elle a décidé de me mener la vie dure. Parfait ! J'adore relever ce genre de défi.*

Chapitre 34

Charlie

Je vais devenir dingue ! Déjà que tout le monde me traite comme une poupée de porcelaine. Je suis, en plus, enfermée dans cet appartement depuis des jours. Mes seules activités autorisées sont : lire, dormir et regarder la télévision. Une sage-femme passe quotidiennement à la maison pour procéder à un examen minutieux et vérifier le cœur du bébé. C'est l'unique moment où je me calme pour écouter ce son magnifique et le mémoriser jusqu'à la prochaine visite.

Je vais finir par tuer quelqu'un tant mes hormones sont en ébullition. Déjà enceinte, c'est une effervescence d'émotions contradictoires, mais quand vous êtes enfermée chez vous, sans pouvoir bouger, je vous garantis que tous vos ressentis sont multipliés par cent. Imaginez, par-dessus le marché, votre ex, qui vous a brisé le cœur, effectuer des tournées journalières pour vérifier que vous exécutez bien les ordres du médecin. Vous seriez dans quel état ?

Des clefs dans la serrure attirent mon attention. Qui a décidé de mettre fin à mon calvaire et m'offrir un peu de compagnie ?

—Hello, ma beauté !

Je souffle quand j'aperçois le joli minois de Romie apparaître.

219

—La meilleure est là! l'accueillé-je, en joie.

—Ha, ha! Tu dis ça, seulement parce que je te ramène toujours à manger.

Manger? Ah oui, encore un truc fou. Plus la grossesse avance et plus vous devenez une sorte d'ogresse qui bouffe tout ce qui passe sous vos yeux, enfin sous votre nez.

D'ailleurs, mon flair infaillible de femme enceinte perçoit une odeur familière qui me met l'eau à la bouche. Ma vision de lynx repère aussitôt le logo de notre boulangerie.

—Brioches? questionné-je, à l'affût de ce parfum alléchant qui se dégage du papier blanc.

—Tout doux, ma chérie. Laisse-moi nous faire une infusion avant de tout dévorer.

—Je passe mes journées isolée dans ce grand appartement. Voilà des jours que je n'ai pas vu la couleur du ciel, hormis derrière mes fenêtres. J'ai lu tous mes bouquins, achevé les huit saisons de Vampires Diaries. Et mon unique source actuelle de bonheur, c'est ce petit sachet que tu m'apportes gentiment. Donc, ne me demande pas d'attendre sachant qu'être enfermée me rend dingue, préviens-je, sur les nerfs.

J'ignore si ce sont mes yeux larmoyants, ou bien la voix de Lucifer qui a pris possession de la mienne, mais elle finit par me tendre une de ces douceurs. Quand mes papilles entrent en collision avec le goût sucré, mes pulsions sont mises sur OFF l'espace d'un instant. Juste ce qu'il faut pour lui laisser le temps de nous préparer la boisson chaude qui se marie parfaitement avec ce genre de délice. Affalée sur mon canapé, je savoure ma quatrième brioche. *Rhooo, ça va! Elles sont petites. J'ai le droit d'en manger plusieurs. Je suis enceinte. Je dois prendre des forces pour l'accouchement.*

—Alors, des nouvelles de Will? me demande-t-elle de but en blanc.

Faisant attention à ne pas m'étouffer avec mon dernier morceau, je lui réponds aussi sereinement que possible.

—Il doit passer ce soir.

—Super! C'est un bon début, tout ça.

—Sérieusement, Romie? Il pense vraiment qu'il peut revenir, la bouche en cœur après des mois d'absence? Juste parce qu'il culpabilise. Et sa femme dans l'histoire? Tu crois qu'elle est au courant de ses escapades en Norvège?

—Je ne sais pas, ma chérie. Il va bien falloir que vous en discutiez. Vous ne pouvez pas rester comme ça indéfiniment, soupire-t-elle.

—Eh bien, ce soir sera l'occasion rêvée. Il ne partira pas d'ici sans m'avoir donné de raisons valables, conclus-je, sûre de moi.

—Est-ce que tu t'en contenteras, Charlie?

Bonne question. Est-ce que ses explications vont suffire à soulager la peine et la douleur provoquées?

Après avoir essayé je ne sais combien de tenues, pesté dans toutes les pièces de mon appartement parce que je ne trouve rien à me mettre, je capitule. *De toute façon, ce n'est pas un rencart.* Du coup, j'ai opté pour une tunique de grossesse qui souligne mon ventre arrondi, un *leggings* noir assorti et de jolies chaussettes polaires aux motifs *cupcakes,* ensuite j'ai rassemblé mes cheveux en un chignon désordonné.

Avec une once d'anxiété, j'attends l'arrivée de Will. C'est la première fois que nous nous retrouvons seuls tous les deux. Soudain, la panique m'envahit. *Mais qu'est-ce que je fous? Pourquoi j'ai accepté ce dîner? Je ne peux pas le faire. Je ne peux pas l'affronter ce soir.*

Le bruit de la serrure stoppe toute pensée incohérente de fuite. Quelle idée aussi de lui confier un double? Vite, ni vu ni connu, je feins de lire un livre.

—Bonjour, ma belle ! chantonne gaiement Will en pénétrant chez moi, chargé d'un cabas.

—Salut.

Mon ton morne le fait tiquer, mais il ne relève pas. Je déploie mes défenses et me cloître derrière.

—Tu as passé une bonne journée ?

—À ton avis ? Je suis bloquée ici depuis des jours sans pouvoir sortir, l'agressé-je, sans savoir pourquoi.

Will se racle la gorge et vide le contenu de son sac.

—J'ai acheté de quoi faire des pâtes carbonara. J'espère que tu as faim.

Le grondement de mon estomac répond à ma place. Même après toutes ces brioches, j'ai encore faim. Je m'épuise moi-même. Will sourit.

—Avant tout, j'ai une petite chose pour toi, m'annonce-t-il en sortant un fin paquet rectangulaire orné d'un nœud rouge.

—Qu'est-ce que c'est ? demandé-je, surprise.

—Ouvre-le, m'ordonne-t-il en me le tendant.

J'arrache le papier de mes doigts tremblants et y découvre une liseuse, soigneusement emballée dans son carton. Elle est trop belle.

—Je sais que les journées te paraissent longues et que tu as dû lire et relire une dizaine de fois tes romans. Alors je me suis dit qu'avec ça, tu pourrais en télécharger plus et que le temps passerait plus vite.

Murée dans mon silence, je n'y crois pas. Ses yeux bleus m'interrogent. Les traits de son visage, ceux qui m'ont tant manqué, se dévoilent enfin, après tous ces mois d'absence. Je cherche le moindre changement qui pourrait le rendre moins attirant, mais rien n'y fait. Sa mâchoire carrée souligne toujours parfaitement sa fine bouche qui m'a embrassée tant de fois.

—Si jamais tu n'aimes pas, je peux très bien la ramener. Je ne sais pas vraiment si tu accordes une grande importance à lire sur papier ou sur écran, se justifie-t-il devant mon mutisme.

Je secoue la tête rapidement puis ma bouche finit par fonctionner à nouveau, émue.

—C'est parfait. Merci beaucoup.

Il acquiesce et continue de tout déballer afin de nous préparer le dîner. Pendant ce temps, je découvre minutieusement mon nouveau cadeau. Un éclairage conçu pour une lecture confortable la nuit. Un écran antireflet pour le plein soleil et une capacité de stockage jusqu'à six mille livres. Autant d'histoires dans ce petit objet ? Mon cœur fait des bonds dans ma poitrine. Ce cadeau est exceptionnel. Je m'empresse de télécharger mes premiers romans préférés, après avoir réglé tous les paramètres.

—À table ! résonne la voix de Will depuis la cuisine.

Dirigée par mon estomac, je délaisse mon nouveau jouet pour une chose plus importante. Je ne suis plus maître de mon corps, c'est lui qui dicte mes mouvements à présent. Et là, il a faim. Encore !

L'odeur des pâtes et des lardons emplit l'appartement. Ça sent trop bon ! Je me mets à table pendant que Will me sert une belle assiette. Ce mec sait s'y prendre avec la bouffe, entre autres… C'est succulent !

Je suis faible. Hors de question de me faire avoir par ce cadeau parfait et son plat à tomber par terre. Je ne vais pas lui permettre de s'en tirer de cette façon. Il m'a abandonnée après m'avoir menti pendant des jours. Tout le chagrin me revient en pleine face comme un boomerang. Mes poings se ferment et ma respiration s'affole.

—Tu crois que ta surprise et ton petit repas délicieux vont effacer les derniers mois d'absence ? explosé-je.

Il repose soigneusement sa fourchette, j'ai dû lui couper l'appétit. *Bien fait !*

—Et, dis-moi, ta femme, elle en pense quoi de ton escapade en Norvège ? Est-ce qu'elle est au courant au moins ? lâché-je, acerbe, sans lui accorder le temps de répliquer.

Les poings sous le menton, il m'observe. Son silence répond à mes questions, mais augmente ma colère envers lui. Je me lève péniblement, lassée par toute cette mascarade.

—Va-t'en, exigé-je d'une voix calme avant de quitter la pièce.

Il me suit jusque dans le salon sans un mot.

—Will, je suis fatiguée de toute cette histoire. Pourquoi ne veux-tu pas me laisser tranquille et partir ?

Il ne me parle toujours pas. Épuisée de me battre contre le vent, je m'apprête à m'enfermer dans ma chambre quand son aveu me pétrifie.

—Je ne me suis pas marié, me confesse-t-il dans un souffle.

Je fais volte-face et lui demande de répéter.

—Je ne me suis pas marié. J'ai pas pu. Aucune femme ne m'attend, reprend-il posément.

Je m'appuie sur le chambranle de la porte. Sentant mon trouble, Will se matérialise près de moi et m'incite à m'asseoir sur le canapé. La main sur la poitrine, je tente de calmer mes pulsations cardiaques en soufflant doucement.

—Le jour de la cérémonie, je suis parti. J'ai renoncé à tout pour venir réparer mes erreurs. Je me doute que rien ne pourra effacer le chagrin et la douleur que je t'ai causés. Mais sache que je ferai tout ce qui est en mon pouvoir pour te retrouver. Je t'aime. Je t'ai toujours aimée. Te quitter dans cette rue a été la pire connerie de toute ma vie, m'annonce-t-il d'une voix morne.

Un fou rire nerveux incontrôlable me gagne. Il a planté sa fiancée devant l'autel pour revenir ici. Il s'est enfui, laissant cette pauvre femme face à toute sa famille et ses amis, comme il l'avait déjà fait avec moi.

—Tu l'as abandonnée ? À l'église ? le questionné-je, incrédule.

—Oui.

Je me lève et arpente mon petit salon, n'en croyant pas mes oreilles. Will se lève à son tour et se frotte énergiquement la nuque.

—Écoute, je ne voulais pas me marier. C'était une façade, tente-t-il de m'expliquer.

Je continue mes va-et-vient en soufflant bruyamment. Il attrape mon coude pour m'obliger à me rasseoir. Il est si proche. Trop proche. Son odeur virile envahit mon espace, j'ai la tête qui tourne. Il prend mes mains dans les siennes.

—Écoute-moi, Charlie. C'était une idée de ma famille. Notre société devait fusionner avec une autre grosse entreprise de la côte. Ils trouvaient qu'unir le fils et la fille des grands patrons scellerait une association des plus puissante. Je n'étais pas au courant de toutes ces manigances au départ. J'ai rencontré Roxanne lors d'un cocktail organisé par nos parents respectifs, évidemment. Tout était calculé.

Je tique face au prénom de cette femme. Roxanne.

—Nous sommes sortis à plusieurs reprises ensemble, mais il ne s'est rien passé entre nous. Je te le promets. Mes parents avaient déjà tout prévu, bien entendu.

Il s'interrompt une seconde puis, devant mon mutisme, reprend :

—Après la mort de Logan, j'ai fait beaucoup de conneries. Trop, qui m'ont coûté cher. Un soir, la police m'a arrêté pour la énième fois, en état d'ivresse. Mon père m'a évité la taule à la seule condition que je travaille avec lui et obéisse à toutes ses exigences. Je suis devenu un homme d'affaires intraitable le jour et un véritable queutard la nuit, enchaînant les conquêtes. Un pas de travers, et mon paternel me renvoyait directement en prison, sans passer par la case départ. Lorsqu'il m'a annoncé la fusion de notre entreprise avec celle du père de Roxanne, je n'ai compris que trop tard ce que ça incluait. Un mariage forcé. J'étais coincé dans un engrenage qui refermait le piège sur moi de plus en plus. J'étouffais dans une vie que je ne maîtrisais plus du tout. Je faisais exactement ce qu'on me demandait, quand on me le demandait, sans réfléchir à si c'était ce que je voulais ou non.

Il me confie comment, un soir, il a bu plus que de raison pour oublier son sort. Il est tombé sur une vieille photo de Logan, lui et moi.

—Tu n'as plus jamais quitté mes pensées depuis ce soir-là. Je devais te retrouver et quand c'est arrivé, je n'ai jamais pu te dire la vérité sur la raison de ma venue, m'avoue Will, toujours accroché à mes mains.

La suite, je la connais. Après que Zoé a subi l'agression, il a dû repartir régler des problèmes liés à la fusion. Il ajoute qu'il a compris une fois sur place qu'il s'agissait juste d'un stratagème de ses parents pour qu'il rentre sans poser de difficultés.

—La machine était lancée. Invitations, décoration, réception, robe, costume. L'heure était venue d'assumer mes responsabilités, mais je voulais te voir une dernière fois. Je te devais la vérité et ça a été la chose la plus dure que j'aie eue à faire. J'avais le cœur en miettes de t'infliger tout ça, de partir sans explication, Charlie. Tu es devenue ma lumière, alors que les ombres possédaient mon âme depuis bien longtemps. Tu m'as sorti des ténèbres dévorantes, nourries par tant d'années de solitude. Je t'aime. Je t'aime comme je n'ai jamais aimé personne.

Mes yeux se posent sur nos mains jointes. Mes oreilles bourdonnent, encombrées par tout ce qui vient de m'être révélé. Ma bouche refuse de parler.

—Je suis tellement désolé, Charlie, si tu savais.

Un silence de plomb nous écrase. Quand une goutte atterrit sur le dos de ma main, je relève la tête ; elle ne provient pas de moi. Les joues de Will sont baignées de larmes. Mon cœur se fissure. Le voir ainsi, se mettre à nu devant moi, ne me laisse pas insensible. Cet homme que j'ai aimé, que j'aime toujours. Moi qui pensais avoir enfermé toutes ces émotions à double tour depuis son aveu. Je prends conscience de m'être bien fourvoyée. Mes doigts se meuvent de leur propre chef, remontent jusqu'à sa pommette qu'ils caressent tendrement. Ses prunelles accrochent les miennes et m'expriment tout ce dont les mots sont incapables. Il a fallu un regard, ce putain de regard bleu lagon pour abaisser ma garde et remettre le bordel dans les sentiments enfouis.

Et puis, dans un moment de faiblesse, j'approche mon visage du sien, dépose un léger baiser sur ses lèvres mouillées. Un effleurement au début, puis s'abandonnant à ma caresse, Will devient plus exigeant, plus dur. Sa bouche écrase la mienne avec fièvre. Elle traduit toutes ses émotions comme une déferlante en pleine tempête. Je prends tout ce qu'il me donne ; si cela permet d'effacer ne serait-ce qu'une infime partie de son chagrin, j'accepte d'en être le réceptacle. Ce n'est qu'un baiser, pourtant il signifie tellement plus. Nos étranges sentiments débordent de nos cœurs, s'expriment à travers lui, avec passion, sans retenue. Ses paumes remontent le long de mes bras, caressent mon cou pour venir encadrer ma mâchoire, renforçant encore le lien de nos lèvres. C'est ce moment que le bébé choisit pour gigoter. Je me reconnecte à la réalité.

Je ne peux pas. C'est trop facile.

—Je… je n'aurais pas dû, lui dis-je doucement en m'arrachant à son étreinte.

Il me regarde avec toute la tendresse qu'il me porte.

—Charlie, supplie-t-il en tentant de me retenir.

Je m'écarte de lui et le stoppe d'un geste.

—Will, non. S'il te plaît. Tu sais, depuis la mort de Logan, je ne pensais pas revivre une telle douleur. Mon monde s'est écroulé à sa disparition. Je me suis relevée et me suis battue, jour après jour, pour remonter la pente. Je mène la vie que je me suis construite, mais il me manquait une chose pour qu'elle soit complète. Tu prétends que je t'ai réveillé, mais toi aussi tu m'as réveillée. Tu as mis ma vie et ma tête sens dessus dessous. Gérer toutes ces émotions ressenties, grâce ou à cause de toi, a été compliqué. Craquer pour le meilleur pote de mon petit ami mort était une ineptie. C'était inconcevable. Et puis, tu me détestais, enfin, c'est ce que je croyais. Et c'est arrivé. Je suis tombée amoureuse de toi, sans le vouloir. J'adorais toute la passion de notre relation, la force que tu me transmettais. Puis, tu as décidé de briser tout ce qui nous liait, toi et moi, en une fraction de seconde.

Je suspends mon monologue tant ma gorge se noue et mon estomac se tord sous l'émotion de ce souvenir. Mes larmes coulent en continu. Puis, je reprends :

—Tu es parti ; tu m'as abandonnée... comme Logan. Cette douleur contre laquelle j'ai combattu durant des années, que je pensais avoir vaincue, m'a de nouveau engloutie. J'étais devenue un zombie. Mon corps était présent, mais mon cœur est resté sur ce trottoir. À l'instant où j'ai appris pour ma grossesse, toute ma vie a basculé. Je n'étais plus responsable que de moi, un petit être grandissait en moi, et ma mission était de le protéger. Alors je me suis relevée et j'ai avancé, sans toi. Aujourd'hui, tu es là, devant moi, et tu t'attends à ce que je retombe dans tes bras. Non. Désolée. Je ne peux pas, lui avoué-je en essuyant mes joues mouillées.

Je quitte la pièce, mettant une distance suffisante entre lui et moi.

CHAPITRE 35

Will

Je reste planté dans le salon, tandis que Charlie s'enferme dans sa chambre. Mes doigts caressent mes lèvres comme pour prolonger cet instant de bonheur, mais les effets se dissipent déjà. Je fixe bien trop longtemps cette porte close qui me sépare d'elle. Quand mes yeux se posent sur son cadeau, lui avoir fait plaisir me procure un sentiment de fierté énorme. Merci, Romie, de m'avoir vaguement soufflé l'idée! Grâce à cela, Charlie a amorcé un pas vers moi ce soir. Je me contente de cette mini victoire pour aujourd'hui, même si son rejet a été brutal. Charlie ne m'a pas oublié et je m'en réjouis, car j'aime cette femme à en crever. Elle a besoin d'un moment pour digérer ce qu'il s'est produit. Je vais en baver, c'est certain. Quand bien même j'accuse le coup, elle en a le droit.

Les jours suivants, j'alterne mes venues chez Charlie. Nous nous accordons sur un planning de roulement pour ne pas la laisser seule des heures. Notre discussion n'est pas revenue sur le tapis. Chacun a pu déballer ses sentiments, ses rancœurs, et je lui octroie le temps nécessaire pour accepter ma présence à ses côtés, mais je ne lâcherai pas l'affaire. Je l'ai quittée une fois, je ne recommencerai pas.

J'ai trouvé un petit appartement à louer non loin du sien. Ce qui me permet de la rejoindre rapidement quand elle a besoin de moi. Elliot est reparti en France avant mon emménagement, mais qu'il revienne très bientôt pour revoir sa tornade brune ne m'étonnerait pas. Lui et Zoé ont développé une sorte de lien indéchiffrable qui a débuté par des cours de boxe. À notre grand désespoir, aucun des deux n'a encore effectué le premier pas. Je prédis que cela sera très, très long. Cependant, je souhaite à mon ami tout le bonheur et la vie qu'il mérite.

J'ai été engagé dans l'entreprise de bâtiment d'Éric. Au détour d'une conversation, j'ai pu lui avouer ma passion pour l'architecture. Grâce à lui, j'ai retrouvé mes crayons et ma table de dessin, abandonnés il y a bien longtemps. Quelle joie de ne pas avoir perdu ce don précieux! Éric est devenu par la même occasion un ami sur lequel compter. Surtout quand la situation avec Charlie m'échappe. Comme aujourd'hui.

Assis par terre depuis plus d'une heure, essayant de monter le berceau de ma fille, je m'arrache les cheveux. Je suis architecte, cela ne devrait pas être si compliqué d'assembler trois planches et cinq vis. Bon, OK, c'est bien plus que ça! Mais dites-vous bien que la seule chose dont j'ai envie, maintenant, c'est d'y mettre le feu. Mes nerfs lâchent.

Et, évidemment, Charlie ne m'aide pas du tout. Après l'avoir obligée à s'installer confortablement dans le canapé, elle a décidé de râler et de commenter tous mes faits et gestes. Je l'aime, promis juré, mais en ce moment, je voudrais la bâillonner. Rien de sexuel là-dedans. Je suis à dix mille lieues de ces idées lubriques, bien qu'en manque. L'avoir près de moi et ne pas pouvoir la toucher, c'est pire que le célibat. Elle ne peut pas m'aider, je le sais bien. Son repos forcé l'empêche de participer à l'arrivée du bébé et cela la transforme en Godzilla.

Elle peste et souffle.

—Laisse-moi te donner un coup de main, Will.

—Non! Tu ne dois pas faire d'efforts, Charlie.

—Putain! Mais je ne suis pas infirme.

—Tu es alitée. Ça veut dire : aucun effort. Il va bien falloir que tu l'acceptes, répliqué-je, excédé par son comportement.

—Eh bien, je commence en avoir marre! Je ne peux même pas préparer la chambre de mon bébé moi-même, s'indigne-t-elle.

Si elle persiste, dans deux minutes, je craque. *Ce fichu lit ne va pas! Pourquoi cette planche n'est pas droite, bon sang?*

—Tu n'es plus seule, maintenant, lui rappelé-je en la regardant.

—Pour combien de temps? Je l'ai été jusqu'à présent, rétorque-t-elle en me fixant droit dans les yeux.

C'est la goutte d'eau qui fait déborder le vase. Le tournevis que je tenais vole dans la pièce. J'avance vers elle d'un pas décidé. Le contrôle m'échappe. Puisque c'est ce qu'elle souhaite si ardemment, je ne vais plus la traiter comme une petite chose fragile. Elle n'est pas en sucre, a-t-elle dit la dernière fois. Très bien.

—À qui la faute? rugis-je, si proche d'elle qu'elle sursaute.

—À celui qui m'a menti, répond-elle sans sourciller.

Son coup de poignard me brise. Je l'ai cherché. J'ai bien compris qu'elle ne me passera rien, décochant ses flèches en plein cœur dès que l'occasion se présentera.

Mais les rôles s'inversent cette fois-ci. Ses reproches sont justifiables, et, en temps normal, j'accepte sans broncher qu'elle me malmène, car mon désir le plus cher est qu'elle m'en tienne plus rigueur; pas aujourd'hui. Pas alors que je m'échine à monter le lit de notre fille. Un moment qui devrait être agréable, pas empli de disputes.

—Oui, je t'ai menti, trahie et quittée. Je ne me le pardonnerai jamais. Si je pouvais effacer tout le mal que je t'ai fait, crois-moi, je le ferais, mais je n'ai pas ce pouvoir. Je pourrais m'excuser à l'infini, ça ne fera pas disparaître la douleur que tu as ressentie. Mais je persisterai malgré tout à te le dire, encore et encore, jusqu'à ce que ça rentre dans ta caboche plus dure que le marbre. Et puisque les actes sont tout aussi forts que les mots, je te le prouverai jusqu'à la fin de ma vie. Je suis là et je ne partirai pas. Je t'aime comme un dingue.

—Qui me dit que tu ne vas pas m'abandonner à la moindre occasion? s'entête-t-elle.

Je recule et fais les cent pas en tirant sur mes cheveux.

—Putain! Mais je suis là, Charlie! Devant toi et depuis des jours, malgré le caractère de merde que tu as en ce moment. Je suis en train d'essayer de monter ce lit de notre fille. Et toi, tu m'accuses, toujours! Mais c'est pas grave, je l'accepte, car je veux faire partie de ta vie. Bordel! Que te faut-il de plus pour que tu le comprennes? Merde! J'en ai ras le bol! vociféré-je avant d'attraper mes affaires et de claquer la porte.

J'ai besoin de prendre l'air.

CHAPITRE 36

Charlie

Il est parti. Je reste interdite face à cette porte qu'il vient de claquer. La main portée à ma poitrine, mon cœur rebondit frénétiquement sous ma paume. *Qu'est-ce que j'ai fait ?* J'y suis allée un peu fort, mais je ne peux pas m'empêcher d'avoir peur. Je ne peux pas non plus lui accorder de nouveau une confiance aveugle. L'avoir près de moi est déjà très compliqué à gérer. Ses attentions au quotidien abattent mes défenses les unes derrière les autres, mais je refuse de me faire avoir encore une fois. J'ai affronté la mort, la souffrance de l'abandon et la trahison. Toutes ces choses qui augmentent mon angoisse. Sauf qu'il n'y a que moi qui peux le comprendre.

Comment lui expliquer que chaque dispute, chaque haussement de ton, chaque porte qui claque me renvoient directement sur ce trottoir et accentuent cette crainte ? Bien que je tente de ne rien laisser paraître à l'extérieur, s'il pouvait lire en moi, il verrait tout ce que j'éprouve en ces instants.

Une sensation bizarre me gagne et la panique m'envahit. Je ne veux pas qu'il m'abandonne encore. Je ne suis pas sûre de pouvoir le supporter. Je l'ai perdu une fois. J'ai perdu Logan. J'ai failli perdre mon bébé. Mon souffle se bloque ; j'ai du mal à respirer. Une crise d'angoisse s'empare de moi.

Je file m'allonger dans ma chambre, essayant de me calmer. De gros sanglots me secouent. Tous ses sentiments enfouis au plus profond de moi depuis trop longtemps s'évacuent dans le sel de mes pleurs. Enroulée dans ma couette, je n'aperçois pas Will entrer.

—Charlie, ma belle. Je suis désolé.

Sa douce voix m'enveloppe dans un cocon rassurant. Il est revenu. Il pose un sachet blanc que je reconnais sur la table de nuit. Je renifle, essuie ma figure et me redresse avec précaution pour m'asseoir. De mes yeux bouffis, je le scrute, tandis qu'il me sourit affectueusement avant de caresser ma joue. Mes pupilles alternent entre le turquoise de ses iris et la petite poche de notre boulangerie qui m'attend sagement. Il était juste parti m'acheter une viennoiserie. Mes hormones de grossesse prennent le relais et les larmes roulent de plus belle sur mon visage. Mon cœur tranquillisé se gonfle de bonheur. Will attrape le paquet pour me le donner. J'y découvre un *Kanelbullar* rien que pour moi que je m'empresse de croquer à pleines dents ; l'effet du sucre m'apaise et améliore aussitôt mon moral. La sérotonine, il me semble.

—Je suis désolée, marmonné-je la bouche pleine.

Il me couve d'un regard tendre et colle un baiser sur mon front. Rassasiée, et exténuée par les événements, je me faufile à nouveau sous les couvertures. En silence, Will se glisse à mes côtés, m'entoure de ses bras et me murmure à l'oreille tous les mots que je ne pensais plus entendre. Une de ses mains atterrit instinctivement sur mon ventre. Un léger coup à travers mon haut répond au câlin et mon cœur se réchauffe.

—Je t'aime tellement que ça me fait mal, chuchoté-je.

L'instant qui suit, je m'endors au creux de son corps, bercée de paroles rassurantes qui s'insinuent jusqu'au plus profond de mon être.

CHAPITRE 37

Will

Elle s'est endormie. À mon retour, ses sanglots étouffés, en provenance de la chambre m'ont tordu le bide. Je déteste la voir dans cet état et l'entendre pleurer. Ça m'arrache le cœur. C'est encore de ma faute. Furieux, j'ai claqué la porte sans lui dire que j'avais juste besoin de m'aérer la tête. Elle a dû penser que je l'abandonnais à nouveau. Quel con ! Je dois changer ma façon d'agir pour lui éviter de telles frayeurs. Ce n'est bon ni pour elle ni pour le bébé. Son souffle régulier m'indique qu'elle dort profondément. Sans la réveiller, je m'extirpe du lit avec regret et me rends au salon pour terminer ce que j'ai commencé, même si cela doit durer trois heures.

Au bout de quelques semaines, l'obligation d'alitement est levée. Charlie peut enfin sortir sans toutefois faire trop d'efforts. Nous l'aidons au mieux pour lui éviter les grosses charges et je l'accompagne partout dès que l'occasion se présente. Comme aujourd'hui, dans ce magasin de puériculture où nous sommes venus dénicher le reste des affaires nécessaires à l'arrivée de notre princesse. Elle me traîne dans tous les rayons. Je piétine tant que mes pieds me font mal. Je râle intérieurement, mais ne lui dis rien. Elle est si heureuse de pouvoir à nouveau sortir et préparer l'arrivée de notre fille qu'elle en est excitée comme une puce. Après l'incident du lit, je lui ai conseillé de regarder sur internet pour les achats qu'elle ne peut pas effectuer seule. Elle s'est d'ailleurs lâchée en commandant la layette de notre poupée. Elle n'a pas pu s'empêcher de m'appeler après qu'elle a installé les draps et la gigoteuse dans le berceau qui m'a pris plus de quatre heures à monter. Bref! Notre relation s'améliore peu à peu. Chacun fait un pas vers l'autre. Nous y allons doucement, mais sûrement.

—Qu'est-ce que tu penses de celui-là? me demande-t-elle en me tendant un énième doudou.

—Très mignon.

—C'est déjà ce que tu as dit pour le dernier, me reproche-t-elle en fronçant les sourcils.

—Charlie, c'est qu'une peluche.

Oh misère! J'aurais dû fermer ma gueule vu la tête qu'elle tire. Je me frappe mentalement de ne pas avoir réfléchi avant de parler à cette femme, enceinte de presque huit mois.

—Non! Ce n'est pas qu'une peluche. C'est un doudou et c'est peut-être celui qu'elle adoptera pour dormir, pour lui faire un câlin quand elle aura peur. Celui qu'elle baladera partout avec elle en le traînant par terre, argumente-t-elle avec ferveur.

—OK! Ma chérie, calme-toi. Respire. Peu importe celui que tu prendras, il sera parfait, lui assuré-je en l'embrassant sur la joue.

—J'ai besoin que tu m'aides à choisir, m'implore-t-elle les lèvres tremblantes.

Oh pitié! Ces hormones vont me rendre dingue. C'est pire que quand elle était bloquée à la maison. Maintenant, elle pleure ou rit pour un rien. La dernière fois, elle s'est mise à rigoler devant un épisode gore de *Game Of Thrones*[15]. Le truc le plus improbable que j'ai vu. En revanche, elle va chialer devant *Deadpool*[16]. Où est la logique? Expliquez-moi, car je suis largué.

—Qu'est-ce que tu penses de celui-là? proposé-je en lui montrant une petite girafe rose marrante.

—Non. C'est trop courant les girafes. Je n'aime pas.

Je lève les yeux au ciel. Ça aussi, c'est un truc de grossesse… ou de femmes. Je ne sais pas, mais quand je donne mon avis pour l'aider, elle n'est jamais d'accord et l'on finit par prendre ce qu'elle aura choisi, elle.

—Celle-là?

Elle secoue la tête négativement. Notre manège dure bien vingt minutes avant que nous arrivions à nous entendre sur un lapinou gris et blanc, tout doux, aux longues oreilles. *Parce que les lapins ce n'est pas courant, peut-être? J'ai compris. Je me tais. Ce que femme veut, l'homme l'exécute!*

Nous rentrons à la maison, chargés comme des bœufs, mais équipés comme il se doit pour la venue de notre puce. Charlie affiche un sourire irrésistible après cette journée, donc c'est le principal. Elle a l'air heureuse et, moi, je ne désire que son bonheur. Pendant qu'elle déballe tous nos achats pour les passer en machine, je prépare un petit goûter réconfortant avec des pâtisseries différentes à déguster. Les fêtes de Noël approchant, la boulangerie a décidé de mettre à jour leur carte pour nous faire découvrir de nouveaux gâteaux. Autant vous dire que Charlie est ravie de mes délicates attentions quotidiennes, après m'avoir, bien sûr, hurlé dessus, car je ne pense pas à son poids…

Je l'aime. À la folie. Mais, mon Dieu, faites que cette grossesse s'achève vite!

---

15 Série télévisée américaine créée par David Benioff et D. B. Weiss, diffusée de 2011 à 2019

16 Film réalisé par Tim Miller avec Ryan Reynolds, sorti en 2016

CHAPITRE 38

Will

Ce soir, c'est le réveillon de Noël. Nous sommes tous conviés chez Charlie qui a décidé de faire un repas digne de ce nom pour l'occasion. C'est un jour banal pour moi puisque nous ne le fêtions quasiment pas avec mes parents. L'adoration de Charlie pour Noël m'a quelque peu surpris. Son appartement est décoré du sol au plafond : lumières scintillantes, guirlandes, chaussettes de Noël. Il ne manque rien. Mes rétines brûlent dès que je franchis la porte. Un sapin géant a investi son salon, arborant fièrement des boules dorées et rouges et diverses babioles plus colorées les unes que les autres. J'ai eu droit à une réflexion acerbe après avoir osé lui indiquer qu'il serait impossible de naviguer dans la pièce une fois le mastodonte à aiguilles installé, arguant qu'il était «légèrement» envahissant. *Ne jamais, ô grand jamais, contredire une femme enceinte! Règle trop souvent oubliée en sa présence.* Charlie m'a sermonné comme il se doit pour avoir bafoué l'esprit de Noël.

En entrant, je reconnais *All I want for Christmas*[17]. La musique est si forte qu'elle agresse lourdement mes oreilles. *Elle est sourde, ma parole!*

—Charlie?

---

17 Titre de Mariah Carey (2011)

Je ne la vois nulle part. La table qui trône au milieu de la pièce est ornée de la même manière que son salon. Elle a dû y passer l'après-midi. L'effervescence de cette célébration la rend enjouée et l'excite un max. Ça m'agace qu'elle ne se soit pas reposée comme on le lui avait conseillé. Madame n'en fait qu'à sa tête en ce moment.

Je l'appelle à nouveau sans succès. Mais je me rassure immédiatement lorsque sa voix me parvient de la cuisine. Elle chantonne comme un jukebox. Approchant à pas de loup, je l'aperçois enfin.

Le sourire ancré aux lèvres, je la reluque sans vergogne. Elle se dandine sur les notes de musique tout en mélangeant le contenu de son saladier. Une robe de mère Noël valorise ses généreuses formes de maternité. Même avec ses kilos de grossesse, elle reste magnifique et mon corps réagit instinctivement à la vue du sien. J'ai envie d'elle constamment. Envie de la toucher, de l'embrasser. Ma patience est mise à rude épreuve depuis quelques semaines ; je dois éviter de la brusquer.

Sous mon observation attendrie, elle prend soudain sa cuillère comme micro et entonne le refrain, comme si elle voulait que son vœu le plus précieux soit exaucé.

Oh I don't want a lot for Christmas
Oh je ne veux pas grand-chose pour Noël
This is all I'm asking for
Voici tout ce que je demande
I just want to see my baby
Je veux juste te voir mon chéri
Standing right outside my door
Attendant devant ma porte
Oh I just want him for my own
Oh je ne désire que lui
More than you could ever know

240

Plus que tu ne pourrais le penser
Make my wish come true
Fais que mon vœu se réalise
Baby all I want for Christmas is
Chéri tout ce que je veux pour Noël c'est
You
Toi

S'imaginant seule, sur ce dernier mot, elle pivote, son index pointé sur moi, comme dans cette scène culte de *Love Actually*[18].

Je suis là, mon amour.

Quand elle s'aperçoit de ma présence, elle stoppe tout geste et abaisse prestement son faux micro pour le cacher derrière son dos. Les joues cramoisies, elle fixe ses pieds, morte de honte. Elle est trop mignonne. Je souris comme un adolescent prépubère amoureux. Mon cœur bat la chamade, mes doigts fourmillent d'envie de la toucher, de la prendre dans mes bras. Des bulles éclatent dans mon ventre.

—Ça fait longtemps que tu m'épies ?

—Suffisamment, réponds-je, amusé, me rapprochant d'elle avec lenteur tel un félin.

—Le spectacle t'a plu ?

—Très distrayant, je dois dire.

Je suis assez près d'elle pour sentir son souffle sur ma figure.

—Tu es resplendissante, ajouté-je en me penchant pour poser un baiser tendre sur sa joue.

—Merci. Tu es très beau, toi aussi, me complimente-t-elle, plus sérieuse.

La proximité de nos visages est dangereuse tant mon désir de l'embrasser est immense. Sa bouche rouge pétant m'appelle. Ses

18 Film réalisé par Richard Curtis en 2003

pupilles oscillent de mes yeux à mes lèvres. Elle en meurt d'envie, elle aussi, mais je ne ferais pas le premier pas. Il doit venir d'elle et, visiblement, cela ne saurait tarder, vu le regard gourmand qu'elle arbore. Mon cœur menace de sortir de ma poitrine tellement il bat fort. Charlie réduit les quelques millimètres d'espace entre nous. Nous sommes si près que l'effluve mentholé de son dentifrice s'immisce dans mes sinus. Encore un peu et nous y sommes.

Le charme se brise lorsque la sonnette retentit. Ses yeux clignent comme si elle reprenait contact avec la réalité puis elle me délaisse pour aller ouvrir. Les bras ballants, quittant la cuisine, je peste rageusement contre ceux qui viennent de tout gâcher. Romie, Éric et Zoé sont là…

Ils me saluent d'un ton enjoué, inconscients de ce qu'ils ont interrompu. De mon côté, un signe de la main suffira pour l'instant. À ce moment précis, je les déteste.

—Tout va bien, Will? On dirait que tu vas tuer quelqu'un? me questionne Éric.

—Super, ironisé-je, crispé.

—Détends-toi, mon coco. C'est Noël, me conseille Zoé, m'octroyant une tape dans le dos.

Inspiration, expiration.

Je réitère trois fois ce manège dans ma tête, le temps que la pression redescende, puis débarrasse Romie de ses plats et les pose directement sur la table. Chacun a apporté un mets, Charlie n'étant chargée que de la salade et du dessert. En parfaite dingue de pâtisserie, elle a préparé une bûche au chocolat. Des chants de Noël montent de la petite enceinte *Bluetooth* du salon. *Que serait cette fête sans ses traditionnelles chansons?*

Je ne parviens pas à défaire mon regard de Charlie, lui jetant des œillades régulières. Ses cheveux ont bien poussé. Ondulés pour l'occasion, ils tombent en cascade dans son dos. Son visage rayonne et le sourire qu'elle affiche reflète son bonheur. Nous buvons, dégustons les toasts de foie gras confectionnés par Zoé.

Lorsque Charlie abandonne la pièce, je la retrouve dans la cuisine, les mains accrochées au plan de travail, la tête basse.

—Tout va bien, mon ange ?

Elle relève ses yeux fatigués, mais me sourit tout de même.

—Oui, oui. Ne t'inquiète pas. Je suis venue récupérer d'autres petits pains, me rassure-t-elle.

—Je pense que nous en avons assez. Personne ne pourra plus rien avaler à table, si l'on se gave de petits fours. Pose-toi une minute, lui ordonné-je avec douceur.

La paume de ma main cueille sa joue. Elle s'y love aussitôt, comme cherchant à puiser ma force. Ses paupières se ferment ; elle apprécie ce geste de tendresse, c'est indéniable. Quand elle les rouvre, son regard plonge dans le mien.

—Tu sais ce que dit la tradition de Noël lorsque deux personnes veulent une vie longue et heureuse ? demande-t-elle.

J'arque un sourcil, ne comprenant pas sa question. Ses iris levés vers le plafond, elle m'invite à l'imiter. Une branche de gui. *L'a-t-elle placée ici dans l'espoir que nous nous y retrouvions ?* Ses prunelles ont rejoint les miennes, mais tout ce que je vois, ce sont ses lèvres qui capturent les miennes dans un baiser doux et délicat. Sa main posée sur mon cœur, elle s'écarte et regagne le séjour où attendent les convives. Groggy par cet instant hors du temps, je porte mes doigts à ma bouche pour m'assurer que c'était réel. Après quelques secondes, je retourne au salon et m'installe aux côtés de Charlie. Un large sourire ne quitte pas mon visage, comme un gosse ayant découvert son présent de Noël en avance.

Le repas se déroule dans la convivialité. Les fous rires fusent aux souvenirs de nos noëls passés et cadeaux improbables qu'on a pu offrir étant enfant. Éric se remémore les boucles d'oreilles en pâte à sel, confectionnées pour sa mère, qui se sont cassées quand elle a tenté de les porter. Romie repense à un dessin de renne au nez rouge qui ressemblait plus à un gros cochon. Zoé a voulu faire plaisir à son père en gravant un cœur sur la carrosserie de sa

243

nouvelle voiture. Du haut de ses cinq ans, elle n'avait pas compris pourquoi il avait dit autant de grossièretés ce soir-là en découvrant sa surprise.

C'est l'heure de l'ouverture des paquets. Nous sommes tous réunis autour du sapin tandis que Zoé fait la distribution. J'ai hâte que ma chérie déballe les siens et découvre mon cadeau. Éric reçoit une belle écharpe de la part de Charlie, des chaussettes, de Zoé, et un bon pour un nouveau tatouage par sa dulcinée. Pour Romie, ce sera du parfum, des chaussettes plus féminines et une jolie paire de boucles d'oreilles par son homme qu'elle embrasse goulûment pour le remercier. Zoé a un seul et unique cadeau de notre part à tous : un billet aller-retour pour retrouver Elliott en France. Elle est si stoïque qu'on se demande si elle respire encore. C'est lorsqu'elle nous saute dans les bras que nous réalisons qu'il fait sensation.

Que chacun d'eux ait pensé à moi m'étonne. Écharpe et chaussettes pour moi également, un carnet de croquis judicieusement choisi par Éric, et une bouteille de mon Whisky préféré. Un coup d'œil à la femme près de moi me suffit à comprendre que ce dernier, c'est elle. Lors de notre escapade à moto, je lui avais confié en être amateur. Je souris à ce souvenir qui me paraît bien loin, pourtant toujours frais dans ma mémoire. Tout est parfait !

Quand vient le tour de Charlie, je l'observe déballer un à un ses paquets. Des chaussettes, *ne vous posez plus la question de qui ça peut être*, des brioches de sa pâtisserie favorite de la part d'Éric et un bon d'achat dans son magasin de lingerie fétiche de celle de Romie.

—Comme tu te plains de ne plus rentrer dans aucun de ceux que tu préfères, explique cette dernière.

Charlie me lance un air coquin en brandissant son carton. Cela promet des soirées bien intéressantes.

Arrive l'ultime cadeau, le mien. Mon stress grimpe en flèche. *Va-t-elle aimer ? Est-ce que je ne vais pas trop vite en besogne ? Je crains qu'elle me le jette à la tronche.* Elle défait l'emballage avec précaution et aperçoit une petite boîte ainsi qu'une note.

Je veux te toucher, te regarder tout le temps, t'embrasser sans arrêt, m'endormir près de toi et te dire «je t'aime» tous les jours du reste de ma vie.
À l'infini.

Une main sur sa bouche, elle me scrute, choquée. De ses doigts tremblants, elle ouvre le coffret pour y découvrir son contenu. C'est le moment de vérité. Soit, elle me la balance à la tête et me fout dehors; soit, elle l'accepte. Ce dernier point signifiera qu'elle veut encore de moi et qu'elle me pardonne.

CHAPITRE 39

Charlie

Je sors délicatement la bague de son écrin. Deux cœurs entrelacés formant le signe de l'infini, ornés d'une rangée de pierres de Swarovski. Des larmes de joie envahissent mes rétines, à moins que ce soient les hormones ? Aucune idée. Ce que je sais, en revanche, c'est qu'elle est magnifique. M'appuyant sur les accoudoirs du petit fauteuil pour me relever, je m'avance lentement vers Will, le bijou entre mes doigts.

—Si tu n'aimes pas, tu peux toujours la changer. C'est comme tu le sens, m'explique-t-il, penaud.

—Elle est parfaite, formulé-je du bout des lèvres.

Je comprends que Will attend une réponse, l'évidence m'apparaît tout à coup. Suis-je prête à lui pardonner ? Suis-je prête à lui ouvrir mon cœur à nouveau ? Il ne lui a jamais été fermé, j'en prends conscience à cette seconde. Je mets un terme à son supplice en glissant la bague à mon annulaire gauche. Saisissant mon visage en coupe, il m'embrasse à en perdre haleine. Nos amis sifflent d'admiration devant le spectacle de notre amour.

Une violente douleur me transperce soudain de part et d'autre. Je hurle tellement que Will me relâche, affolé. Pliée en deux, je me tiens le ventre. Que se passe-t-il ? Tout allait très bien jusqu'à présent. Je n'ai eu que quelques légères contractions aujourd'hui, rien de méchant. La panique envahit la pièce et tout le monde se précipite à mes côtés.

—Charlie ? Charlie ! s'écrie Romie, inquiète.

—Ma chérie ? Qu'est-ce qu'il y a ? s'enquiert Will à son tour, sa main dans mon dos.

—J'ai mal ! J'ai mal au ventre ! me plains-je en soufflant comme je peux pour atténuer cette crampe poignante.

—Respire doucement, ma belette, conseille Zoé.

J'obtempère, mais rien n'y fait. J'ai toujours aussi mal. *Bordel*. La souffrance ne me laisse aucun répit. Quand la douleur monte tel un tsunami, je me cramponne à la chemise de Will, expire, inspire si fort qu'on me croirait en fin de marathon. Lorsqu'un nouveau spasme débarque, un liquide chaud s'écoule entre mes cuisses pour former une flaque à mes pieds.

—Soit, j'ai perdu les eaux, soit, je me suis fait pipi dessus, annoncé-je dans un moment d'hilarité incontrôlé.

À partir de ce moment-là, tout s'accélère. Les contractions précédentes, que je pensais atroces, se révèlent être de la gnognotte, comparées à celles qui suivent. Elles sont insoutenables. Je hurle de plus belle tellement je souffre. Respirer ne m'aide pas du tout. Mes oreilles bourdonnent. Les gens s'activent autour de moi, mais je reste hermétique, focalisée sur ma peur et ma détresse. Quelqu'un braille qu'il faut m'emmener à l'hôpital. Mais quand la tête de ma fille pousse la barrière de mon bassin, je comprends qu'il est trop tard.

—Plus le temps… Elle arriiiive, lâché-je dans un cri strident.

Éric prend alors le contrôle de la situation.

—Tout le monde la ferme et se calme !

Silence total.

Il m'installe délicatement sur le canapé après l'avoir protégé, envoie Romie chercher des serviettes et Zoé trouver quelque chose pour clamper le cordon. Quant à Will, il reste prostré dans un coin, mort de peur.

—Will ? Viens ici ! l'appelle durement Éric.

Sorti de sa léthargie, il s'active enfin, s'approche avec réticence, sans savoir quoi faire.

—Elle va avoir besoin de toi, tu as compris ? Tu vas te poster au niveau de sa tête, lui explique Éric en le regardant droit dans les yeux.

Will acquiesce sans discuter. Un nouveau râle jaillit de ma gorge et des larmes abondantes dévalent mes joues tellement la douleur est insurmontable. La sueur colle mes fringues à ma peau. Mes poumons me brûlent à force de hurler. J'ai l'impression que mon ventre est pris dans un étau. Je sens descendre ma fille au fur et à mesure que les contractions avancent.

—Je ne vais pas y arriver. J'ai trop mal. J'en peux plus !

—Si ! Je suis là. Je ne t'abandonnerai pas, m'encourage Will en me donnant sa main que je serre.

J'ai besoin de pousser. Je dois pousser. C'est le seul moyen pour arrêter cette souffrance intolérable.

—Elle arrive. Je la sens.

—OK. Alors tu sais ce qu'il te reste à faire. Pousse ! m'ordonne Éric entre mes jambes.

J'ignore comment il est arrivé là. Il a viré mes collants et ma culotte sans que je m'en rende compte.

—Pousse, Charlie ! Pousse ! s'écrit-il pour me donner de la force.

J'attrape mes cuisses et contracte tous mes muscles pour envoyer l'impulsion nécessaire. Je rugis, grogne, comme un animal enragé. J'extériorise toute cette putain de douleur pour aider ma fille à sortir.

—Je vois sa tête. Continue, Charlie ! m'encourage de nouveau Éric.

—Vas-y, mon amour. Tu y es presque, chuchote Will à mon oreille.

Je m'active plus fort encore pour faire venir au monde mon bébé. Dans un ultime effort, je la sens s'extraire de mon corps. Je suis à bout de souffle, exténuée. Will embrasse ma tempe, mais tout ce qui m'importe c'est l'absence de bruit autour de nous. Je n'entends que le silence pesant. Alors qu'il y a quelques secondes à peine, mes plaintes emplissaient l'espace. Quelque chose ne va pas !

—Pourquoi elle ne pleure pas ? Ce n'est pas normal, demande Will à Éric.

À mon tour, je tente de lui poser la question, mais ma bouche ne veut pas coopérer. Aucun son ne sort. Je n'arrive plus à parler ni à bouger, clouée sur place comme spectatrice. Will panique ; ses lèvres remuent à toute vitesse, mais aucun mot ne me parvient. Romie et Zoé sont au téléphone et font de grands gestes. *Ma fille. Où est ma fille ? J'ai besoin de la voir.* Les paroles restent coincées dans ma gorge. Mon cerveau est conscient dans un corps inanimé. La chaleur me quitte peu à peu. Je grelotte, claque des dents. La fatigue prend rapidement possession de mon esprit, bien que je lutte pour garder les yeux ouverts. Chez moi aussi, un truc cloche. Je me sens partir. Je vais mourir sans avoir dit à Will combien je l'aime et que, moi aussi, je désire tout ce qu'il m'a écrit sur ce petit bout de papier. Je vais mourir sans avoir vu mon bébé.

Le froid, la nuit et le silence m'engloutissent peu à peu.

ÉPILOGUE

Will

Pourquoi faut-il toujours qu'il pleuve aux enterrements? N'est-ce pas déjà un jour suffisamment triste pour qu'en plus le mauvais temps s'y mette? C'est comme dans les films. La pluie est au rendez-vous alors qu'on aimerait seulement un rayon de soleil pour réchauffer ce genre d'instant pourri. J'aurais souhaité qu'il fasse beau, juste aujourd'hui, pour rendre hommage à la femme qui vient de me quitter.

Tous abrités sous leurs parapluies noirs, les quelques membres de sa famille et ses amis présents essuient leur chagrin avec leurs mouchoirs blancs, en total contraste avec les couleurs sombres qui prédominent. Bien entendu, mes parents ne sont pas là. Comme si cette personne n'avait jamais été importante. Une personne pourtant précieuse pour moi.

Depuis le jour où j'ai quitté l'église dans mon costume de marié, je ne les ai pas revus. Pas un coup de téléphone, pas un message. Rien. Ils m'ont tout bonnement rayé de leur vie, tout comme de leur testament, à mon avis. Je ne m'en porte pas plus mal à vrai dire. Plus de pression. Plus de reproches. Je vis libre sans me soucier de leurs opinions.

Une rose blanche à la main et le cœur lourd, j'essuie une larme solitaire en m'approchant du cercueil. J'y dépose la fleur et caresse le bois dans un dernier au revoir avant de retrouver ma place. Des doigts viennent enserrer les miens. Je me tourne vers celle qui se tient à mes côtés. Charlie. Ma Charlie est près de moi, notre fille endormie contre sa poitrine dans son écharpe de portage.

Quand j'ai appris la mort de Marie, notre employée de maison, mais aussi la gardienne de mon enfance, elle a insisté pour m'accompagner et m'aider à traverser cette épreuve difficile. Nous avons profité de ce retour en France pour présenter notre bébé à sa famille ainsi qu'à Elliott, pour leur plus grand bonheur à tous. D'ailleurs, mon ami est complètement sous le charme de la petite. Elle va le mener par le bout du nez plus tard, j'en suis convaincu. Un peu comme l'une de ses tatas. En effet, Zoé a utilisé son cadeau de Noël et s'est jointe à nous dans l'avion pour le revoir.

Lily a déjà cinq mois et grandit comme un champignon. Elle a hérité de ma tignasse brune et du tempérament volcanique de sa mère, vu les cris qu'elle pousse quand elle s'exprime.

À la sortie de l'hôpital, il m'est apparu évident de rester auprès d'elles. De toute manière, il n'aurait pas pu en être autrement. Hors de question de les quitter. J'ai donc emménagé chez Charlie afin de la seconder dans notre nouveau rôle de parents. Cela n'a pas été facile au début, car chacun de nous a dû prendre ses marques, apprendre à vivre en harmonie, à gérer ses propres angoisses. Moi, celle de ne pas être à la hauteur en tant que père avec mon éducation déplorable. Charlie, celle de perdre sa fille après son entrée compliquée dans ce monde.

J'ai bien cru être privé des deux femmes de ma vie ce soir de Noël. Je ne remercierai jamais assez Éric qui, par son courage et son extraordinaire sang-froid, a ranimé ma princesse qui ne respirait pas. Il a pris la situation en main et l'a aidée à pousser son premier cri. C'est le plus beau son entendu de toute mon existence. Malheureusement, pendant ce temps, Charlie a fait une très grosse hémorragie et a perdu connaissance. Heureusement, les secours sont très vite arrivés sur place pour s'occuper de mes deux amours. Après de longues heures passées aux urgences, les médecins m'ont annoncé que Charlie était hors de danger ainsi que notre fille.

Mon enfant.

Cet être minuscule qui a fait exploser mon cœur. Je ne pensais pas pouvoir autant aimer, hormis sa mère. Quand on m'a posé son petit corps délicat dans les bras, je n'ai plus bougé ni respiré, de peur de la lâcher ou de la blesser sans le vouloir. Au moment où elle a ouvert les yeux sur moi, j'ai fondu en larmes, submergé par trop d'émotions. À cet instant, je lui ai promis de la protéger et de la chérir, quels que soient les chemins qu'elle emprunte. Je ne reproduirai pas les erreurs de mes parents. Je m'en suis fait le serment.

Le sourire triste et tendre à la fois que Charlie laisse couler sur moi réchauffe mon âme en peine.

—Je t'aime, déclaré-je en l'embrassant.

—Je t'aime plus.

Mon cœur bat pour cette femme depuis le premier jour où je l'ai rencontrée. Je suis tombé amoureux d'elle à l'instant où elle a posé les yeux sur moi. C'était elle. Elle est mon monde, mon évidence, mon souffle de vie. Je lui décrocherais la lune si elle me le demandait. Et bientôt, elle sera officiellement mienne, nos destins unis à jamais.

FIN

REMERCIEMENTS

On y est.

L'heure des remerciements. Cette page si peu significative, mais si importante, qui termine un roman. C'est la touche finale, les derniers mots de l'histoire. Si certains les zappent, je suis de celles qui les lisent attentivement et qui ressentent les émotions qui en découlent. J'adore cette partie du livre.

C'est la consécration d'un projet, d'un rêve devenu réalité. Je n'aurais jamais cru les écrire un jour, pourtant nous y voilà. Charlie et Will sont nés. Mon premier roman.

Merci à l'amour de ma vie, mon pilier qui me supporte depuis cinq ans. Mon homme qui m'a dit un jour : «Mais pourquoi tu n'écrirais pas un livre?».

Merci à Émilie, ma très chère amie depuis plus de dix ans maintenant qui m'a soufflé la même idée. Après avoir gambergé quelque temps sur ces paroles, un après-midi, je me suis installée devant mon ordi pour taper les premiers mots de cette histoire. Même si la vie nous a un peu éloignées, tu restes près de moi dans les moments importants. J'espère que ce récit te plaira. Je t'adore, ma belle.

Merci à Célia Haden, autrice et amie, qui m'a donné de très bons conseils pour écrire et qui suit aussi mes nouvelles péripéties d'autrice.

Merci au reste de mon entourage qui me soutient de près ou de loin dans cette aventure extraordinaire.

Une fois le mot fin posé, j'ai trouvé grâce à Booksta, une première bêta-lectrice en or, Alexandra, qui a bien voulu lire et corriger mon bébé alors qu'elle ne me connaissait pas. Merci d'avoir dit oui à cette folle aventure.

Merci aussi à Céline, ma deuxième bêta, devenue une amie d'amour, sur qui je peux compter, qui m'épaule et m'encourage, malgré la distance qui nous sépare. Il ne se passe pas un jour sans qu'on se parle. Ma chérie, je t'adore.

Merci à mes parents de me soutenir même s'ils n'ont pas encore lu «Dans le cœur de Charlie». Mais s'ils lisent ceci, c'est que c'est fait.

Merci à Anaïs, mon éditrice, qui a cru en cette histoire et qui réalise ce rêve aujourd'hui. Tu es une femme extraordinaire, gentille, douce et passionnée. Tu m'as donné confiance dès notre premier contact téléphonique, c'est pourquoi j'ai dit oui. Je suis fière de faire partie de cette famille, tout de suite intégrée au groupe par mes copines autrices. Merci les filles Caméléon : Jane, Justine, Nanie, Élisabeth, Marisa, Mell, Enolla, Gayls, Flo et les dernières arrivées. Je vous adore. Vous êtes ma bouffée d'air frais dès le matin en découvrant vos messages.

Merci à Many Design, graphiste, pour cette fabuleuse couverture et la mise en page de fou qu'elle a fait. Tu as des doigts en or.

Merci à Sandra, ma correctrice, qui a effectué un travail de dingue pour que mon roman soit au top. Tu m'as permis d'apprécier à nouveau mon texte alors que je ne pouvais plus le voir en peinture. Tu as toujours été aux petits soins pour moi. Ton aide et tes conseils m'ont été précieux et je suis heureuse que tu aies fait partie de l'aventure. Je ne te lâche plus maintenant. Tu es prête pour les romans suivants ? :)

Le dernier remerciement est pour toi lectrice. Le plus important. Si tu es là, c'est que tu as probablement aimé mon histoire et j'en suis ravie ! J'espère que tu as pris autant de plaisir à le lire, que moi à l'écrire.

Merci de me suivre, de me faire confiance et d'avoir acheté mon premier bébé. Elle n'existerait pas non plus si tu n'étais pas là pour la lire.

Merci, merci du fond du cœur.

D'ailleurs, n'hésite pas à donner ton avis sur Amazon, le site Caméléon et les réseaux sociaux.

À bientôt pour de nouvelles aventures et une nouvelle histoire ;)

CONTACT

Retrouvez Hamber sur Facebook et Instagram

Mail : leseditionscameleon@hotmail.com
Site Web : http://www.leseditionscameleon.com

NOS ROMANS

Vous avez aimé ce roman, découvrez d'autres histoires qui devraient vous plaire !

Dans la même collection :

«La mélodie des sentiments» et «Au cœur de nos âmes» de
Jane Yam
«Quand les lumières s'éteignent» de Mélissa Rivière.
«Des paillettes dans le sable» de Enolla Brunetti
«Nous interdire d'aimer» de Justine Pottier
«Rescue 66» de Elisabeth Jouvin

**Et si vous avez l'âme d'un caméléon, voici les autres titres
de notre collection imaginaire**

«Les chroniques de Télès» de Gayls
«Sœurs de légende» de Marisa G.S
«Aquilon» de Nanie Bai
**Et si vous avez l'âme d'un caméléon, voici les autres titres
de notre collection tension**

«Mon immortel» de Evy Barnes
«Dans l'ombre d'Élia» de Anaïs Mony